FOLIO POLICIER

Cathi Unsworth

présente

Londres Noir

Traduit de l'anglais
par Miriam Perier

Gallimard

Titre original :

LONDON NOIR

Cartographie : Aurélie Veyron-Churlet

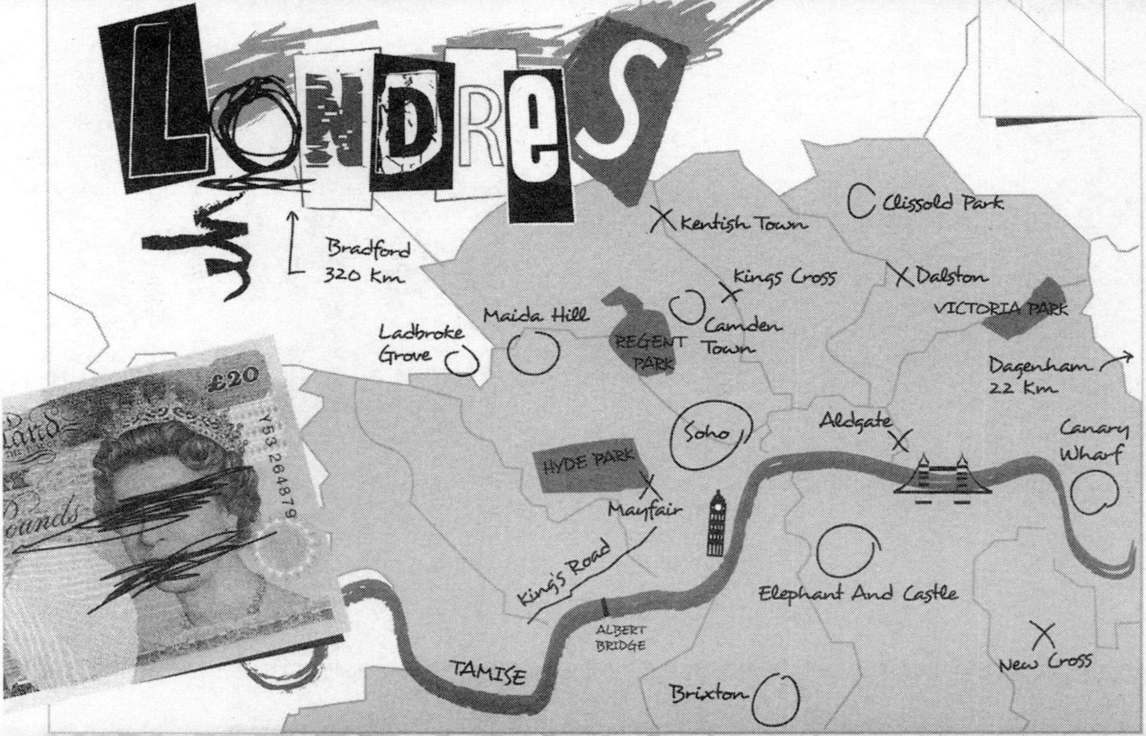
LONDRES
Bradford
320 Km
Clissold Park
Kentish Town
Kings Cross
Dalston
VICTORIA PARK
Maida Hill
Camden
Town
REGENT
PARK
Ladbroke
Grove
Dagenham
22 Km
Soho
Aldgate
Canary
Wharf
HYDE PARK
Mayfair
King's Road
Elephant And Castle
ALBERT
BRIDGE
New Cross
TAMISE
Brixton
£20
Y53 264879

Crime et establishment

Ce que vous tenez entre les mains n'est pas une anthologie de nouvelles noires qui se déroulent à Londres, mais plutôt une anthologie de récits qui *sont* Londres. Ce qui se passe au fil de ces pages parlerait à ceux qui, par le passé, ont révélé la psyché de la ville par les mots, les arts plastiques, la musique, le théâtre ou la magie. Ce n'est pas tant que Londres a été la ville de William Blake, Charles Dickens, Samuel Pepys, Daniel Defoe, Oscar Wilde, George Orwell, Dylan Thomas, Francis Bacon, Joe Strummer, Johnny Rotten ou du Dr. Johnson. Non, le fait est qu'elle l'est *encore* aujourd'hui.

Londres a besoin d'être illuminée par sa propre noirceur, par son cycle perpétuel de crimes. C'est aussi la ville de la prison de Newgate, de Bedlam, de l'Amen Corner, de Tyburn Cross[1], du Monstre

1. Tyburn était le lieu consacré aux exécutions des criminels anglais entre le XIIe et le XVIIIe siècle. L'emplacement se situe près de l'actuel Marble Arch au cœur de Londres. *(Toutes les notes sont de la traductrice.)*

de Londres[1], de Jack Talons-à-ressort[2], de Jack l'Éventreur, de Jack the Hat[3], du Blind Beggar[4], du Baltic Exchange[5] et du 10, Rillington Place[6]. Le détective le plus connu au monde, Sherlock Holmes, est sorti un soir du brouillard londonien, en criant : « La chasse est ouverte ! » et a tâché de rendre fou non seulement son créateur, Arthur Conan Doyle, mais aussi tous les acteurs qui ont tenté de l'incarner.

Londres réclame toujours son dû.

Les clefs de la ville se trouvent dans la nouvelle de Patrick McCabe, « Who do you know in Heaven ? » : « C'est la conscience qui t'incite à supposer que l'histoire que tu crées à partir d'un ensemble donné de souvenirs est une *histoire consistante, cohérente, qui s'appuie sur une voix narrative tout aussi consistante…* »

Les histoires de Londres transpirent de ses murs, suintent des fondations construites il y a deux mille

1. Tueur en série qui a sévi dans la ville entre 1788 et 1790 et qui s'est exclusivement attaqué aux femmes.

2. Personnage du folklore anglais datant de la période victorienne, qui se caractérise par son allure diabolique et sa capacité à faire des bonds gigantesques, d'où son surnom.

3. Criminel londonien notable des années 1950 et 1960, qui a lui-même été assassiné par les frères Kray, de gros bonnets du crime organisé, qu'il avait réussi à faire emprisonner.

4. Pub de Whitechapel, où a été assassiné l'un des jumeaux Kray par un membre d'un gang rival, ce qui lui a valu sa renommée.

5. Bâtiment endommagé en 1992 dans un attentat perpétré par l'IRA.

6. Adresse, à Notting Hill, de John Reginald Halliday Christie, tueur en série qui a étranglé au moins six femmes avant de les enterrer dans son jardin. Christie a été pendu en 1953.

ans par les Romains, remontent de ses égouts, de ses rivières souterraines, des tunnels de métro, elles filtrent des pavés. Elles se fraient un chemin dans les ruelles tortueuses qui se sont formées bien avant que le système implacable des rues quadrillées les ait supplantées. Elles chuchotent leurs secrets sur les marchés, là où toutes les langues du monde ont été et sont parlées, là où tout est marchandise, des fruits et légumes jusqu'aux vies d'enfants. Les histoires de Londres dérivent, la nuit, sur les courants de cette bonne vieille Tamise, et se répandent dans les temples du commerce de la City, les couloirs du Parlement, les cathédrales édifiées par les rois normands, les tunnels creusés par les ingénieurs victoriens.

Écoutez Londres suffisamment longtemps, et la ville déposera en vous une impression qui vous sera propre, votre propre mode de navigation à travers des cartes élaborées au fil des siècles, une topographie particulière de la métropole que votre cœur vous dictera. Votre âme se mélange aux murs et aux pavés, aux tunnels et aux cimes, aux marchés de rues et aux marchés financiers. Mais tout cela, est-ce votre impression à vous ou, comme on l'a suggéré, quelque chose qui a été écrit il y a de cela bien longtemps ?

Les nouvelles de cet ouvrage dessinent une géographie de la ville différente de celles que l'on trouve dans les plans. La ville a déjà imprimé son inconscient collectif sur leurs auteurs. Ainsi, l'ouest bohème, l'est iconique, le nord mélancolique et le sud sauvage sont liés. Comme les morceaux d'un juke-box. Les pensées tordues et immorales de prêtres, de flics, de shamans, d'avocats, de pornographes, de psychopathes, d'escrocs et de terroristes ; voire la trajectoire d'un vol d'oies sauvages.

Toutes sortes de crimes ont été commis dans cette ville. Pour la plupart, jamais résolus. Et c'est Londres la responsable. Londres trouble les esprits : l'homme de l'IRA de Patrick McCabe se rend en mission à la capitale et tombe amoureux d'un cliché noir et blanc d'un Londres qu'il ressent jusque dans ses veines, d'une salle de bal hantée des années 1940 ; le retraité esseulé de Jerry Sykes qui rêve du Camden Town des années 1950 et se fait agresser par les rejetons du XXIe siècle ; les discussions à tendance psychiatrique avec une marionnette ventriloque dépeintes par Sylvie Simmons. Quant à Joe McNally, il voit l'ectoplasme de Londres prendre une forme à la fois grotesque et mythologique à mesure qu'il avance dans le labyrinthe d'Elephant and Castle.

Certains mieux que d'autres mettent à nu la vraie nature des choses. Pour Joolz Denby, Londres la Grande n'est qu'une grande arnaque, une éternité grise et sans âme qui vous attire dans ses entrailles peuplées de bars à hôtesses et d'addictions en tous genres impossibles à satisfaire, de démangeaisons impossibles à apaiser. Pour le père Donaghue de Barry Adamson, les âmes de la communauté de *losers* et de bagarreurs de Maida Hill à laquelle il se consacre valent la peine de se battre pour elles ; il pourra ainsi peut-être lui-même se racheter. Mais pour le flic impassible de Stewart Home, les âmes de Ladbroke Grove ne sont que des marchandises, des investissements pour sa retraite.

Londres privilégie les entrepreneurs. Londres prospère sur la violence qu'elle génère. Londres a construit son Parlement sur de la bourbe constellée de ronces, qu'on connaissait sous le nom de Thorney Island, mille ans auparavant. À cet endroit, des criminels maintiennent l'ordre, la cité est administrée par des corrompus, l'espace est partagé entre des commerçants maçonniques.

Les motifs éternels de Londres font surface dans des vagues incessantes. Martyn Waites exalte la mentalité populaire de la cité délabrée de Dagenham, cette décharge pour pauvres de la ville, manipulés et unis par une haine autodestructrice. Dan Bennett place un éventreur au cœur de Clissold Park, juste un peu au nord de son terrain de chasse traditionnel de Whitechapel. Le croquemitaine le plus infâme de la ville prend ici une nouvelle forme : ce n'est plus un éminent chirurgien victorien ou un bâtard dégénéré de la reine, mais un adolescent dérangé animé par la rage folle d'une ville écrasée sous la chaleur. Mark Pilkington descend chez les vendeurs d'âmes perdues pour enquêter sur le trafic humain et les sacrifices d'enfants à Dalston, où John Dee[1] se réincarne en un *sangoma*

1. Mathématicien, astronome, astrologue, géographe et occultiste britannique qui a joué un grand rôle dans l'étude des sciences et de la magie à la fin du XVIe siècle.

nigérien, à l'exact opposé de l'endroit où il a fait ses débuts, sous le règne d'Elizabeth I. Michael Ward nous rappelle l'*establishment* de ces membres perruqués du Temple, l'antichambre du gouvernement : ceux qui tirent vraiment les ficelles et qui l'ont toujours fait.

London's Burning, London Calling, Waterloo Sunset, The Guns of Brixton. Londres bat au rythme de la musique du monde, chacun de ses quartiers raconte ses propres légendes populaires au travers du bhangra, du reggae, du ska, du blues, du jazz, du fado, du flamenco, de l'électro, du hip-hop, du punk : à vous de choisir votre bande-son. L'ancien punk-rocker de John Williams retrouve l'homme qu'il aurait pu être, allongé, saoul, la bave aux lèvres, dans un rade de New Cross. Telles les paroles d'une chanson, le passé revient hanter la vie de l'aspirant réalisateur de Desmond Barry, qu'un voyage dans le temps ramène au cœur de Soho.

Londres est une sirène, ses chants vous entraînent vers les rochers de votre destruction ; elle vous provoque, se moque de vous et vous fait miroiter un instant sa chair, tandis que vous vacillez, ivre, à l'entrée. Sirène que le truand de Ken Bruen trouve sur un *dancefloor* de Brixton. Sirène que le personnage de ma nouvelle, Dougie le détective privé, essaie de faire quitter la ville par King's Cross.

Le fait que Londres ait survécu aussi longtemps vient de ses racines, qu'elle puise dans le mal. La Tamise, comme le savaient les Romains, permettait aux richesses d'être directement transportées dans la bouche vorace de la ville. Londres a dominé le monde pendant nombre de ses années d'existence. Londres est une grande magicienne, et ce n'est pas une coïncidence si Ken Hollings propose une vision futuriste de la ville, contemplée depuis les tours étincelantes de Canary Wharf, monument au capitalisme construit sur les cendres de l'East End ouvrier par la sorcière de Westminster, Margaret Thatcher.

Alors, encore une fois, *Londres Noir* n'est pas une anthologie de nouvelles noires, c'est une boussole permettant au lecteur de se frayer son propre chemin dans les rues sombres de la ville. Qu'il prenne tout ce qui puisse rimer avec son âme et qu'il s'en serve comme talisman.

Londres, c'est l'ombre et le brouillard. Une ville hantée. La ville du noir absolu.

CATHI UNSWORTH
Londres, mai 2006

Playlist

La playlist est une sélection musicale qui accompagne et prolonge votre lecture. Les morceaux ont été sélectionnés par l'anthologiste et les auteurs eux-mêmes.

Retrouvez les morceaux de la playlist sur le site www.folio-lesite.fr/villesnoires

THE CLASH, *London's Burning*
THE FLIRTATIONS, *Nothing but a Heartache*
THE CLASH, *Police & Thieves*
ANTHONY NEWLEY, *What Kind of Fool am I*
JJ CALE, *Call the Doctor*
THE FALL, *Deer Park*
THE KINKS, *Lola*
X-RAY SPEX, *Oh Bondage, up yours*
THE RUTS, *Babylon's Burning*
NEW MODEL ARMY, *Mambo Queen of the Sandstone City*
THE PREFECTS, *Going through the Motions*
JOE STRUMMER & THE MESCALEROS, *Silver and Gold*

LAID BACK, *White Horse*
THE NECKS, *Fife and Drum*
THE INK SPOTS, *Who do you know in Heaven*
CARL CRAIG, *Mind of a Machine*

Note de la traductrice

Dans un recueil qui laisse la part belle au punk et au rock'n'roll, il aurait été dommage de traduire les références musicales dans le corps du texte… Les traductions, si nécessaires, sont en note de bas de page. J'ajoute que les titres des quatre parties de cette anthologie font chacun référence à un morceau interprété par les Clash :

— Partie I, « Police & Thieves » (policiers et voleurs), composé par Junior Murvin, repris par les Clash sur l'album *The Clash*, 1977. Ce morceau figure sur la playlist du recueil.

— Partie II, « I Fought the Law » (je me suis battu contre la loi), composé par Sonny Curtis, repris par les Clash sur l'EP *The Cost of Living*, 1979. Ce titre est détourné dans le titre de la nouvelle de Michael Ward, « I Fought the Lawyer » (je me suis battu contre l'avocat).

— Partie III, « Guns on the Roof » (des flingues sur le toit), composé et interprété par les Clash sur l'album *Give 'Em Enough Rope*, 1978.

— Partie IV, « London Calling » (ici Londres), qu'on ne présente plus, morceau qui ouvre l'album éponyme de 1979.

I

POLICE & THIEVES

Soho

BACKGAMMON

Desmond Barry

Desmond Barry est un vagabond. Il a grandi à Merthyr Tydfil, au pays de Galles, puis s'est installé à Londres, où il a vécu de 1972 à 1982. Il est l'auteur de trois romans. Aujourd'hui, il donne des cours d'écriture créative à l'université de Glamorgan.

Le 5 septembre à quinze heures, j'étais censé être à la Soho House, sur Greek Street, pour rencontrer le réalisateur Jon Powell. Jon s'intéressait à un script que j'avais écrit, *Rough House*, sur des sales affaires qui s'étaient déroulées dans les années 1970 à Soho. Sa dernière réalisation, *Anxiety* — un film d'horreur aux faux airs de téléréalité — était entrée dans le top 10 du box-office. Autant dire que j'étais impatient et nerveux pendant le trajet en métro de Kilburn à Piccadilly Circus : je voulais vraiment que tout se passe au mieux. Le souci, c'est qu'il fallait absolument que je me mette quelque chose dans le ventre rapidement, pour faire taire mes gargouillements et lutter contre mon hypoglycémie, laquelle était en train de me rendre encore plus nerveux et crispé. J'avais de la chance. Il me restait une heure à tuer avant le fameux rendez-vous, et le Ristorante Il Pollo, qui sert les meilleures lasagnes de tout Soho, était tout près de Greek Street, là où je devais justement rencontrer le réalisateur. De toute évidence, Il Pollo allait être mon premier arrêt. J'ai bousculé tout le monde dans l'escalator bondé du métro, j'ai joué des coudes dans les escaliers jusqu'à la sortie et me suis retrouvé à Piccadilly — tentations, néons, action. Après avoir esquivé quelques taxis, j'ai atteint Great Windmill Street. La scène aurait pu faire partie du script : de belles filles devant des boîtes de strip, aux décolletés aguicheurs, aux sourires faussement effarouchés, aux paroles obscènes pour m'attirer à l'intérieur. Mais bon, je n'ai pas mordu à l'hameçon. J'avais du boulot. J'ai tourné à droite vers Brewer Street puis j'ai zigzagué vers Old Compton Street où j'ai capté le regard des minets attablés aux cafés ou adossés aux boutiques tendance pour gays. Tout le monde cherche quelque chose à Soho. Moi, je voulais des lasagnes.

J'ai poussé la porte en verre du Pollo, j'ai respiré les riches odeurs de viande et de tomate qui s'échappaient de la cuisine, et l'arôme de café qui émanait du percolateur Gaggia rugissant derrière le comptoir. Il Pollo servait les mêmes lasagnes dans leur plat en métal depuis au moins trente ans et je comptais vraiment sur cette sauce béchamel à la viande et sur un bon verre de vin pour me requinquer avant cette réunion avec Jon. La serveuse m'a installé à une petite table devant.

C'est pour cette raison que je n'ai pas tout de suite vu Magsy. En tout cas, pas avant d'avoir plongé ma fourchette dans le fromage croustillant et les pâtes tendres, et gratté les morceaux grillés sur les bords du plat métallique. J'ai eu un vrai choc lorsque j'ai vu ce vieil enfoiré arriver du fond, entre les box. Ça faisait vingt-six ans. Comment se faisait-il qu'il soit là, à ce moment précis, alors que je ne l'avais pas vu depuis vingt-six ans ? Je dois dire qu'on avait comme une histoire, Magsy et moi. J'ai repoussé le plat et j'ai souri à l'homme, mais les muscles de mes épaules sont devenus tout raides et mon genou s'est mis à sautiller comme si quelque part, au fond de moi, j'étais prêt à bondir et à partir en courant. Comme pas mal de personnes qui perdent leurs cheveux ces temps-ci, Magsy s'était rasé le crâne.

En me voyant, il a eu un petit sourire suffisant et moqueur. C'était pas un mec grand, moins d'un mètre quatre-vingts. Il faisait quand même une dizaine de centimètres de plus que moi, ceci dit. Il avait belle allure dans sa veste de velours côtelé, sa chemise à carreaux et son jean. J'avais entendu dire qu'il était parti vivre en Espagne après être sorti de taule. Cela devait faire vingt-deux ans. Mais il n'était pas bronzé du tout. On voyait qu'il avait traversé de sacrées épreuves : des traces de fatigue autour des yeux, des rides creusées, la peau grise d'un fumeur de longue date.

« Qu'est-ce que tu fais ici, toi ? » a-t-il demandé.

Je me suis levé de table et me suis surpris à lui donner l'accolade, comme à un vieil ami. Certes, c'était un peu emprunté mais, quand nous nous sommes reculés, il avait quand même toujours cette expression du mec content de me voir.

« J'ai un rendez-vous, lui ai-je dit. Un truc de boulot dans... » J'ai soulevé ma manche pour découvrir ma montre. « Dix minutes.

— T'es dans quel business ?

— Je te le dirai plus tard, si tu veux, si t'es toujours dans les parages.

— Quatre heures et demie chez Steiner's, me dit-il.

— Ça marche. »

Steiner's, ouais. Un de nos vieux repaires.

Nous sommes sortis ensemble du Pollo, en plein soleil, sur Old Compton Street ; après quelques mètres en direction de Greek Street, éblouis par la lumière, nous avons traversé la rue pour rejoindre l'ombre.

« Tu bosses encore dans le coin ? » lui ai-je demandé.

J'espérais que non.

« Nan, je vis à Bridgewater maintenant.

— Bridgewater ? Qu'est-ce que tu fais à Soho, alors ?

— Je retrouve Richie à la fin de son service. »

Richie était l'un des plus anciens potes de Magsy, bien que je ne le connaisse pas si bien que ça moi-même.

« Il bosse encore là ?

— Ouais. Manager d'environ quatre boutiques Harmony.

— Des pros du porno.

— Avec toutes les licences, légal et tout, répondit Magsy. C'est l'esprit *new labour*, mon vieux. Tant que ça fait du fric, c'est bon. C'est pas ça, l'attitude libérale ?

— C'est le jeu.

— Alors je te vois chez Steiner's ?

— Ouais, d'accord. »

Et il est parti. Je l'ai suivi des yeux quand il a marché vers l'est. C'était bizarre d'être tombé sur lui au Pollo après tant d'années. J'en tremblais encore. Un coup d'œil à ma montre : j'étais pile à l'heure pour le rendez-vous. Il fallait que je me sorte Magsy de la tête pour le moment. J'ai sonné à la porte du club puis j'ai monté les escaliers à la rencontre de Jon Powell.

Sur la terrasse du toit de la Soho House, en plein soleil, avec quelques bouteilles d'eau pétillante, la réunion s'est bien déroulée. Pas génial, mais ça a été. Apparemment, c'était un long processus que d'essayer de faire un film, et ça demandait beaucoup de patience. Comme je l'ai dit à Jon, je ne savais pas si les producteurs qui m'avaient payé en petite monnaie pour le script allaient pouvoir sortir les gros sous pour réaliser ce truc. Mais, comme je l'ai aussi dit à Jon, ils auraient sûrement des coproducteurs très intéressés. Ces discussions cinématographiques brassaient beaucoup d'air, mais si ça permettait au film d'exister un jour… Jon m'a dit qu'il aimait vraiment le script et m'a promis qu'il allait le transmettre à une de ses connaissances qui bossait dans la boîte de Pierce Brosnan, qui pourrait bien être intéressé, et m'a assuré qu'il allait le faire dès son retour du festival du film de Toronto et d'un voyage à Los Angeles. Tout cela était très positif. Mais, pour l'heure, personne n'avait rien signé et personne n'était encore en train de casser la croûte sur le tournage de la première scène. C'était soit une formidable manière de gagner sa vie, soit un vrai mirage. N'empêche, j'allais être payé pour le script, j'allais encore toucher de l'argent si le film se faisait, et puis le soleil brillait. Ce n'était pas une mauvaise manière de gagner sa vie. J'ai fini mon eau gazeuse et nous avons descendu cinq étages à pied. De l'eau gazeuse ? Mon Dieu ! Je ne me suis pas reconnu, là. D'autant que, ces derniers temps, même du café, j'arrivais plus à en boire.

J'ai serré la main de Jon, qui s'est ensuite dirigé vers Soho Square ; moi, j'ai pris vers l'ouest, sur Old Compton, vers chez Steiner's. J'allais *vraiment* retrouver Magsy — s'il était là.

Magsy et moi, on était bons potes au milieu des années 1970 et, à l'époque, je passais pas mal de temps chez lui, vautré par terre à écouter de la musique. Il vivait avec sa copine, Penelope. J'étais tellement souvent dans leur appart de Camden qu'on pouvait quasiment dire que j'y vivais. En fait, j'y ai *vraiment* vécu à partir du moment où le bail de ma piaule à Chalk Farm a expiré. Je me suis posé chez eux pendant six mois, et Magsy et sa copine ont fini par me trouver un endroit à Dalston, « par un pote de Penelope », avaient-ils dit.

Ils n'avaient donc pas été obligés de me jeter dehors officiellement. On avait eu de bons moments avec Magsy. Des moments incroyables. Comme ce jour où — juste avant que je déménage dans ma nouvelle piaule, c'était en 1975, par un chaud après-midi de juillet — Magsy et moi, on avait décidé de fêter ma dernière nuit dans l'appart. On était allés acheter cent grammes de sel et une demi-douzaine de citrons dans une épicerie du coin de la rue, et trois bouteilles de tequila au Offy[1] sur Camden High Street. Puis on était allés chercher Penelope à son travail, au Royal Free Hospital. Elle était devant la grille avec cette petite aux cheveux longs, Angela. On n'avait pas prévu ça. On avait juste prévu de rentrer à l'appart et de se déchirer la tête à la tequila — mais Angela nous a tous invités à dîner chez elle, à Cornwall Gardens, juste derrière Gloucester Road. Cornwall Gardens... Alors ça, mon pote, c'est classe comme adresse. Il faut dire que la journée était ensoleillée et que nous avions du sel, des citrons et de la tequila en offrande pour la cérémonie, alors ça m'allait bien. Angela nous a emmenés chez elle en passant par Haverstock Hill, West End, Kensington, et nous a dit que son copain, Ted, était propriétaire de l'appartement où je m'apprêtais à m'installer, à Dalston.

Ah, voilà, m'étais-je dit, *le fameux pote*.

On était donc arrivés à Cornwall Gardens. Angela avait une autorisation pour se garer dans la rue et nous avait ouvert une grande porte de style géorgien. Elle nous avait fait monter par l'ascen-

1. Magasin d'alcool.

seur jusqu'à un chouette trois-pièces avec plein de tapis persans par terre, dans le salon. C'était somptueux. Et le balcon donnait sur des jardins privatifs grillagés.

Angela s'était mise à préparer un repas végétarien dans sa cuisine américaine. Elle nous avait dit qu'elle ne mangeait que de la nourriture macrobiotique, mais elle n'arrêtait pas de venir faire des pauses au salon pour fumer une cigarette, ce qui ne me paraissait pas vraiment coller avec ses histoires de macrobiotisme et tout. Ted était arrivé environ une demi-heure après. Il n'était pas si grand que ça, plutôt maigre, avec des lunettes métalliques et une queue-de-cheval. Un peu du genre ancien hippie. Selon elle, il était sorti pour ses affaires. Le soleil, les shots et le goût rafraîchissant des citrons aidant, nous avions déjà sifflé la première bouteille de tequila à ce moment-là, enfin, du moins, Magsy et moi, parce que les deux filles étaient restées à discuter dans la cuisine la majeure partie du temps.

Ensuite, nous nous étions tous installés autour d'une nappe qu'Angela avait mise par-dessus les tapis dans le salon. Nous avions mangé du riz brun, des pickles et des légumes. Je m'étais vraiment senti en bonne santé après ce repas. Nous nous étions affalés sur les coussins géants, avions repris le rythme des shots de tequila et Ted avait sorti son magnifique plateau de backgammon incrusté de perles. On avait tous essayé de se concentrer sur le jeu. Puis Ted avait sorti un grand miroir et préparé cinq gigantesques lignes de poudre, de la

« colombienne », avait-il dit. Il avait sniffé une ligne ainsi que les bouts des autres lignes et avait tendu le billet roulé à Magsy. Magsy avait fait de même et ça avait été au tour de Penelope. Je m'étais senti soulagé quand Angela avait dit qu'elle n'en voulait pas. Cela m'avait fait me sentir un peu moins con quand je leur avais dit que j'allais rester à la tequila. Je ne suis pas coincé, mais je me tape des crises d'asthme terribles quand j'inhale des pollens hostiles, alors de la cocaïne… et je ne voulais prendre aucun risque vu l'état dans lequel je me trouvais déjà. Les triangles noirs, rouges et blancs du backgammon étaient devenus incandescents après la deuxième bouteille.

Puis nous avions relancé les dés, déplacé quelques jetons et Ted avait refait une série de lignes de colombienne et moi, je m'étais descendu trois autres shots et, d'un coup, je m'étais senti vraiment moins nerveux par rapport aux drogues dures que les mecs à ma droite n'arrêtaient pas de sniffer et nous avions relancé les dés et terminé la troisième bouteille et je m'étais senti tout lumineux même s'il faisait nuit et qu'il était temps de rentrer et je m'étais levé et mes genoux ne semblaient pas très bien fonctionner et je m'étais dit oh, c'est pas grave, puisque j'allais rentrer maintenant et je n'avais jamais capté à quel point j'étais bon au backgammon. J'avais pensé que j'aimerais bien revoir Ted même s'il était un peu du genre coké. J'avais vraiment envie de refaire une partie avec lui.

Mais vous savez quoi ? Je ne suis jamais retourné dans cet appart… jamais. J'imagine que j'y étais arrivé par hasard, vraiment. Ce que je veux dire, c'est qu'Angela voulait inviter Magsy et sa copine, et que je me trouvais simplement avec Magsy après avoir acheté la tequila. Alors je n'aurais pas dû y être, en fait.

Quand on avait été sur le point de partir, Ted, tout amical, avait pris Magsy par le bras : « Dis-moi, Magsy, tu crois que tu peux vendre un peu de coke pour moi ? »

Le visage de Magsy s'était illuminé. Une opportunité de faire du fric : ça, ça plaisait à Magsy… et il était clair qu'il avait bien aimé toute cette poudre, et Ted l'avait tellement apprécié qu'il lui avait filé environ cinquante grammes et lui avait proposé de les lui payer une semaine plus tard. Même avec tout cet alcool dans le sang, je savais que ce n'était probablement pas une bonne idée, mais Magsy était à fond. J'ai su ensuite qu'il avait payé Ted deux jours avant la fin de la semaine. Au temps pour moi.

Bon, Ted était désormais mon propriétaire. Ça m'avait mis un peu mal à l'aise mais, au bout d'un mois environ, une ravissante jeune femme de trente et un an prénommée Sheri était venue s'installer chez moi, et j'avais été alors bien content d'avoir ma propre piaule. Sheri était une vraie Cockney. Je l'avais rencontrée quand je travaillais dans une boîte de transport à Mile End : il fallait bien que je paye le loyer d'une manière ou d'une autre. Je voulais lui présenter Magsy. Après tout, c'était encore mon pote, non ? Ses affaires étaient alors florissantes. Mais j'avais l'impression que Magsy était bien plus heureux de voir ses clients que nous. Je m'étais dit bon, c'est mon pote, je vais aller lui parler en face un peu.

« Qu'est-ce qui se passe ? lui avais-je dit. Je veux dire, vraiment ? »

Il savait bien de quoi je parlais, quand on est potes, on sait ce genre de choses, mais il m'avait rien répondu d'autre que : « Je vais bien, mec. Je vais bien. Juste un genre de rhume. J'ai juste attrapé froid. T'inquiète. »

Un rhume ? C'était quoi ce… ? J'avais voulu le pousser à parler mais, à ce moment-là, Ted était arrivé. Il était avec ce mec qui s'appelait Danny, qui avait une super coupe de cheveux, un costard très cher, un pull en coton noir ras du cou et un manteau en poil de chameau. Pas du tout le genre ancien hippie. Mais vraiment du genre ancien malfrat — même s'il avait seulement dans les vingt-huit ans. Danny transpirait la séduction.

« Magsy, mon gars, avait-il dit, que dirais-tu de faire un investissement sérieux ?

— C'est-à-dire ? avait répondu Magsy.

— Que dirais-tu de reprendre le bail d'une petite affaire de porno sur Dean Street ? Ça pourrait bien être la vitrine parfaite pour ton business. »

Le business de Magsy, c'était, pour l'heure et sans aucun doute, les drogues dures.

« Ouais, avait répondu Magsy avec un grand sourire. J'pourrais me lancer là-d'dans, jouer un peu sur tous les tableaux, pas vrai ? Sexe, drogues et rock'n'roll ! »

J'avais ri avec lui. Il était sous le charme. J'étais sous le charme. Mais je n'étais toujours pas certain que cet investissement soit une bonne idée. Bien entendu, je ne connaissais pas les détails financiers. Et puis, de toute façon, pourquoi est-ce que *moi* je les connaîtrais ? À cette époque, j'avais un boulot de merde dans une boîte de transport à Mile End, et Magsy s'apprêtait à déménager du côté de West End, là où se trouvaient tous les malfrats. Une fois son sex-shop ouvert, j'allais à Soho tous les vendredis soirs pour boire un verre avec lui après le travail.

Pour être honnête, j'aimais bien rencontrer toutes ces strip-teaseuses, ces putes, ces macs et autres escrocs — qui semblaient tous être ses potes —, en particulier après avoir passé les cinq jours précédents à classer des bons de livraison. Je me sentais comme un desperado plein de relations… Enfin, pas tout à fait : on va dire une sorte de desperado par procuration. Quand Magsy avait déménagé chez les gros bonnets comme Ted et Danny, de plus en plus souvent, pendant qu'on prenait un verre, il me disait : « Désolé Dex, mais je dois bouger. Il y a une fête chez Ted. »

Je rentrais alors retrouver Sheri.

« Il te laisse tomber, chéri, me disait-elle. Il en a rien à foutre de toi, hein ? »

Ce à quoi je répondais que non, qu'il était occupé avec toutes ses affaires : « Ted ne veut probablement pas qu'il ramène ses potes là-bas, tu ne penses pas ? Il doit rester discret et tout ça. »

Mais ça faisait mal, je vous le dis.

Il m'arrivait encore de voir Magsy pour boire un coup de temps en temps. J'aimais encore quand il me racontait toutes ses histoires de gangsters. Un vendredi soir, alors qu'on buvait du cognac chez Steiner's, Magsy m'avait dit : « Dis, Dex, tu te souviens de cet appart sur Gloucester Road ?

— Ouais.

— Eh ben, Penny et moi, on va y emménager la semaine prochaine.

— Sans rire !

— Tu sais, Ted s'est fait dénoncer. Les flics veulent faire une grosse descente, du coup, Angela et lui doivent quitter le pays rapidement. Il m'a demandé de lui garder l'appart avec Penelope.

— Bien joué. »

Le truc bizarre, c'est que Magsy ne m'avait jamais invité dans l'appart de Cornwall Gardens… Pas une fois.

« Pourquoi tu continues à voir ce connard ? me demandait Sheri.

— Un pote est un pote, OK ? Il reviendra… »

Je ne l'avais pas vu pendant au moins trois mois après son emménagement à Cornwall Gardens. Puis je l'avais rencontré un week-end, sur Old Compton Street.

« Qu'est-ce qui t'est arrivé ? » lui avais-je demandé.

Le visage de Magsy était enflé des deux côtés et sa peau n'était qu'un tourbillon de vert, de jaune et de violet.

« Allons boire un coup », avait-il proposé.

Il parlait la mâchoire serrée. On était allés chez Steiner's.

« Ted m'a envoyé des acides des États-Unis », m'avait appris Magsy, entre sifflements et gargouillements. Il n'avait pas arrêté de faire ces bruits, je crois qu'il était complètement coké. « Des Mister Natural. Du pur. Un dessin de Mister Natural sur un buvard prédécoupé en quatre. Ted était à la tête de tout. Il m'a dit de les vendre une livre chacun et qu'il viendrait récupérer le fric en revenant. Quelques mois plus tard, Ted est rentré. Et quand il est rentré, il est venu pour le fric. Normal. Mais il a pété les plombs. Il m'a dit que je ne lui donnais que le quart du fric que je lui devais. Je lui ai répondu qu'il m'avait demandé de vendre le Mister Natural une livre pièce. Ted m'a répliqué que j'aurais dû vendre chaque *quart* une livre. »

Je me demandais si Magsy se foutait de ma gueule. Était-ce vraiment un malentendu ? Quelle partie du fric s'était finalement retrouvée dans son pif ?

« Alors il t'a refait le portrait ? »

J'avais du mal à le croire. Ted n'avait pas l'air si violent.

« Pas juste Ted, toute sa famille.

— Ah.

— Ce sont tous d'anciens escrocs, comme Danny, il fallait que je quitte l'appart. Un peu sous la contrainte… avec l'aide de tous les frères de Ted, son père, ses oncles et Danny. Une fois qu'ils en ont eu fini, ils m'ont genre poussé dans les escaliers. Comme j'te dis. »

Un petit sifflement avait précédé un rire. J'étais content qu'il puisse en rire.

« Comment va Penny ? l'avais-je interrogé.

— Ils l'ont pas touchée. Elle est chez des potes, vers Epping.

— Tu dors où, toi ?

— Par terre, dans le magasin.

— Viens chez moi. »

Je me disais que maintenant que ces enfoirés lui avaient refait la gueule, il allait peut-être lâcher un peu toute cette merde et revenir à une vie normale.

Il avait secoué la tête.

« Nan, faut que je reste à Soho », m'avait-il balancé.

On avait décidé de se revoir le dimanche suivant chez Steiner's et, entre-temps, son visage avait un peu désenflé. Les hématomes, eux, avaient viré dans des verts et des bleus spectaculaires. On avait avalé quelques pintes de Stella.

« J'ai quelqu'un à voir ici », m'avait-il annoncé.

Putain.

Un mec aux cheveux bouclés, le nez en patate et un tas de chaînes en or autour du cou était entré dans le bar. Il était allé directement aux toilettes et Magsy l'avait suivi. Puis ils en étaient sortis et Bouclettes s'était barré.

« Je dois payer mes dettes à Ted, il fallait que j'emprunte des thunes. »

Merde.

Magsy était tout bondissant, d'un coup : le rythme de ses doigts sur le comptoir, le roulement de ses épaules. Il devait être en rade de coke, ce qui avait dû booster sa motivation. Il avait torché sa bière en trois grosses lampées.

« Désolé, Dex, faut que j'aille choper. *Adios, amigo.* »

Et le voilà parti acheter son stock de coke. J'étais rentré chez Sheri.

Et, véridique, c'était la dernière fois que j'avais vu Magsy. Pas que j'avais plus jamais pensé à lui. Les flics devaient le surveiller depuis un bon bout de temps et avaient décidé de lui rendre visite à son sex-shop très tôt le lendemain matin. Ils avaient trouvé presque trente grammes de coke et une grosse quantité d'herbe. Magsy en avait pris pour quatre ans à Brixton. Je ne m'en étais jamais plus approché.

Vingt-six ans plus tard, et je tombais sur lui au Ristorante Il Pollo en plein cœur de Soho, et nous allions nous revoir chez Steiner's, le dernier endroit où nous nous étions vus avant qu'il tombe. J'ai pris une inspiration et j'ai poussé la porte du bar. Magsy était là, debout au comptoir avec Richie Stiles, un de ses vieux potes, plus grand que jamais, mais rondouillard maintenant, le front dégarni et les joues bien charnues. N'empêche qu'il portait un costume Armani.

« Dexie ! a lancé Magsy. Ça fait plaisir de te voir, vieux. »

Richie et lui devaient déjà être passablement ivres au vu des trois shots de tequila et des Corona alignés sur le bar. Impossible de résister. La faute au bon vieux temps ou parce que j'étais un peu nerveux ; quoi qu'il en soit, j'ai pris du sel, un shot de tequila, j'ai mordu dans le citron, et enfin j'ai calmé le feu dans ma gorge avec une gorgée de Corona bien fraîche.

« Richie ! ai-je dit. T'es un gros bonnet maintenant.

— Ça reste un bon deal, avec les permis et tout ça, tu vois, m'a-t-il répondu. On se fait plus de fric par la voie officielle, de nos jours. Pas de descente de flics ou quoi que ce soit.

— Et toi, qu'est-ce que tu fais ? » m'a demandé Magsy.

Si je lui disais que j'étais écrivain, j'aurais eu l'air de jouer les fanfarons — ce que je suis, au final.

« Je suis écrivain.

— Écrivain ? Tu te fais du fric et tout ? m'a demandé Magsy.

— Je dois me battre pour en vivre, mais ça va. C'est mieux que tous les autres tafs que j'ai pu faire… et j'en ai eu des tas depuis la boîte de transport : ouvrier dans le bâtiment, comptable, assistant bibliothécaire, et puis j'ai décidé de changer de vie. »

Je voyais bien que je l'avais un peu piqué avec cette dernière remarque. Ça n'était pas le but. Que faisait-il ? Employé chez un bookmaker ? Chômeur ? Je savais qu'il ne dealait plus.

« Mon Dieu, ça fait combien de temps que je t'ai pas vu ? » a-t-il demandé.

J'étais certain qu'il savait parfaitement.

Je lui ai annoncé les vingt-six ans.

J'étais un peu à l'ouest, mais pas ivre.

« Ah… ouais… juste avant le procès.

— Ouais, c'est ça. »

Ce qu'il voulait dire en réalité, c'était : *Tu n'es jamais venu me voir en prison, espèce de sous-merde.*

Et je n'y suis jamais allé, il faut bien l'avouer. Parce que quand Magsy est tombé — traitez-moi de parano si vous voulez —, j'étais intimement persuadé que si j'étais *vraiment* allé voir Magsy, j'aurais été inscrit sur la liste de la police des fréquentations connues des trafiquants de drogue incarcérés et que, très peu de temps après, j'aurais reçu une visite matinale tout comme Magsy. Et si la police avait dû augmenter ses statistiques, si elle avait décidé que les fréquentations des trafiquants connus valaient le coup, je me serais rapidement retrouvé avec Magsy sous les verrous — avec un casier judiciaire et en lutte contre les violeurs sodomites. Je ne pouvais même pas en supporter l'idée.

Maintenant, il voulait que je culpabilise, ce qu'il avait bien réussi et ce qui me rendait fou. C'était ce qu'il voulait, vous voyez, ce qu'il voulait vraiment : nous remettre chacun à notre place de l'époque, lui le mauvais garçon grande gueule, et moi le grouillot dans une pauvre boîte de transport. Me faire revenir à la case départ. Il m'a toujours considéré comme une sorte de mauviette qui n'a pas eu les couilles de faire ce que lui a fait : plonger la tête la première dans le trafic de drogue et le cul. Mais il a eu sa vie et moi la mienne, et je n'étais pas du tout déçu de la tournure qu'avait prise la mienne. Après tout, je n'étais plus le simple employé que j'étais. Et lui, qu'était-il ? Qu'était-il devenu ? On pouvait le savoir ?

Et puis, ça m'est revenu… Un souvenir insidieux, mais certain. Je ne lui ai jamais pardonné de m'avoir traité comme il l'avait fait quand il était coké à mort avec tous ces dealers et ces rois du porno à Soho… Il était au cœur des affaires et moi, je n'étais personne, et le fait qu'on soit potes n'avait aucune importance à ses yeux, à l'époque. Et toute cette honte et cette rage que je ressentais pour avoir été méprisé par Magsy, méprisé par quelqu'un que je considérais comme un pote, et bon, d'accord… la culpabilité que j'avais de ne pas être allé le voir en prison… c'est tout ça qui m'a fait me servir de l'histoire de Magsy, grandeur et décadence à Soho, dans le script de *Rough House*. J'espérais qu'il allait aimer voir l'histoire de sa vie projetée sur grand écran. Si on trouvait l'argent. Mais on pourrait dire que c'était *moi* qui l'avais mis là, tout en haut, Magsy sur les écrans. Maintenant, c'était qui le caïd ? Qu'avait-il fait — à Bridgewater, en plus — pendant que moi, j'étais sur la terrasse de la Soho

House à siroter de l'eau gazeuse hors de prix ? Eh bien, je me suis dit, la vérité c'est que... la vérité, c'est que vraiment... ce qu'il était en train de faire n'avait guère d'importance — ni d'ailleurs ce que moi je faisais — car nous étions tous les deux chez Steiner's, à respirer le même air et à boire la même tequila en suçant les mêmes putains de citrons et rien ne pourrait changer l'histoire d'avant, d'avant qu'il aille en prison, d'avant son procès, d'avant les flics, d'avant les usuriers, d'avant la coke, d'avant Ted, et d'avant cette putain de partie de backgammon à Cornwall Gardens. La vérité... la vérité, c'est que j'étais désolé. J'étais juste sacrément désolé.

Brixton

À BLOC

Ken Bruen

Ken Bruen est l'auteur d'un grand nombre de romans policiers, notamment la série des enquêtes de Jack Taylor, disponible en Série Noire et Folio policier. Ses livres ont été traduits en plusieurs langues et sont lus partout dans le monde. Il vit aujourd'hui en Irlande, à Galway.

La faute aux Irlandais.

C'est ce que je dis toujours. Ces enfoirés s'en foutent, ils sont habitués, avec toute cette culpabilité catholique dont ils héritent. Pour eux, la faute est, disons, habituelle. C'est comme toute cette pluie qu'ils se tapent. Ils ont une disposition naturelle à la merde. J'ai eu ma dose de *micks*[1] — quand on grandit à Brixton, ils font partie du paysage. Ils ont leur place, même si c'est pas forcément une très bonne place. J'ai travaillé avec certains, quand je me suis lancé dans les affaires. J'étais moins malin que je le pensais à l'époque, alors, évidemment, je les ai pris dans mon équipe au départ.

Il faut bien admettre une chose, c'est qu'ils n'ont peur de rien, qu'ils sont sans limites et qu'ils en rient même, presque inconscients. Ils ne te lâchent pas, ils vont même aller jusqu'à te protéger. Mais c'est plus tard, au pub, qu'ils s'embourbent, et putain, ils se mettent à parler, et parler, et parler. J'ai même

1. Diminutif donné aux Irlandais.

failli me faire arrêter à cause d'eux. Du coup, je ne les embauche plus. L'un d'eux — nommé Paddy, évidemment — m'a dit : « Il n'y a pas si longtemps, les Bed and Breakfast affichaient "Pas de gens de couleurs, pas de chiens, pas d'Irlandais". »

Il souriait en me disant ça, et c'est là qu'on doit s'inquiéter le plus, ces enculés sourient et c'est parti pour le grand saut. Paddy a pris huit ans à cause d'un braquage foireux de bureau de poste, il avait arraché son masque en plein milieu du casse, parce que ça le grattait. Je suis allé au Scrubs[1], voir s'il manquait de rien, il a secoué la tête et m'a dit : « Ne viens plus me voir. »

J'étais un peu vexé et il m'a expliqué : « Rien de personnel, mais t'es brit'. »

C'était absurde, il était dans une taule brit'. La logique et les Irlandais ne font pas bon ménage, mais il a dû voir ma surprise, parce qu'il a ajouté : « Ici, je suis avec mes compatriotes. S'ils voient un Brit' me rendre visite, ils me baisent. »

Je l'ai laissé moisir.

Ma vie s'annonçait bien. Ça a pris du temps, mais j'ai peu à peu réussi à vraiment bien m'organiser. Je dealais un peu : des amphètes, de l'héro et, bien sûr, de la coke. Je ne me chargeais pas personnellement de toute cette merde, tout passait par des canaux, tout un tas de petits idiots qui faisaient le biz, là-dehors. Je gérais les stocks, faisais en sorte que la came arrive aux gens, et restais dans

1. Wormwood Scrubs est une prison.

l'anonymat le plus complet. J'avais des parts dans un pub : karaoké quatre soirs par semaine, des filles et, le dimanche, de savoureux après-midi de *lap-dance*. Les flics se servaient au passage, et tout le monde était, sinon content, du moins raisonnablement prospère. Aucun de nous ne s'enrichissait, mais au moins ça payait quelques extras. Je me suis offert un parking et sans déconner, *ça*, ça m'a changé la vie.

Mieux encore, j'étais proprio d'une belle piaule sur Electric Avenue, et comme de l'extérieur, ça avait l'air d'un squat, ça n'attirait pas les voleurs. Dedans, j'avais du mobilier de designers, un séjour nickel, ouvert, dans le style loft, et des meubles en osier. J'aimais bien, ça amenait de bonnes vibrations. Pas de femme, j'aimais trop ma liberté. Bien sûr, le vendredi soir, je m'attrapais une tigresse, je la ramenais chez moi mais, à trois heures du mat', il fallait qu'elle dégage. Pas besoin de compagnie en permanence. Si j'installais une poule chez moi, c'en serait fini de l'indépendance que j'avais galéré à avoir.

Sous le parquet, il y avait ma planque : la coke, quinze mille livres sterling et mon Glock. La batte de base-ball restait près de mon lit.

Puis j'ai rencontré Kelly.

J'étais allé au Fridge voir un très mauvais concert d'un groupe de hip-hop censé être la prochaine révélation. Ma parole, ils étaient atroces, à croire que personne ne les avait prévenus que toute la scène *gangsta* était… morte. Après ça, j'étais descendu au pub, il fallait que je m'enlève ce goût de la bouche. Pendant que je commandais une pinte de bière, de la *bitter*[1], j'ai entendu : « Pour aller avec ton humeur. »

Une femme, proche de la trentaine, un peu moins, dans le style néo-goth', tout en noir : le maquillage, les vêtements, l'attitude. J'ai rien contre eux, ils sont inoffensifs, mais s'ils pensent que les Cure sont toujours d'actualité, c'est qu'il faut de tout… Enfin, c'est toujours mieux que d'écouter Dido. Son visage n'était pas vraiment joli, loin de là, mais il avait une énergie, une vitalité qui attirait l'attention. Je lui ai lancé un regard noir, version Londonien de Brixton, celui-là même qui veut dire *dégage… maintenant.*

Elle a senti qu'elle me devait une explication. « Amère, pour cette amertume sur ton visage. »

Je me la suis jouée à l'américaine : « On se connaît ? »

Elle a ri et a répondu : « Pas encore ! »

J'ai pris ma pinte et me suis éloigné. Elle était entourée d'autres goths, mais elle en était l'épicentre, la flamme autour de laquelle ils tournoyaient. J'ai remarqué que ses yeux étaient étrangement mouchetés de vert, ce qui poussait à la dévisager. Je me suis secoué en murmurant : « Reprends-toi. »

À ma deuxième pinte, j'ai osé un regard furtif en sa direction. Elle m'observait et m'a fait un signe.

1. « Amer ». Désigne une bière à haute fermentation.

J'étais fou. C'était quoi, ce bordel ? J'ai pris un Jack Daniel pour la route — je ne suis pas un grand buveur, c'est que cette merde se transforme rapidement en habitude, et j'ai des projets, moi, et devenir alcoolique n'en fait pas partie. J'ai reposé mon verre et me suis dirigé vers la sortie, quand elle m'a rattrapé et demandé : « Tu me payes un kebab ? »

C'est là que j'ai reconnu l'accent irlandais, presque comme si elle chantait les mots. Je me suis arrêté et lui ai répondu : « C'est quoi, ton putain de problème ? »

Elle a souri : « J'ai faim et j'ai pas envie de manger toute seule. »

Je lui ai montré le pub : « Et ton fan-club, là, il mange pas avec toi ? »

Elle a presque ricané, un demi-sourire aux lèvres et j'ai été pris de l'envie irrépressible de l'embrasser, tandis qu'une voix s'est mise à gronder dans ma tête. *Mais qu'est-ce qui m'arrive ?*

« Être une idole, c'est genre chiant, non ? »

Elle avait pris un accent londonien, pourquoi ? Pour que je me sente à l'aise ?

« J'en sais rien, j'ai pas l'habitude du concept. »

Elle s'est mise à rire fort, et son rire était très communicatif. « Oh, on va pas sortir les grands mots, me dit-elle, qu'est-ce qu'un concept au juste ? C'est comme une capote ? »

Je ne sais toujours pas exactement pourquoi, mais j'ai décidé de lui acheter son foutu kebab — histoire qu'elle me foute la paix, ou pour voir quelle autre plaisanterie du genre insultant elle allait sortir ? Elle a proposé qu'on aille manger dans le parc, ce à quoi j'ai répondu : « T'as perdu la tête, c'est carrément une zone de guerre, là-bas ! »

Elle m'a cloué le bec en me répondant qu'elle veillerait sur moi.

La manière dont elle l'a dit, avec une sincérité, comme si… 'tain, j'en sais rien, mais comme si elle cherchait quelqu'un à protéger. Je lui ai alors dit que j'habitais au coin de la rue, et elle a piaillé : « Oooh, t'es un rapide, toi. Ma maman m'a dit de faire attention aux hommes dans ton genre. »

Je venais tout juste de mordre dans mon kebab, lequel répondait parfaitement à mes attentes : fadasse et un peu acide. Il a fallu que je lui demande : « De quel genre d'homme tu parles ? Les inconnus ? »

Elle a envoyé valser son kebab. « Non, les Britanniques. » Puis elle a regardé le sandwich s'écraser au sol et s'est mise à chantonner « Nourrir les p'tits oiseaux ».

Je l'ai emmenée chez moi, première erreur — comme si c'était la seule, bon, et même maintenant, je ne sais pas ce qui m'a pris, j'étais comme médusé.

Elle a regardé tout autour d'elle dans l'appartement, et putain, ouais, j'étais assez fier, ça avait de la gueule.

« Qui vit ici, un obsédé de la propreté, un maniaque ? »

Putain, j'étais vert, et j'ai demandé : « T'as un souci avec l'ordre, avec le fait qu'un endroit puisse être propre ? »

Merde. T'es sur la défensive, t'es déjà perdu.

Elle était ravie. Elle s'est dirigée vers moi, a mis sa langue au fond de ma gorge et, en deux temps trois mouvements, on s'y mettait comme des bêtes. La passion n'était pas quelque chose que j'avais beaucoup expérimenté — bon, si, disons que j'avais eu ce qu'il fallait, mais jamais comme ça.

Plus tard, allongé sur le sol, j'étais en train de chercher de l'air, et elle m'a interrogé : « Qu'est-ce que tu veux, au juste ? »

Elle fumait. Je ne pensais pas que c'était le moment de lui préciser que mon appartement était non-fumeur, alors je l'ai laissée faire, pas facilement, un peu dégoûté.

Je me suis mis sur le flanc : « Ce que je veux, je crois que je viens de l'avoir. »

Elle a bougé son cul et s'est dirigée vers l'évier ; j'ai dû détourner le regard et ne pas penser à l'endroit où il pouvait se poser. Elle a dit : « Le sexe, tout ça, c'est rien. Je veux dire, qu'est-ce que tu recherches dans la vie, quelles sont tes… comment on dit… tes *aspirations* ? »

Je voulais rester tranquille, ne pas finir en taule, me concentrer sur mes objectifs. J'ai dit : « J'aspire à ce beau pare-chocs, devant mes yeux… »

Elle m'a interrompu : « Et merde ! Putains de bagnoles, qu'est-ce que les mecs ont avec les moteurs ? C'est un genre de symbole phallique ? *Je me suis chopé un sacré engin, là.* » Son ton refoulait la bile. Avant que j'aie pu dire quoi que ce soit, elle a enchaîné : « Moi, ce que je veux, c'est être à bloc de fric, pour de vrai, tu vois ce que je veux dire ? »

J'ai failli lui parler de ma planque, de ma came, mais je me suis retenu et lui ai demandé : « OK, tu te fais plein de thunes, et ensuite ? »

Elle a récupéré ses vêtements, m'a regardé comme si j'étais con. « Ensuite, c'est : *allez tous vous faire foutre.* »

Elle s'est dirigée vers la porte et je lui ai demandé si elle s'en allait.

C'était ce que je voulais toujours, les faire partir le plus rapidement possible. Mais maintenant…

La main sur la hanche, elle m'a dit, les sourcils levés : « Quoi ? Tu pensais quand même pas qu'on allait repartir pour un tour ? Je crois que tu n'es plus vraiment à bloc à ce niveau-là, si tu vois c'que j'veux dire, et qu'il va te falloir une bonne semaine pour t'en remettre, non ? »

J'étais piqué au vif, pas une ne s'était plainte avant ça ; j'aurais dû lui dire de claquer la porte en partant, mais au lieu de ça, j'ai presque pleurniché : « Est-ce que je vais te revoir ? »

Son sourire en coin disait : « Je t'appelle. »

Et elle est partie.

Et elle n'a pas appelé. Jamais.

Je suis retourné au pub, aucun signe d'elle. Bon, d'accord, j'y suis retourné plusieurs fois et j'ai fini par interroger le barman. Je le connaissais depuis longtemps. On avait un passif, comme qui dirait, lui et moi, pas seulement des mauvaises choses. Il a été surpris : « La p'tite Irlandaise, c'est ça ? »

J'ai acquiescé comme une merde, je détestais montrer quand j'avais besoin de quelque chose, surtout devant un connard de barman, parce que s'ils te parlent, tu peux être certain qu'ils vont en parler aux autres, et je n'avais aucune envie que s'ébruite le fait que j'aie un quelconque besoin ou, pire, que j'étais vulnérable. Une histoire comme ça s'ébruite et t'es mort, les prédateurs tapis dans tous les recoins du pub te tombent dessus. Il m'a dévisagé. « Matt, tu me surprends. Je ne savais pas que t'étais couillon à ce point. »

Ça puait, ça puait carrément.

J'aurais dû lui balancer une petite claque, histoire de mettre les choses au point, mais je voulais l'info. J'ai sorti d'une voix assurée : « Qu'est-ce que tu veux dire ? »

Il s'occupait de son bar, prenait son temps, rangeait des verres, nettoyait le comptoir, et moi, j'étouffais mon impatience. Il a fini par se rattraper et m'a dit en touchant son nez : « Je te la fais courte, mon pote, tiens-toi à carreau, elle traîne avec ce Black, Neville, et, franchement, vaut mieux pas avoir affaire à lui. »

Neville. On racontait qu'il avait buté un dealer, il dealait lui-même pas mal de crystal. Et putain, ça, c'était pas un cadeau. J'allais partir et j'ai dit : « Je le savais. »

Il ne se moqua pas, mais pas loin. « Ouais, c'est ça. »

Merde, merde, merde.

Cette salope jouait avec moi. J'étais bien décidé

à me la sortir de la tête et à me remettre aux affaires. En plus, il fallait que je me rachète un tapis, sa clope avait fait un trou en plein milieu.

Une semaine plus tard, j'étais au pub dans lequel on faisait les soirées karaoké — une bonne petite affaire, les clients buvaient quelques coups, ils voulaient chanter et nous, on faisait des chiffres record ces soirs-là. J'étais dans le fond avec le manager pour discuter business, quand j'ai entendu une voix : « Je voudrais chanter "Howling at Midnight". »

C'était elle, Kelly, avec la chanson de Lucinda Williams, une de mes préférées, clair qu'elle avait vu le CD chez moi. J'ai scruté le bar, pas de Neville à l'horizon, et tout le monde s'est tu quand elle s'est mise à chanter. Sa voix était saisissante, pure, innocente. Reste qu'elle avait cette pointe d'urgence qui faisait qu'on y prêtait attention. Quand elle a eu fini, les applaudissements ont été assourdissants. Bouche bée, le manager a chuchoté : « Mon Dieu, elle est douée. »

Elle a sauté de la scène, traversé la pièce en ma direction, un sourire aux lèvres. J'étais résolu à rester cool mais, à ma grande horreur, je me suis entendu gémir : « Tu n'as jamais appelé. »

Même le manager m'a lancé un regard surpris.

« Où est passé le *bonjour comment ça va* ? » m'a-t-elle demandé.

Je lui ai suggéré de bouger, en lui touchant le bras, et rien que ça, ça m'a fait mourir d'envie. Elle m'a dit qu'elle voulait bien un verre.

J'ai commandé deux grandes vodkas sans glace, et deux tonics. Elle a pris son verre. « J'aurais bien aimé un Bushmills, mais merde, quand c'est le mââle qui décide, je ne peux que m'incliner. »

Cette touche de moquerie, ses yeux brillants, ces taches de vert scintillant là-dedans. J'étais blême et j'ai décidé de lui demander, devant tout le monde : « Qu'est-ce que tu veux ? »

Elle a léché le bord de son verre : « Je te veux en moi, maintenant. »

Je n'ai ni terminé mon verre, ni mentionné son mec. En un instant, nous étions chez moi, j'ai déchiré ma chemise, elle était debout, souriante. Et, soudain, j'ai entendu : « T'es marron, petit Blanc. »

Elle avait laissé la porte entrouverte. Neville était là, tenant négligemment un pied-de-biche. Je l'ai regardée, elle a haussé les épaules et s'est placée à ma gauche. Neville s'est mis en position et m'a frappé aux genoux presque avec nonchalance. J'étais à terre.

« Le petit minet tombe facilement, on dirait. »

Kelly est allée vers lui et lui a léché l'oreille. « On prend les trucs et on se casse. »

Lui, il voulait s'amuser, je le voyais dans ses yeux. Il m'a dit, en traînant la voix : « Qu'est-ce que t'en penses, Leroy, tu vas nous donner ta fameuse planque, ou tu veux continuer à jouer au dur, que je te frappe jusqu'à ce que tu parles ? Moi, tout me va, c'est comme tu veux. Dis donc, bébé, elle aurait un truc à boire, cette tante ? »

Je lui ai dit que j'allais lui montrer la planque et il s'est marré.

« Ben vas-y, mec, la dope va pas s'montrer toute seule. »

J'ai rampé sur le tapis, l'ai replié, et j'ai ôté la latte du parquet. Kelly criait depuis la cuisine : « Nev, tu veux une Heineken ou une Beck's ? »

Je lui ai tiré dans les couilles et l'ai laissé saigner. Kelly a lâché les deux bouteilles qu'elle avait dans les mains.

« Putain, je lui ai dit. C'est la deuxième fois que tu salis mon tapis, c'est quoi ton problème ? »

Elle, j'ai visé son bide, il paraît que c'est ce qu'il y a de plus atroce. Et elle était clairement en train de le confirmer. Je me suis baissé vers elle et j'ai chuchoté : « Alors, t'es assez à bloc, là, ou t'en veux encore ? Il me reste plein de munitions. »

J'ai remis ma chemise dans mon pantalon, m'assurant de faire ça bien soigneusement. Je déteste quand ce n'est pas nickel, ça gâche la tenue du vêtement. J'ai regardé autour de moi en me plaignant : « Je vais devoir refaire toute la pièce… »

Ladbroke Grove

RIGOR MORTIS

Stewart Home

Stewart Home est né en 1962 et vit à East London. Ancien journaliste rock, il est l'auteur d'une vingtaine de livres, qu'il considère comme des lettres d'amour plutôt tordues pour sa ville, Londres. En français, on peut lire de lui Slow Death *(Florent Massot) et* Rites sanglants de la bourgeoisie *(éditions è®e).*

J'ai été flic toute ma vie et j'ai passé la plupart de mon temps à battre le pavé dans le West London. Après la guerre, on avait appelé la zone près de Ladbroke Grove la *Dustbowl*, la « cuvette poussiéreuse ». C'était là que les entrepreneurs immobiliers futés étaient venus faire leur beurre. Dans les années 1950 et 1960, pendant les treize années glorieuses du règne tory, n'importe qui pouvait transformer un taudis en vraie mine d'or. Les maisons changeaient de propriétaire sans arrêt et prenaient de la valeur à chaque vente. Avant la mise en place de contrôles ridiculement stricts sur les entreprises de construction dans les années 1960, les spéculateurs immobiliers se débarrassaient souvent des maisons en les vendant, notamment aux locataires, avec des taux d'emprunt à cent pour cent fixés à l'avance. Même avec ces prix bien audessus de la valeur du marché, il était plus rentable d'être propriétaire que locataire. Malheureusement, les nouveaux propriétaires mettaient fréquemment une ou plusieurs pièces de leur bien en location pour rembourser leur crédit au lieu de travailler pour gagner leur croûte, comme d'honnêtes Saxons. Le surpeuplement qui en avait résulté avait fait monter la criminalité, ce qui avait mobilisé au maximum les forces de police.

L'enquête que je viens de terminer m'a ramené presque vingt ans en arrière, au début des années 1960. Je savais déjà que Jilly O'Sullivan était morte quand je suis arrivé au 104, Cambridge Gardens, et je trouvais déjà miraculeux qu'elle ait atteint l'âge de trente-cinq ans. La première fois que j'ai rencontré Jilly, c'était en 1962. C'était une adolescente naïve et moi, un tout jeune agent de police. Je suis toujours un simple agent, d'ailleurs, parce qu'au lieu de chercher à tout prix à grimper dans la hiérarchie, j'ai rapidement décidé de faire évoluer ma carrière autrement, en devenant coroner[1]. Ce boulot apportait son lot d'avantages officieux, et je n'étais pas le seul flic à avoir évité la promotion verticale, qui vous rend tout de suite plus visible, et donc moins tenté d'accepter les pots-de-vin que vous méritez.

Pour en revenir à O'Sullivan, quand elle était arrivée à Notting Hill, elle avait loué un appart au premier étage d'une maison sur Basset Road pendant cinq ans, avant de s'installer près d'Elging Crescent, en 1966. Le lit dans lequel Jilly est morte n'était qu'à quelques minutes de marche de ses premières adresses de Notting Hill, dans

1. Officier de police judiciaire.

les années 1960. La première fois que j'étais allé la voir, c'était à Bassett Road, après avoir appris qu'un de ses frères s'y cachait. Mes collègues et moi, on connaissait certains des membres du clan O'Sullivan comme si on les avait faits. La famille était impliquée dans des affaires de cambriolages et de racket. Jilly et ses frères avaient grandi à Greenock, mais ils étaient arrivés dans le Smoke[1] à l'adolescence. Jilly s'en sortait plutôt bien au début des années 1960, elle se faisait pas mal d'argent dans une boîte de nuit select hors de prix de Soho et, à l'époque, elle avait même un mac du genre snobinard de bonne famille. Le frère de Jilly s'était finalement fait choper avec deux de ses cousins pendant qu'ils attaquaient une bijouterie, et c'était comme ça que j'avais fini par apprendre qu'il se cachait à Victoria, avec son oncle gangster. Après avoir purgé sa peine pour le casse dans une prison civile, le frangin de Jilly avait été envoyé dans une prison militaire pour avoir déserté l'armée. Quand son frère était finalement sorti de taule, au milieu des années 1960, Jilly était devenue le mouton noir de la famille. C'était pas la prostitution qui l'avait éloignée d'eux, mais plutôt les relations qu'elle avait avec des beatniks, des hippies, mais aussi la drogue.

Si Jilly avait été maligne, elle se serait mariée à l'un de ses riches clients et se serait fait oublier dans une nouvelle vie bien tranquille et respec-

1. Surnom donné à Londres, autrement dit « l'enfumée ».

table. Beaucoup de filles avec qui elle travaillait avaient eu ce bon sens, justement. Jilly était une jolie fille, ou plutôt elle l'était à cette époque — quiconque voyait son cadavre penserait qu'elle avait la quarantaine bien tassée. Ceci étant dit, les yeux d'O'Sullivan sont restés aussi bleus que des billets de cinq livres, jusque dans la mort. Quand elle était encore adolescente, ses yeux bleus d'enfant en faisaient craquer plus d'un pour sa petite personne à l'allure innocente. Ses yeux ressemblaient à des piscines suffisamment profondes pour qu'on s'y noie et, bien entendu, elle veillait à ce qu'un maquillage appliqué avec soin accentue cet effet. Jilly avait perdu ses charmes par la vie qu'elle avait menée et, connaissant son histoire, je n'avais pas vraiment besoin de poser trop de questions sur son état à la femme qui avait trouvé son cadavre.

Je ne me suis même pas embêté à demander à Marianne May comment elle était entrée dans l'appartement de Jilly ; je savais déjà par Garrett qu'il avait laissé la porte de la chambre du sous-sol ouverte après avoir découvert O'Sullivan morte dans le lit, et qu'il était parti précipitamment. Comme il était à la fois dealer et mac, Garrett avait jugé plus sûr de disparaître plutôt que d'informer la police du décès de sa petite copine. Même s'il n'était pas accusé du meurtre, Garrett s'était dit qu'il se ferait choper pour autre chose s'il restait dans les parages. Quand j'ai reçu l'appel me demandant d'aller enquêter sur un décès dans l'appartement du sous-sol du 104, Cambridge Gardens, je suis d'abord passé à Observatory Gardens, où j'ai trouvé Garrett en train de cuver sa dope avec Scotch Alex. Garrett vivait avec Jilly et vu qu'une seule mort avait été rapportée, je me doutais que l'un ou l'autre, voire les deux, irait se planquer là-bas. Avant d'arriver chez Scotch Alex, je ne savais pas qui était mort et je nourrissais encore l'espoir que ce soit un de leurs camarades de défonce.

Garrett m'a dit ce qu'il savait, en gros pas grand-chose. Il était rentré après avoir dealé un peu, il l'avait trouvée morte au lit, et était aussitôt reparti. Garrett avait tendance à penser qu'O'Sullivan avait fait une overdose. Mais elle avait aussi pu être assassinée par certains gangsters qui l'auraient menacée de mort après une arnaque pendant un deal. J'ai dit à Garrett de ne pas s'inquiéter d'un éventuel procès dans la mesure où, s'il coopérait, j'étais disposé à ne pas l'inclure dans mon enquête. Il a vite compris et a sorti une liasse de billets de la poche droite de son froc. J'ai alors tapoté sa poche gauche et il a saisi que j'avais au moins en partie capté son petit jeu. Il a sorti une autre liasse de cette poche et me l'a tendue. Puis je lui ai touché l'abdomen, il s'est levé et a sorti d'autres billets d'une ceinture à fric qu'il portait autour de la taille. Je l'ai ensuite obligé à retirer ses chaussures et ses chaussettes, mais il n'y avait plus de fric planqué.

Content de mon butin, j'ai précisé au mac que j'allais indiquer dans mon rapport que Jilly vivait seule au moment de sa mort. Je ne lui ai pas dit que c'était ce que j'avais prévu de faire de toute façon. Car indiquer que Jilly vivait avec un dealer d'héroïne ne pouvait que me compliquer la tâche. Garrett était peut-être une racaille, mais il n'était pas idiot. Inutile, donc, que je lui dise de se trouver une nouvelle adresse. De même, j'avais une confiance absolue en sa capacité à trouver un autre con à arnaquer pour pouvoir offrir à l'officier Lever la part de l'argent de la drogue que je venais de lui prendre, et pour rembourser toutes sortes de dettes qu'il ne pourrait éviter si, à l'avenir, il souhaitait rester en vie et en bonne santé. J'ai profité de ma visite pour soutirer quelques billets de plus au junky ami et hôte de Garrett, Scotch Alex.

Marianne May, qui avait appelé les autorités pour les informer du décès de Jilly, était une femme respectable, issue de la classe moyenne. Marianne et Jilly avaient les mêmes croyances religieuses *new age* un peu bizarroïdes. En dehors de ça, c'était la personne idéale pour la découverte du corps, car elle donnait l'impression que les amis de Jilly, au moment de sa mort, étaient des travailleurs dynamiques de la classe moyenne. Il était très probable qu'avant l'arrivée de Marianne, plusieurs junkies soient venus rendre visite à Jilly pour s'approvisionner et que, ayant trouvé le corps inerte dans le lit, ils soient repartis aussi sec, sans prévenir la police de la présence d'un cadavre puant dans le studio. Garrett n'aurait pas planqué sa came dans la piaule et il n'y avait sans doute rien à voler. De toute façon, même s'il y avait eu quelque chose, tout aurait disparu bien avant que j'arrive.

Je n'avais pas besoin de poser beaucoup de questions à May mais, pour sauver les apparences, il fallait que je fasse semblant de faire mon travail dans les règles. Je lui ai donc demandé d'attendre en haut avec les voisins de Jilly pendant que je poursuivais mon enquête, ce qui m'a permis de faire disparaître des seringues et autres indices de l'usage de stupéfiants avant que l'équipe médicale arrive sur les lieux. J'ai ensuite examiné le corps. Comme prévu, il était froid. O'Sullivan était allongée sur le lit, nue, sur le flanc.

On a mis le corps dans une ambulance, je suis monté voir Marianne May tout de suite après, lui ai annoncé qu'elle pouvait rentrer chez elle et que je la contacterais si j'avais d'autres questions. Je n'avais aucune intention de le faire, mais il fallait bien que je fasse semblant de suivre la procédure à la lettre. May avait de bonnes manières et s'exprimait bien, en plus d'être une femme active issue de la classe moyenne, ce qui faisait que si elle venait à se plaindre de l'enquête, elle risquait fort d'être prise au sérieux.

Jilly avait certainement des traces d'héroïne dans le sang ; il fallait que je fasse en sorte d'arranger les choses pour qu'aucune analyse des toxiques ne soit exigée. Je savais qu'O'Sullivan consommait la drogue par intraveineuse mais un examen superficiel du corps n'allait pas révéler que c'était de cela qu'elle était morte. Même dans les cas de suicide par ingestion de pilules, la preuve d'une mort par overdose n'est détectable que dans cinquante pour cent des cas. De même, toutes les personnes impliquées dans une enquête post-mortem de routine travaillent forcément en bonne intelligence, ce qui est souvent facilité par la circulation de billets de cinq usagés. J'avais de très bons arguments quand il s'agissait de convaincre un pathologiste d'arriver à un résultat précis, et les crevards avec qui je bossais le savaient très bien sans que j'aie besoin de leur dire. Je n'avais tout simplement pas le temps de mener une enquête en bonne et due forme sur les circonstances de tous les décès qui intervenaient sur ma zone. Cela ferait perdre aux contribuables une somme d'argent considérable et me ferait perdre, à moi, beaucoup de mon temps, si les circonstances de toutes les morts de junkies faisaient l'objet d'investigations poussées. Tous les pathologistes avaient bien compris (qu'ils se voient ou non remettre une liasse de billets de cinq dans leurs mains graisseuses) que la police savait ce qui valait le mieux pour tout le monde.

Comme je voulais éviter une enquête approfondie sur les circonstances de la mort d'O'Sullivan, ce n'était pas beaucoup demander à la science que de confirmer que la mort de Jilly résultait de causes naturelles. On trouverait immanquablement quelque chose dans les poumons, et alors une broncho-pneumonie offrirait une cause de décès acceptable, comme dans tant d'autres cas pour lesquels je voulais impérativement éviter une vraie enquête. La mort était évidemment toujours le résultat de la défaillance d'un des organes vitaux et, selon le code de procédure, ce qui comptait, c'était l'enchaînement des événements qui avaient mené à une telle défaillance. En pratique, l'esprit des lois prévalait sur la lettre. Seules les personnes âgées et les sans-abri mouraient de broncho-pneumonie sans que les circonstances soient douteuses. Cette maladie était parfois causée par une overdose mais, mes collègues et moi, on l'utilisait régulièrement comme cause naturelle de la mort d'un jeune toxico. On ne voyait pas l'intérêt d'arriver à un verdict plus précis qui ne ferait qu'attrister et troubler la famille d'un bon à rien qui ne méritait pas le foyer aimant dans lequel il avait grandi. Le deuil était un processus difficile, et j'avais rendu un service immense à bon nombre de parents en leur évitant d'avoir à faire face à la réalité d'un gosse junky dégénéré.

Pour revenir à notre histoire, encore une fois, il n'y avait pas grand-chose dans l'appartement en sous-sol d'O'Sullivan. Elle s'était installée là avec son mac quelques semaines auparavant. Avant ça, ils avaient occupé un meublé tout aussi spartiate à Bayswater durant l'automne. Généralement, les junkies se servent des biens matériels comme d'une sorte de gage, ils ne s'accrochent que rarement aux choses, ils ont tendance à voler puis à revendre leurs possessions, au gré des besoins. Quoi qu'il en soit, le journal intime de Jilly se trouvait dans l'appartement, et la dernière note était dédiée à Garrett :

Ordinateur à la poursuite d'un rêve

Tu gis là, les jambes emmêlées, un coup facile
Comme un « baiseur glauque » (tes mots)
Pendant des heures tu m'as torturé l'esprit
Parce que je te désirais
Bien sûr je voulais de l'amour par tous les moyens
Mais tu m'as refusé le fix & la baise
Puis en jetant un Séconal, comme une vieille pute
Tu es devenu un coup facile

Je savais que ces absurdités étaient une des nombreuses preuves que la consommation de drogues de Jilly n'était pas récente. D'après le soi-disant expert que j'étais, ça ne voulait rien dire parce que la mort d'O'Sullivan n'était absolument pas douteuse et qu'elle n'était due qu'à des causes naturelles. Un officier de police digne de ce nom savait que pour mentir efficacement, il fallait rester raisonnablement proche de la réalité. Voilà pourquoi je ne comptais pas mentir sur le fait que Jilly avait été toxicomane pendant des années. En plus, le médecin légiste ne pourrait pas ignorer les nombreuses traces de piqûres sur ses bras. Tout ce que j'avais à faire, c'était affirmer que son addiction faisait partie du passé.

Après avoir récupéré un peu de cash auprès du propriétaire de Jilly contre mon silence sur le trafic de drogues ayant lieu dans l'appartement, j'ai appelé mon pote Paul Lever pour obtenir des preuves solides pour le rapport fictionnel que j'étais en train de préparer. L'agent Lever avait un gros dossier sur Jilly, qui comprenait plusieurs fausses candidatures qu'il lui avait demandé de faire pour des jobs.

Au milieu des années 1970, Paul avait voulu savoir ce qui se passait exactement dans différentes associations locales d'aide aux toxicomanes et il avait envoyé Jilly les espionner. Il m'a fourni la copie d'une candidature pour un poste de travailleuse sociale sur le Projet Westbourne. Jilly y indiquait qu'elle était diplômée d'un troisième cycle en philosophie à la University College of London, bien qu'elle ait quitté l'école à seize ans et qu'elle n'ait jamais mis les pieds dans une fac. Le document était d'autant plus faux qu'elle y indiquait avoir été dépendante à l'héro, mais avoir aussi décroché en 1972. Je savais que c'était faux, mais cela resituait sa longue période de consommation de drogue sept ans en arrière, ce qui était bon pour mes intérêts.

Les gens nagent dans la plus parfaite ignorance concernant les problèmes rencontrés par la police, ils sont donc souvent surpris quand ils apprennent mes méthodes de travail, si d'aventure il m'arrive d'en parler ouvertement. Il est important de souligner que, puisque la police ne pourra jamais faire totalement disparaître la drogue du West London, la meilleure chose que nous ayons à faire est de contrôler ce milieu. Seuls certains dealers sont autorisés à poursuivre leur business, et une part de leurs profits sert à allonger nos salaires dérisoires. Et puis un certain nombre de flics, dont Paul Lever et moi, ont pris leur pied avec Jilly au début des années 1970.

Lever avait les preuves suffisantes, réelles et fictives, pour mettre O'Sullivan au trou pendant longtemps. Pour éviter la prison, elle avait passé un accord avec lui. Jilly devait vendre de la drogue pour Paul et lui fournir des informations sur toute personne qui se proclamerait dealer sans son autorisation préalable. Elle avait aussi accepté de venir au commissariat une fois par semaine pour nous sucer. Jilly n'était pas la seule junky à nous offrir ses faveurs sexuelles par l'entremise de Paul, ce qui pourrait donner de lui l'image d'une brute. C'est certainement ce qu'il cherche à cultiver extérieurement mais, en réalité, cette réputation de macho le blesse. En 1972, Jilly avait eu cette drôle de malchance d'être dans les parages juste après qu'un collègue eut fait une sale blague sur le fait que Lever passait toujours en dernier dans nos gang-bangs.

Paul, comme tout mâle viril, aime claquer les putes quand il les baise et, en cette occasion particulière, il était déterminé à prouver par une violence gratuite extrême qu'il n'était pas du genre à nourrir des désirs sexuels anormaux. Pendant que j'entreprenais Jilly, Paul lui avait attrapé le bras droit et le lui avait cassé sur le genou. O'Sullivan souffrait le martyre, mais Paul avait pris son pied à la contraindre à une session de sexe prolongée avant de l'autoriser à aller à l'hôpital. En apparence, ça peut paraître un peu pervers, mais Paul est un bon gars et il pense sincèrement que le moyen le plus rationnel de traiter avec les putes et les criminels est d'être un peu psychotique. Après tout, la seule chose que ces dépravés respectent et comprennent, c'est la force. Comment traiter autrement quelqu'un comme O'Sullivan ? Au début des années 1960, elle avait reçu des demandes en mariage de plusieurs de ses clients friqués, mais les avait toutes refusées et, à la place, elle était devenue junky.

C'était sa décision de devenir marginale, et ce qu'elle recevait de nous n'était rien de plus que ce qu'elle avait choisi pour survivre, comme l'avait fait sa grande famille irlandaise bien avant la sombre époque de Cromwell. Jilly n'était pas qu'une junky ou une prostituée, c'était aussi une pickpocket, une voleuse et elle falsifiait des chèques. Toute personne sensée reconnaîtrait que sans lois ni agents de police préparés à faire le sale boulot avec vigilance, la société deviendrait une véritable jungle. Ceci dit, il y a encore trop d'âmes charitables qui aiment salir l'image de la police de Londres, et une véritable enquête sur la vie et la mort de Jilly O'Sullivan ne ferait qu'alimenter leur inimitié à notre égard.

Les agents de police comme moi doivent avoir droit à quelques petits à-côtés, dès lors que cela n'empiète pas sur les droits des citoyens respectueux de la loi. Adapter les règles fait partie du maintien de la loi. Si je m'en tenais aux procédures officielles, j'aurais les mains liées. Les punks et les putes, je m'en fous, tout comme des socialos qui bêlent contre l'oppression policière. Dans une société saine, les criminels n'auraient pas de droits, et la police n'aurait pas besoin d'enfreindre la loi pour protéger les gens bien.

Maida Hill

MAIDA HELL

Barry Adamson

Barry Adamson est né et a grandi à Manchester, avant de s'installer dans le West Side à Londres. Bassiste et compositeur de musique de films, il a notamment fait partie des Bad Seeds. Il a travaillé sur de nombreux films, des émissions de télévision et des publicités. Désormais, il se consacre à l'écriture de fiction et de scénarios. Pour plus d'informations : www.barryadamson.com

Au-dessus du bruit des sirènes, la vue reste la même : crue, sombre, dérangeante. J'ai tendance à penser que le monde qui s'étend, là en dessous, est vil et répugnant.

De l'endroit où je suis, j'ai à ma droite le commissariat de police de Harrow Road, et à ma gauche l'église catholique Our Lady of Lourdes & St Vincent de Paul.

Chacun d'eux taillé dans le crime et la rédemption.

Je surprends mon reflet dans la vitre teintée. Je suis à la fois noir comme la nuit et, d'une certaine manière, blanc comme neige.

Moitié moitié !

J'incline la tête, honteux. Je me baisse et m'appuie sur un genou chancelant. Les odeurs de laverie et de friture me donnent faim d'autre chose que ces rappels d'une existence peu agréable.

En dessous : Harrow Road. C'est l'artère principale qui divise (à cet endroit même) Notting Hill et Maida Vale pour former une zone peu communément connue sous le nom de Maida Hill.

Plus communément connue sous le nom de Maida Hell.

Si c'était un stylo, il serait cassé. L'endroit où se posent les doigts de l'écrivain serait souillé par un liquide impensable, indélébile, sa culpabilité à jamais marquée sur ses doigts.

Si c'était un livre, il serait volé. Vendu dans une sombre allée ; des doigts autour d'une gorge ; haletant, bêlant pour témoigner de son existence avant d'être passé à tabac et battu à mort.

Englouti.

Mâché.

Craché.

Piétiné.

MAIDA HELL.

Voilà ce que je peux voir : des vaisseaux sanguins rouges, blancs et bleus se fraient un chemin sur cette bande gris sombre que nous appellerons Harrowing Road. Le bus 18 remonte lentement la rue comme un ver solitaire hideux et énorme à la fois ; son corps rouge étincelant de près de dix-huit mètres de long est bourré de parasites en sueur. Ce *Dipylidium caninum* met le cap complètement à l'ouest, il s'engage dans Murder Mile[1], la zone chaude de Harlesden, où l'on peut se voir pointer un automatique sur la tête au moment même où

1. Nom donné par les troupes britanniques à un quartier de Chypre où il y avait un fort taux de criminalité. Depuis, cette expression est utilisée pour décrire les quartiers chauds.

l'on salue un vieil ami. Tu restes assis pendant une éternité sur ton derrière, à côté d'un indésirable malpoli, tandis que le véhicule nauséabond serpente dans Wemberley jusqu'au terminus, à Sudbury. Il n'y a pas plus à l'ouest que ça.

Ou sinon : il s'en va par le nord-est, par l'« île de béton » de J. G. Ballard, plus connue sous le nom de Paddington Basin (qui, selon moi, n'est pas un endroit pire qu'un autre pour vider un estomac malade). Le scolex en avant, le véhicule glisse le long de Marylebone Road, pour enfin s'enfoncer dans la Euston Railway Station, où il achève son cycle en laissant ses passagers sortir pour essaimer tout le pays. Ce qui est exactement ce que je compte faire quand tout ceci sera terminé.

À moins de cent mètres de là où je suis, la Great Western Road enjambe Harrow Road la paresseuse et devient Elgin Avenue. C'est aussi dans ce secteur que Fernhead Road se termine, comme Walterton Road, créant ainsi une zone de désolation psychique. À mon sens, cette circularité définit cinq coins. (Quatre, traditionnellement. Les cadastres du XIXe siècle témoigneront à jamais du fait que Walerton et Fernhead ont été construites bien après. Mais bon, tout ça n'est que pinaillage.) Ces *cinq* coins vont devenir manifestes et nous rendre conscients de l'existence concrète de :

L'ENTRE-DEUX.

C'est là que je vais vous emmener.

À un coin, la banque.

Toujours remplie mais peu de guichetières, la plupart sont parties faire des courses à Somerfield et se jettent sur de la viande en promo avant péremption, quelques heures plus tard. À l'extérieur de la banque, elles flirtent avec les gens du quartier qu'elles regardaient avec condescendance quelques instants plus tôt. (Ne l'embrasse pas, elle travaille dans une banque !) Elles retournent ensuite sans enthousiasme à la banque qui est cette fois vraiment blindée de monde, et où un type est en train de hurler : « VOUS ME CONNAISSEZ, BANDE D'ABRUTIS, OÙ EST-IL ALLÉ ? »

Après ça, l'homme édenté, les yeux jaunes, le manteau trempé de pisse, se met à pleurer et quitte les lieux, tout honteux.

« Quel connard ! Jennifer, tu m'ouvres ? »

La guichetière entre discrètement et va s'empiffrer de sucreries et de ragots avant de rêvasser à son rendez-vous du soir avec Clive, le nouveau commercial. Il a vingt-deux ans et ressemble un peu à Ronaldo, le talent en moins.

Il entrouvrira mes lèvres avec le pouce et le majeur et il y glissera l'index. Il regardera en moi, à travers moi…

La crème dégouline de son beignet et atterrit sur sa jupe, elle l'essuie avec sa main. Et nous autres ? Eh bien, encore une journée de perdue pour nous, à perfectionner notre art de faire la queue en silence, regrettant l'assurance avec laquelle nous ne sommes manifestement pas nés.

À l'autre coin, le magasin de téléphones portables.

« Téléphone ? »

Une jeune femme maigre dans un pull moulant distribue des prospectus que personne ne prend, hormis ce type à l'air bizarre qui lui rôde autour d'une manière sinistre, se gratte les parties puis s'approche d'elle avec un sourire libidineux.

« Oh, c'est le nouvel Ericsson, c'est ça ?

— Oui, s'il vous plaît, prenez. Mon patron…

— C'est celui qui est tout plat, non ? »

— Oui, prenez.

— Ouais, ses touches ressortent vraiment. On pourrait jouer avec toute la nuit. T'es quoi, chérie ? Polonaise ? Lettone ?

— S'il vous plaît, je ne veux… »

Il lui lance un regard de tueur. « Écoute-moi bien, chérie. Tu veux, et tu vas vouloir, putain. C'est clair ? »

Il soutient son regard avant de disparaître au loin. Se sentant soudain vulnérable sous la lumière étincelante du soleil, elle ferme son manteau et marmonne des bondieuseries en pensant à sa mère et aux amis qu'elle a laissés dans son pays, puis se tourne vers un passant qui approche.

« Téléphone ? »

À l'autre coin : les toilettes publiques.

L'installation habituelle. Les toilettes standard sont en sous-sol. Pour les handicapés, c'est de plain-pied. Des toilettes de choix pour les toxicos.

« Ainsi font, font, font les petites marionnettes. Ainsi font, font, font trois p'tits tours et puis s'en vont !

— Va chier. Donne-moi le matos.

— *You make me feel like dancin', gonna dance the night away*[1]. »

Lucy s'envoie la première dose, ses genoux ploient et elle se met à se gratter comme un singe.

« File-moi ça. »

Sandra, qui s'est enfin arrêtée de chanter, fait gicler le sang de Lucy dans le lavabo, rince la seringue dans la cuvette des chiottes puis aspire l'héroïne, resserre le garrot, se shoote, desserre le garrot. Le temps s'arrête, elle a du mal à dire au revoir. Elle regarde Lucy qui glisse doucement le long du mur comme une poupée sans vie, cognant au passage son crâne contre la cuvette.

« Relève-toi, pauvre conne. »

Rien.

Sandra se barre. Elle cherche des noises à un type qui arrive en chaise roulante.

« Les chiottes sont cassées, mon cœur, tu devrais essayer au sous-sol. »

Le type la regarde : « Sans déconner, putain ! »

Elle finit par remarquer qu'il est en chaise roulante, et se gratte le visage au… ralenti.

« Désolé, mon cœur. Tu t'en sors pas si mal

1. « You Make Me Feel Like Dancing », chanson de Leo Sayer datant de 1976.

quand même, hein ? T'aurais pas cinq livres pour moi, par hasard ? »

À l'autre coin : Costcutter. La supérette ouverte vingt-quatre heures sur vingt-quatre la plus chère du monde.

C'est quoi leur problème, bordel ? Neuf livres soixante pour deux journaux, quelques clopes et une boisson ?

« Neuf livres et soixante pence. »

Quelqu'un déboule dans la supérette.

« File-moi une clope, OK ? »

Le vendeur *(Il y en a six. Souvenez-vous de ce jour où un gamin plutôt bourge est arrivé, suivi d'un putain de camé qui menaçait de le cogner avec une barre antivol juste parce qu'il lui avait demandé d'aller pisser dans les toilettes au lieu de faire ça dans la rue)* répond : « Plus de clopes. Dehors ! Sortez ! »

Entre un couple de touristes australiens égarés, persuadés de se trouver dans les quartiers les plus chauds de Notting Hill. Voyant l'occasion d'accomplir un acte de générosité à l'ancienne, l'Australien sort une cigarette et la tend au connard. Et voilà que cet idiot lui tombe dessus.

« Sympa, mec. PAS MAL. Laisse-moi te porter ton bordel.

— Ça va, merci.

— C'EST PAS À TOI QUE JE CAUSE, CONNARD, C'EST À LA DAME.

— Ça va, mec, c'est juste que…

— Que quoi ? »

Il dévisage l'Australien et appuie sa tête contre la sienne ; le pauvre type se met à tituber, il ne voit presque rien. Son visage devient rouge et sa copine commence sérieusement à flipper.

« Dis-lui d'aller se faire foutre, Dobbo. »

Dobbo décide de passer à l'attaque, en se chiant dessus.

Les vendeurs s'approchent et le type se met à marcher tout en allumant sa clope, le sourire aux lèvres, le regard rivé sur l'entrejambe de l'Australienne ; celle-ci pose sur le comptoir le nécessaire pour un petit déj', des œufs et tout ça.

« Sympa sympa sympa sympa sympa.

— Dégage, connard.

— Allonge-toi, la meuf, et laisse-moi m'enfoncer, m'enfoncer.

— Écoute, espèce de con…

— Laisse tomber.

— Vingt-quatre livres et trente-huit pence.

— Quoi ? »

Au dernier coin, le pub.

Bon. Je ne devrais plus être au courant, n'est-ce pas ? C'est bien le dernier endroit où je devrais être vu. C'est vrai, quoi, et s'ils décidaient de rouvrir l'enquête ? Et puis quoi ?

Quand Mary me dit que c'est là qu'on se marre le plus en ville, je lui dis toujours qu'elle a certainement raison et je change de sujet le plus rapidement possible pour qu'elle ne me voie pas accuser le coup.

Les modes de vie des habitants du secteur West Nine souffrent parfois de comparaisons plus ridicules que celles dont pâtissent les habitants du quartier sud du Bronx.

Les cinq coins.

Les cinq borroughs *?*

C'est grotesque.

Dans ce quartier, traditionnellement, on laisse tranquilles les paumés et les losers — Joe Strummer notamment s'est lui-même battu pour ça, à cet endroit précis, dans les années 1970 — et ça explique justement pourquoi ce lieu est décati.

La vérité, c'est qu'on ne peut ignorer le fait que ces gens sont condamnés à jamais à errer comme des déséquilibrés, essayant de se raccrocher à ce qu'ils peuvent pour survivre.

Suspendue au-dessus du West Nine, la tour Trellic Goldfinger surveille les alentours tandis qu'un soleil nucléaire se couche. Cette abomination architecturale grinçante fait mine de ne pas voir les photographes japonais alors qu'à ses pieds, des crânes se vident, du crack se vend et des dealers roulent au bord du Grand Union Canal sur des vélos volés.

On peut aussi voir les Meanwhile Gardens. Ces jardins contournent la tour et le canal, et sont la dernière parcelle d'oxygène avant que les visiteurs de ce trou infernal disent adieu pour toujours à toute logique connue. Sur le canal, la plupart ne sont pas conscients de la présence de bernaches du

Canada, de hérons gris, de colverts, de crécerelles, de foulques, de poules d'eau, de mouettes rieuses, de roitelets, de rouges-gorges, de grives musiciennes, de moineaux d'Amérique, de pouillots véloces, de pouillots fitis, de sturnidés, de verdiers, de chardonnerets élégants, de pigeons ramiers, de bergeronnettes des ruisseaux, d'accenteurs mouchets, de merles noirs, tout comme les oiseaux ne sont pas conscients de leur présence, d'ailleurs. C'est mieux comme ça. Meanwhile Gardens. Les sous-développés. Les jeunes. Les lascars et les tarlouzes. Les lascars (noirs pour la plupart), qui s'entichent de n'importe quel jeune révolutionnaire tchatcheur un peu idiot, cachent leur corps et toute forme de faiblesse sous leur uniforme : un survêtement bien trop grand, une capuche relevée sur une casquette encore plus enfoncée, la main toujours sur l'entrejambe. *Écoute, écoute, écoute, écoute. Je fais ce que j'veux, t'as pigé ? Un flingue, c'est un flingue, et moi, j'en ai vraiment un. Juste à côté de mon couteau. Je vis chez ma mère, ouais. Ma sœur a trois gosses et elle est plus jeune que moi, ouais. Mon père ? J'en sais rien, mec. Aucune putain d'idée. Trois mecs me poursuivent en caisse et je me fais exploser la gueule. Mais j'irai pas dans un putain d'hôpital, mec.* Les tarlouzes (des Blancs, pour la plupart), qui s'entichent de n'importe quel jeune révolutionnaire terrifié, dissimulent toute forme de faiblesse sous leur uniforme : un survêtement moulant, qui masque aussi leur absence d'âme. Préoccupés par leur apparence de manière quasi obsessionnelle, ils veulent vous faire croire que cet air de supériorité n'est pas qu'un air, justement. *Sympa, les baskets. Elles tapent. Je fais ce qu'il faut pour ma mère. Si toi (espèce d'animal dégueulasse), tu essayes de t'en prendre à qui que ce soit de ma famille, ou à leurs gosses, putain, je te bute direct. Je t'écrase avec un putain de marteau. Je t'arrache ton putain de cœur (après avoir nettoyé la maison pour ma mère et emmené ma grand-mère à l'hosto). T'as pigé ? T'as fumé ou quoi ?* Une communauté de chagrins et de guerriers contre un monde fait d'alcool bon marché et de promesses creuses. Des guerriers contre une guerre qu'ils ont eux-mêmes déclenchée. Des guerriers de la paix. Une paix d'occasion. Un ensemble de losers et de bagarreurs. Un ensemble quand même. Quand la vie est difficile, on devient plus pragmatique que spirituel.

Ce qui laisse peu de place pour les gens comme moi.

Mon téléphone sonne.

« Allô ?

— Johnny ?

— Oui, c'est m…

— Je sais qu'c'est toi, connard. Tu vas pas t'en sortir, cette fois. »

Puis ça raccroche.

Je cherche dans les derniers appels reçus pour y retrouver le numéro et je dévisage ma propre peur en lui adressant une grimace timide et un rictus mal assuré.

Le sang bat à mes tempes. La gorge serrée, je me rappelle qu'il faut respirer et je regarde autour de moi pour voir où je pourrais tomber si je m'évanouissais. Tout se met à tourner autour de moi et le bruit assourdissant d'une ambulance menace de faire exploser mon tympan droit. Et, un peu comme si un diapason de deux mètres de haut m'avait été planté en plein cœur, je me mets à vibrer. Puis je tombe sur une chaise, les yeux révulsés, tandis qu'un million de petites aiguilles percent mon front, faisant jaillir de toutes petites gouttes de sueur chaude puis froide. Je ne sais si je retrouverai la vue un jour, jusqu'au moment où j'ouvre les yeux et où j'entends un hurlement aigu dans la noirceur. Un cri inversé pénètre ma poitrine et, comme si une lumière venait d'exploser, je commence à distinguer des formes solarisées devant moi. J'entends aussi mon cœur battre et je comprends alors que je suis de retour. Après quelques profondes inspirations, je parviens à regarder par la fenêtre entre les rideaux tirés. Tout s'estompe pour laisser place à un lascar, une tarlouze et une Mazda. Et de la musique, tellement, tellement forte.

Back from the dead.
Back from the dead.
To put a fucking hole
in your motherfucking head[1].

1. Du retour du pays des morts / Du retour du pays des morts / Faire un putain de trou dans ton putain de crâne de fils de pute.

Ils hochent la tête en rythme, comme ces petits chiens que les gens, avant, posaient parfois sur la plage arrière de leur voiture.

Trous du cul.

Doucement.

Souvenez-vous des fondements de la moralité et de la grâce.

Non loin de Johnny, Colleen O'Neil titube sur Harrow Road en direction de Our Lady of Lourdes, en maudissant ces emmerdeurs aux nez rouges des Alcooliques Anonymes.

Derrière ses cheveux roux, elle prend la foule en embuscade ; la puanteur du sperme les maintient à l'écart. Elle vendrait son âme pour pouvoir boire un coup. Elle écarte ses boucles, révèle un visage semblable à une falaise battue par les vents, respire un air qui n'est pas tout à fait assez bien pour elle et scrute les lieux avec un air de réprobation qu'on réserve aux damnés. Elle a l'intention de quitter le quartier pour Westbourne Park Road, où il se pourrait bien qu'elle ait une chance de trouver un client, voire trois de préférence. Depuis qu'elle a onze ans, Colleen s'est retrouvée embarquée dans des situations de plus en plus merdiques. Quand elle s'est rendu compte à douze ans qu'elle pouvait être payée pour coucher, elle n'a jamais eu de regrets. Il n'y avait pas eu de vacances à la mer, pas de marelle, pas de petits copains, pas de magazine pour jeunes filles avec des petites robes en papier prédécoupées munies de petites languettes pour les mettre à des petits mannequins en papier eux aussi prédécoupés. Pas de chambre dans laquelle elle aurait pu s'entraîner à embrasser, sur son bras, avec ses copines. Pas de « y a quoi au goûter, aujourd'hui, m'maaaan ? » Personne. Quand le boxeur lui a dit qu'il allait s'occuper d'elle, il n'avait pas menti : il s'en servait comme punching-ball, comme cendrier et la violait quotidiennement. L'alcool est devenu sa seule protection contre un monde qui n'avait qu'une incroyable quantité de désillusions à offrir. Peu à peu, le prix de cette protection a monté, monté, monté.

Je bouge à l'intérieur de mon petit « entre-deux » à moi et remets les choses bien droites, m'assurant que tout soit bien parallèle, comme le coin du tapis et du buffet avec la table. Je m'agenouille. Oups ! Ça doit dépasser de deux millimètres. Je fais la poussière, je passe l'aspi, juste au cas où, et je retape les coussins. Puis je fais la vaisselle. Elle en avait bien besoin, et puis on ne sait jamais, pas vrai ? Puis j'essuie la vaisselle, je la range et j'essuie l'évier. Je le fais briller ? Allez. Wow, quelle odeur ! Le type qui a inventé le Cif, le Jif ou je ne sais plus quel nom ils lui donnent, à ce produit, est un vrai génie. *Enlève la crasse la plus tenace.* C'est sans doute la phrase la plus vraie que j'aie pu entendre aujourd'hui. Je respire les effluves artificiels de la brise alpine et me voici.

De retour du pays des morts.

Kelly Mews.

Prêt ?

Comme jamais.

Je me lave les mains et le visage plusieurs fois, afin que la seule odeur qui reste soit celle du savon, et je me lave les dents. Puis je me décide à prendre une douche, pendant laquelle je suis tenté par un acte de dépravation, mais finalement non. Allons bon. La propreté est proche de la perfection divine. Toute proche ! C'est la prochaine étape ! Je me sèche avec une serviette et je regarde mon corps. Lisse. Pas un poil de graisse. Je repasse cinq chemises, je sors plusieurs vestes de survêtement.

J'ai toujours tourné en rond pendant mes jours de congé.

Comment faire pour être en harmonie ? Entrer en stase ?

Non. La liberté. La clef, c'est la liberté de choix.

Je choisis mes vêtements pour la soirée et, après avoir changé plusieurs fois d'avis (c'est ça, la vraie liberté), j'opte pour un style décontracté chic. Je me décide à aller prendre l'air avant de m'occuper de quelques paperasseries au bureau.

Prendre l'air.

Le grand extérieur.

Je ferme la porte à double tour, puis je la rouvre et je rentre à nouveau pour remettre en place quelques coussins dont les coins semblent un peu s'affaisser. Puis je reste immobile, plutôt immobile. Je ne vois ni ne sens de poussière, et je soupire de soulagement. Je referme la porte à double tour, descends les escaliers quatre à quatre, puis le bruit et l'odeur de l'humain viennent me saisir et me retournent l'estomac.

Voici Manny. Je le connais, mais je ne le connais pas, et donc nous ne nous saluons pas.

C'est mieux comme ça.

En fait, je comprends très vite qu'il pense que je ne suis pas moi, que je suis quelqu'un d'autre. Son regard semble dire : « Tu n'es pas celui que tu dis être, si ? » et puisque, à dire vrai, je *fais* sérieusement semblant d'être quelqu'un d'autre, je ne peux rien dire à ce type. Du tout.

Je prends Harrow Road et je dépasse l'« arrêt de bus de l'apocalypse ». Une vingtaine de personnes parlent à leur téléphone en attendant le 18, agglutinées sur le trottoir, elles ne bougent pas à mon approche. Un bus arrive, ce qui crée une sorte de délire collectif que je réussis à éviter de peu, sans quoi je risquais de mourir piétiné.

Je traverse la rue au coin de Woodfield Place et Harrow Road et, tout d'un coup, un 4 × 4 s'engage dans la rue à toute vitesse. Tout aurait pu s'arrêter là. Heureusement, j'ai jeté un coup d'œil aux phares : je n'ai pas vu de clignotant et, comme l'art du respect du code de la route est à jamais perdu, je suis parti du principe que la voiture tournerait à droite. J'ai donc fait un bond en arrière tandis que le bruit assourdissant d'une basse lancinante couvrait celui de mon propre cœur. Il m'a raté de peu. J'imagine son visage derrière la vitre teintée et je lui lance un regard noir. Il stoppe brutalement la voiture au milieu de la rue dans un crissement de pneus.

Tout d'un coup, je suis devenu monsieur le confesseur.

Je continue à scruter la vitre teintée, l'air de dire que si quelqu'un doit mourir, autant que ce soit moi. La porte va s'ouvrir, je vais plus loin encore en levant les bras dans un acte de bravoure.

Le temps s'arrête.

La lumière, elle, ne faiblit pas.

Il repart, dans un autre crissement de pneus, et je traverse la rue aux côtés d'un gentleman jamaïcain dans une tenue très chic de chez Terry's Menswear. Il aperçoit une vieille conquête de l'autre côté de la rue. Les bas de la fille lui tombent jusqu'aux chevilles et un coup de vent bienvenu fait gonfler sa robe chasuble tachée. Il l'interpelle :

« La vieille branche a pas mis longtemps à rattraper le retard !

— Le tigre n'a pas peur du bulldog ! » répond-elle, morte de rire.

Il prend son temps pour traverser, tout le monde s'en fout, en dehors d'une *fimère (dix-huit ans, née enceinte, la main tendue vers les services sociaux, les cheveux tirés en arrière en un lifting bon marché censé inverser le processus de vieillissement. Une cigarette comme greffée au bout d'une manucure onéreuse. Deux gamins, le troisième en route. Un petit copain de dix-sept ans traumatisé et suicidaire porte un énorme paquet de couches)* qui coupe la route au vieux type avec une grimace dédaigneuse.

J'arrive aux cinq coins.

À cet endroit, les artistes de cirque et le public se rencontrent enfin.

Je traverse au feu et je vois sept Jamaïcains ivres qui jurent et qui se marrent devant la boutique de paris. Ils font tourner la bouteille et se servent dans des gobelets en plastique. En fermant les yeux, on pourrait presque les prendre pour des agriculteurs du Dorset en train de discuter du prix du bœuf et du lumbago de Mme Mottle.

Je vois une femme rousse, ivre, et le cauchemar commence.

Sancta Maria, Mater Deu, ora pro nobis peccatoribus, nunc, et in hora mortis nostrae. Amen.

L'un des artistes se précipite sur Harrow Road, juste en face de moi. Il flatte son public potentiel.

« Vous croyez qu'j'en ai, d'l'argent, moi ? » et tout le monde se retourne et rit.

Au bout d'un moment.

Un djeuns plutôt mince, l'une de ses jambes de jean retroussée jusqu'au genou, mâchonne une allumette et soutient le regard d'interlocuteurs imaginaires.

Une femme d'une soixantaine d'années, en jean avec les mots « Foxy Lady » brodés sur les fesses, roule du cul et fait une bulle énorme avec un chewing-gum avant de la faire exploser, de rire et de réajuster son soutien-gorge.

Un homme à jamais mal rasé, dans un jogging

trop court, sans chaussettes, les chaussures très usées, semble prendre racine en bavant.

Un type qui vend des jeux à gratter et de la méthadone parvient à faire les poches d'une femme pendant qu'elle se tourne pour voir ce qui se passe.

Quelqu'un demande de la monnaie.

Quelqu'un demande une cigarette.

Deux fumeurs de crack : « T'as pas vu mon putain de contrôleur judiciaire ?

— T'as pas vu mon putain de contrôleur musical ? »

Quelqu'un crie.

L'artiste arrête la circulation.

Deux lascars, la main gauche disparaissant dans le pantalon de jogging comme pour cacher une déformation obscène, s'arment de courage.

« Si tu m'trouves pas de Moonshine[1] là, tout d'suite, j'vais passer une mauvaise soirée. »

Un portable émet une série de bips non identifiables, censés reproduire le tube du moment.

Les types devant la boutique de paris poursuivent leur discussion sur l'irrigation, sans faire attention à *tout c'bordel*.

Les pneus d'une Fiat Punto crissent alors que le chauffeur de la voiture évite l'artiste, lequel est maintenant en train de se frapper à la tête, jetant en l'air des billets de cinq et de dix. Après ça, il attrape une chaise en aluminium devant le restau-

1. Whisky distillé de manière artisanale.

rant Jenny (qui ne sert pas de la bonne bouffe) et la jette dans la vitrine.

Un fracas.

Des applaudissements.

J'entre dans la pharmacie en face de la scène et je me sens un peu nauséeux, souriant de manière automatique au travesti blond décoloré à la caisse. Elle sait que je sais qu'elle sait, et j'aime bien la voir rouler les gens du coin. Notre pacte secret me fait rougir comme un gamin.

La pharmacie ressemble au Tardis du Docteur Who. Je suis désormais dans un espace immense rempli de toutes sortes de produits pas chers. Il y a une file d'attente devant le comptoir du pharmacien, au fond à gauche. M. Mo pour tous les maux. Son déjaunisseur de cheveux et son surpoids s'accrochent à son monde et il se perd, ébloui, dans ses diagnostics.

Je contemple les mains de Mishca et lorsqu'elle me voit (tout en s'adressant à un vieux type dont un grain de beauté arbore plus de poils que mon crâne tout entier), elle se moque visiblement de nous : « Oui, ça va sûrement marcher pour vous. »

Elle se gratte rapidement l'entrecuisse comme pour guider mon regard. Je l'observe intensément et feins l'excitation avant de détourner les yeux vers les différentes mousses à raser et après-rasages des années 1970 que je me souviens avoir vus dans la salle de bain de Mike à la maison.

Mes genoux se mettent à trembler, j'ai envie de cogner quelqu'un.

Je m'approche du comptoir sans trop savoir ce que je dois dire.

« Un paquet de chewing-gums, s'il vous plaît.

— Quel goût ? »

Tout s'arrête, s'immobilise et les bruits environnants cessent.

Quel goût ? Pourquoi pas un putain de chewing-gum au coq au vin, hein, Johnny ? Pointe-toi à six heures, ramène la camionnette à l'arrière ou je bute ta sœur, OK ?

« Euh… menthe verte… ? Non, menthe fraîche. »

La pharmacie me paraît soudain petite et sale. Il faudrait buter ce pharmacien.

Au temps pour la providence.

Mishca passe sa langue sur ses lèvres. « Comme tu veux, chéri. »

Elle se tourne et attrape les chewing-gums sur l'étagère et moi, je déguerpis vite fait de cet endroit.

Je me déplace aussi furtivement que possible, pour qu'elle pense que je n'ai été qu'une apparition.

Je m'occuperai d'elle plus tard.

Je repars en direction de Kelly Mews.

Je regarde le ciel et je vois qu'il est rouge, je me souviens de tout.

Ciel rouge le soir, Shepherd's cottage en feu.

Les flics dégagent les lieux et l'idiot torse nu qui avait lancé la chaise dans la vitrine est traîné à l'arrière d'une fourgonnette. Un agent plutôt maigre parle à une jeune fille d'environ quinze ans et lui demande où elle habite, le rictus aux lèvres.

Je m'occuperai de lui plus tard.

La rousse parle à une vieille dame et bouge la tête comme une enfant à qui on révélerait où finissent les vilaines filles. Elle me voit, capte une lueur d'espoir dans mes yeux et me regarde comme ce fantôme que je suis sans doute devenu, avant de s'approcher. La vieille la retient par le bras.

« Écoute-moi, Colleen, tu apprendras peut-être enfin quelque chose. »

Je baisse la tête et poursuis mon chemin. Quelqu'un me rentre dedans, un jeune d'à peu près dix-sept ans dont j'aperçois seulement les yeux, sous sa capuche. Je réfléchis à deux fois, car je sais qu'il est armé. Il me reconnaît et son visage s'illumine quand j'entame la discussion.

« Comment va ta maman ?

— Ça va pas mal. »

Il faudra que je m'occupe de lui plus tard.

Je traverse la rue au niveau de la banque, enfin, du moins, j'essaie. Le feu est rouge, mais les voitures ne cessent d'avancer, comme si les conducteurs craignaient qu'en s'arrêtant, quelqu'un viendrait les tirer de leur siège et les tabasser. Je m'avance tout de même parce que je sais que j'ai la loi de mon côté. Écrase-moi et je te fais un procès, tu perdras tout ce que tu as, une fois que je t'aurai tiré de ton siège et tabassé, bien évidemment !

Je ne me suis pas entraîné depuis un moment, mais ça ne se perd pas. Coup droit, uppercut, direct, paf, pif, pam. J'étais quand même détenteur du titre de poids moyen de 1974 à 1977. Mike disait qu'il n'avait jamais vu quelqu'un comme moi, il disait que j'avais un « regard de tueur ».

J'arrive de l'autre côté, loin du vacarme. Je traverse de nouveau et plonge entre est et ouest, tout en gardant un œil sur Woodfield Place au cas où le mec du 4 × 4 aurait retrouvé ses couilles et décidé de revenir m'affronter.

Personne.

C'est la dernière ligne droite et je repense à *plus tard*, maintenant que ma décision est prise.

Un ivrogne se soulage sur les poubelles, devant la Science Photo Library, juste à côté de chez moi. Un de ces jeunes bourges du quartier qui s'encanaillent en fumant de l'herbe ouvre une des portes de l'étage et, remarquant l'ivrogne en bas, il fait genre *c'est cool, man.*

« Fais comme si j'étais pas là.

— C'est c'que j'fais, pauvre con », crache le type.

Après avoir jeté ses déchets — *c'est moi qui vais le transformer en déchet dans une minute* —, le jeune retourne là d'où il est venu, où il devait compter l'argent que son père lui a donné, dans son pyjama de racaille Burberry et ses pantoufles en moumoute.

Il jette un coup d'œil — l'autre type est encore en train de pisser — et m'offre une espèce de sourire mou avant de retourner à l'intérieur.

La vie sur un coussin moelleux.

En effet.

Quelque chose dans l'air me happe et me ramène dans le passé.

Bernadette : Diorella.

Eileen : Diorissimo.

Margaret : Chanel N° 5.

Au loin, une fumeuse de crack crie autant qu'elle peut, autant qu'on peut tous : « BABYLONE LA GRANDE ! BABYLONE LA GRANDE ! »

Des chansons sanglantes coagulent dans les courants noirs d'une nuit très très froide.

Le besoin de croire.

Credo in unum Deum, Patrem omnipotentem.

Prêt ?

Comme jamais.

Je m'approche de Kelly Mews : devrais-je rentrer et me changer ou simplement continuer comme ça ? Je choisis la seconde option et file au bureau. Je passe par l'arrière du bâtiment, tourne la clef et j'entre. Mary s'approche en souriant.

« Père Donaghue ?

— Oui, Mary ? je réponds en jetant mes clefs sur le bureau. Qu'y a-t-il ?

— Eh bien, mon père, je sais que vous êtes très pris, mais je me demandais si vous accepteriez d'ajouter quelques prières demain, pour ma sœur. En souvenir, si vous voulez.

— Ça fait combien de temps, maintenant ?

— Cinq ans, mon père. Cinq ans qu'il nous l'a enlevée. » Elle se met à pleurer.

Je passe un bras autour d'elle et lui rappelle que Dieu est avec nous, et qu'il faut qu'elle m'appelle par mon prénom, Johnny.

Elle commence à se sentir un peu mal à l'aise,

apparemment, au vu du léger regard qu'elle pose sur ma main. Je la libère donc et lui offre un verre d'eau-de-vie, qu'elle accepte.

« Père, je ne savais pas. »

Je scrute mon verre.

« Moi non plus, Mary, moi non plus. »

Mary boit une gorgée, je pose mon verre sur le bureau et je prends mon crucifix.

Nous rions tous les deux et parlons des bonnes affaires qu'il y a en ce moment à Iceland et Somerfield, et à quel point le nouveau magasin discount est extraordinaire. Mary pose son verre presque vide sur le plateau, près de la carafe à whisky.

« Merci, mon père. Je me sens bien mieux, maintenant. Et vous ? Vous êtes bien installé ? Vous vous habituez à notre petit quartier ? Je sais que ce n'est pas évident, mais…

— Oh, j'ai connu pire, Mary, croyez-moi. Bon, j'ai beaucoup à faire, comme vous pourrez le comprendre…

— Oh, pardonnez-moi, mon père, je vous fais perdre votre temps.

— Pas du tout, Mary. Et je mentionnerai…

— Molly.

— Molly. Oui, je n'oublierai pas.

— Au revoir, mon père. »

Je m'assieds et j'attends. Une heure. Je remplis mon verre et des larmes commencent à couler le long de mon visage.

À quoi je sers ? À quoi je sers ? Sers-moi un verre.

Croire en Lui. Ne pas croire en Lui.

Deus Meus, ex toto corde poenitet me omnium meorum peccatorum, eaque detestor, quia peccando, non solum poenas a Te iuste statutas promeritus sum, sed praesertim quia offendi Te summum bonum ac dignum qui super omnia diligaris. Ideo firmiter propono, aduvante gratia Tua, de cetero me non-peccaturum peccandique occasiones proximas fugitutum…

Le téléphone sonne et le verre explose dans ma main au moment où il allait atteindre ma bouche.

« Johnny, tu sais que je vais devoir te tuer. »

Un sourire apparaît sur mon visage. « Comment peux-tu tuer ce qui est déjà mort ? »

Une douzaine de bernaches ont accueilli les premières la journée du lendemain, en décollant du Grand Union vers le climat bien plus clément de Kew. Leurs ailes font un bruit à la fois magnifique et terrifiant. Pete, l'agent de nettoyage du pub du Grand Union, est en train d'éponger la terrasse, songeant à la dispute qu'il vient d'avoir avec sa femme : « T'es qu'un idiot et un abruti, et en plus t'es parano ! », lui a-t-elle dit avant qu'il parte, à cinq heures du matin.

« Dégage de là. »

Quand il a entendu le bruit d'ailes, il a failli mourir de peur, croyant que *cette fois*, *ça y était*, s'attendant à ce qu'Oussama lui-même surgisse dans un avion de chasse avec onze sbires dans son sillage.

Une pinte et onze verres de vin blanc pour ces dames ?

Mystérieusement, Pete a été fasciné par la beauté des oiseaux, planant bas dans le ciel, puis s'élevant sous le pont de Helfpenny Step en criant : « C'est superbe ! » Il a regardé, cherché Carmel des yeux.

« Carmel, viens voir ça ! »

Celle-ci secoue la tête, à l'intérieur du pub, préoccupée par le dernier avortement en date de sa fille aînée. « Qu'est-ce qu'il y a encore ? T'amuse pas à me faire des blagues, parce que je suis pas d'humeur. »

Carmel jette une serpillière au sol et se tourne vers Pete, immobile à l'extérieur, comme une statue. Elle se marre intérieurement et sort le rejoindre.

« Qu'est-ce qui te met dans cet état, enfin ? »

Pete ne bouge toujours pas, comme si des extraterrestres étaient venus lui aspirer son âme. Il est blanc comme un linge.

« Mon Dieu…

— Ah ouais ? Et t'as aussi vu cette putain de Vierge Marie… ? »

La phrase de Carmel reste en suspens quand, d'un coup d'un seul, elle comprend.

Elle est accrochée par les poignets à la balustrade sous le pont.

Des collants noirs enserrent son cou blanc.

Ses yeux, son nez, ses oreilles, ses doigts et ses lèvres lui ont été retirés.

Son corps dépasse à moitié du canal.

Inerte, comme une putain de pierre.

Les jambes coupées au niveau des fesses.
Une chevelure rouge enflammée.
Insensible.
Sans jambes.

Au-dessus du bruit des sirènes, la vue reste la même : crue, sombre, dérangeante. J'ai tendance à penser que le monde qui s'étend est vil et dégoûtant.

De l'endroit où je vais mourir, j'ai, à ma droite, le commissariat de Harrow Road qui s'est transformé en vraie ruche grouillante d'activité retranchée — les flics mettent le feu à l'endroit. À ma gauche, Our Lady of Lourdes & St Vincent de Paul où, dans moins d'une heure, je vais déclamer la messe devant une communauté ébranlée.

Une communauté rassemblée par Dieu sait qui.
Une communauté de chagrins et de guerriers.
Une communauté tout de même.
Des guerriers de la paix.
Une paix d'occasion.
Crime à West Nine.
Meanwhile Gardens.
Des animaux.
Des oiseaux.
Amen.

II

I FOUGHT THE LAW

Mayfair

I FOUGHT THE LAWYER

Michael Ward

Michael Ward est né à Vancouver en 1967, il emménage à Londres en 1987. Il abandonne une carrière prometteuse de responsable du courrier au British Council pour jouer dans un groupe. Une heureuse rencontre dans un pub le mène au journalisme, domaine dans lequel il travaille depuis 1997.

J'ai appuyé sur *play* et l'écran de la caméra bas de gamme s'est allumé. Le visage de Vanya est apparu, grimaçant et tirant la langue en guise de test visuel, avant de disparaître.

Bien joué ma grande.

La position de la caméra — au-dessus de l'armoire — laissait voir environ la moitié de la chambre. Au fond à droite, il y avait un lit et un grand miroir, à gauche une petite commode et, au milieu, contre le mur du fond, un portemanteau avec une tenue de soubrette, une guêpière en cuir et un uniforme d'infirmière avec son chapeau blanc ; une paire de cuissardes avait été jetée en vrac devant.

Deux secondes plus tard, Vanya est à nouveau apparue à l'écran, elle portait la chaise dont elle s'était servie pour atteindre le haut de l'armoire. Elle l'a remise à sa place, à côté de la commode. Elle s'est regardée dans le miroir, a rapidement arrangé ses cheveux et a glissé ses mains le long de sa combinaison avant de sortir du cadre, à gauche de la porte qui mène à la salle d'attente.

Dix secondes d'immobilité, puis à nouveau du mouvement : il est entré dans la pièce. Quatre enjambées lentes et gracieuses l'ont amené au miroir, devant lequel il s'est arrêté, face à son reflet. Grand, mince, bel homme, cinquante ans à peine, dans un costume gris foncé, chic et cher, d'épais cheveux argentés. L'archétype même du conservateur britannique. Il a passé son index sur chacun de ses sourcils, lissant le moindre poil rebelle, s'est tourné et soudain, sans le vouloir, a offert son visage de face à la caméra.

Parfait.

Vanya est revenue dans la chambre, ses talons ont un peu tremblé sur le tapis spongieux quand elle s'est dirigée vers la commode et qu'elle a sorti une capote d'un tiroir. Le gentleman a retiré sa veste, l'a posée sur le dossier de la chaise, puis a placé ses chaussures en dessous avec soin. Le temps que Vanya déroule la capote sur son index et la lubrifie bien comme il faut avec de la vaseline, l'homme était nu, à l'exception de ses chaussettes noires qui lui arrivaient au mollet ; il s'est installé sur le lit, dos à la caméra, lui présentant son cul.

Vanya s'est agenouillée derrière lui sur le lit, avec ses chaussures, toujours dans sa tenue, et a doucement lubrifié la zone rectale de l'éminent avocat, accompagnant son geste d'un doux murmure croate. *Mamu ti jebem u guzicu.* Elle a fait pénétrer doucement le doigt et a commencé le *finger-fucking*, débitant son mantra serbo-croate de plus en plus fort tout en faisant bouger son doigt de plus en plus vite. *Picka. Mamu ti jebem u guzicu…* Environ une minute plus tard, l'homme aux cheveux argentés, qui se branlait furieusement, a atteint l'orgasme, concluant la transaction.

J'ai appuyé sur *stop*.

On l'a, ce connard.

On rembobine.

La semaine précédente — au précédent millénaire, en fait — j'étais allé voir la River of Fire[1]. Le gouvernement avait fait en sorte que la Tamise soit enflammée quand sonnerait minuit. Il devait y avoir une impressionnante déferlante de flammes remontant le fleuve à huit cents miles par heure à grand renfort de pyrotechnie, le tout au beau milieu de la City. *Le Premier ministre transforme l'eau en feu ; une monumentale alchimie.* Mais tout ce que les gens ont eu, ça n'a été que quelques bougies surdimensionnées s'essoufflant sur de rares péniches le long d'une rivière boueuse.

Pas que j'en ai quoi que ce soit à foutre. Mensonges, mensonges, mensonges. Je savais que ces connards avec leurs slogans à deux balles ne tiendraient pas leurs promesses. Je n'étais pas là pour le spectacle, j'étais là pour faire les poches à des gros cons inattentifs. Et les gros cons inattentifs tiennent leurs promesses, eux. Copieusement.

Je ne le faisais pas pour la thune — même si certains trucs que j'ai chourés se sont révélés utiles,

1. Festivités organisées dans le cadre du passage à l'an 2000 par la ville de Londres.

par la suite. Il fallait juste que quelqu'un le fasse. L'avènement d'un nouveau millénaire amenait tant d'espoirs et d'attentes que quelqu'un se devait de restaurer l'équilibre. Injecter un peu de réalité dans tout ça. Ces gens étaient censés être des citadins rusés, n'est-ce pas ? Des experts de l'expérience urbaine. *Venez à Londres*. Là où les gens sont tellement cons qu'ils pissent, chient et vomissent dans leurs propres rues tandis que des avocats incompétents colporteurs de slogans les enculent et les font payer pour le plaisir.

Alors moi, je fais mon propre spectacle. Une performance artistique illégale. Une représentation exceptionnelle pour un public de choix. Du vol créatif. Prendre et donner ce que personne ne peut posséder. C'était à mille lieues de ces gitans et parasites à capuches malhabiles qui sévissent sur Oxford Street et dans le métro. Qui foncent dans les touristes en leur fouillant maladroitement les poches pour repartir avec une carte de métro à la journée qu'ils pourront revendre deux livres. De temps en temps, un téléphone portable. Aucun sens du style, aucune originalité. Aucune dramatisation. Ma performance était celle d'un virtuose — rien que moi, mon sac à dos et deux copains agiles : Main-Droite et son pote, Gaucho. Des experts, ces deux-là. Précis du point de vue digital, quoi. Il faut tout de même les garder à portée de main. Tu vois ? On appelle ça du style, connard. De l'esprit ! Ce que ces abrutis n'auront jamais. Je prends et je donne. C'est de l'art, putain, de l'art.

En réalité, faire le pickpocket, ça ne me changeait pas de ce que j'avais déjà fait une bonne centaine de fois pendant mes numéros. D'un point de vue technique, en tout cas. Et j'avais déjà joué les pickpockets pour de vrai, de manière illégale, je veux dire, deux fois auparavant. Ça ne m'avait pas procuré le kiff que j'attendais. L'occasion ne s'y prêtait pas. Mais cette fois-ci, c'était différent, parce que, même si le spectacle sur la Tamise était pourri, il y avait quand même deux millions de personnes heureuses, défoncées, saoules, en train de chanter, toutes agglutinées les unes aux autres, complètement fascinées par les lumières colorées dans le ciel. Et toutes embrassant avec joie leur voisin, se rapprochant les unes des autres, s'embrassant comme si, en fait, elles ne se détestaient pas, comme si elles ne se méprisaient pas. Je vais vous en donner, moi, de ce putain d'« Auld Lang Syne [1] », bande de cons. *Should Auld acquaintance be forgot*… T'as oublié de garder un œil là-dessus, mon gars, merci beaucoup. *And never brought to*… Ça vous ennuie pas que je vous débarrasse de ça, monsieur ? *Should Auld acquaintance be for*… J't'ai bien eu ! *For the sake of Auld lang*… J'ai terminé, maintenant, faut que j'y aille !

Tout ça devant un milliard de poulets. C'était une bonne nuit. Un nouveau départ. En avant !

Après le spectacle, je me suis dit que j'allais fêter ça avec une bonne partie de jambes en l'air. Vanya serait sûrement encore en train de travailler.

1. Chanson traditionnelle de la Saint-Sylvestre.

J'allais la voir depuis environ six mois — depuis qu'elle avait débarqué de Croatie. Un très bon rapport qualité-prix — un joli visage et un beau corps, avec des tarifs raisonnables. Si elle avait été britannique, elle aurait demandé le double. Voire le triple. Voilà sans doute un des avantages de l'immigration : une main-d'œuvre efficace et bon marché.

Je me suis lentement frayé un chemin dans la foule, je suis passé par Strand, j'ai dépassé Trafalgar, puis Piccadilly et Shepherd Market. En marchant, j'ai même inventé une petite chanson, sur le vieil air de *Robin des bois* : « Il vole aux gros / Et donne aux putes / Robin vole bien ! Robin vole bien ! Robin vole bien ! » Parfois, je me disais : Jonathan Marcus Tiller, t'es vraiment le baiseur le plus spirituel de ce putain de monde.

Comme je passais sur Piccadilly Circus — ah, la splendeur du Burger King, le glamour du Dunkin' Donuts —, j'ai été tout à coup accosté par un touriste américain : « Hé, vous, pourriez-vous m'indiquer le chemin pour Piccadilly Circus ? » Il a prononcé les deux derniers mots avec une voix si hésitante qu'on aurait cru qu'il avait du mal à imaginer qu'un tel endroit puisse exister.

Je ne lui ai pas répondu, je lui ai juste montré les alentours d'un geste du bras, puis je l'ai regardé avec une expression censée lui faire comprendre : *mais qu'est-ce que tu crois que c'est, tout ça, gros con ? Maintenant, dégage.*

Ça n'a pas marché.

« C'est que, je suis là pour faire un film et c'est à Piccadilly qu'on m'a dit que je pourrais en rencontrer.

— Rencontrer quoi ? lui ai-je répondu, à peine plus intrigué que ça.

— Des acteurs. Voilà, je filme ça dans mon hôtel ce soir et je me suis dit que peut-être vous voudriez… »

Vous sucer la bite ? « Je pense pas, mec. Mais ouais, c'est le bon endroit, t'as juste dix ans de retard… »

Sur ce, j'ai laissé le Yankee et j'ai repris ma route. J'ai pris la direction du nord, longeant des édifices imposants en pierre grise, des sortes de gigantesques portiers gardant un œil sur les environs, éloignant les indésirables. Levant un sourcil soupçonneux à quiconque oserait s'approcher des terres promises de Mayfair. *Monsieur serait peut-être plus à l'aise s'il empruntait une autre rue ? Une voie plus adaptée à… la condition, dirons-nous, de monsieur ?*

Pas ce soir-là, ceci dit. Ce soir-là, ils ne m'ont pas embêté. C'était comme si j'avais réussi une sorte d'épreuve. Comme si j'étais OK, maintenant. Ils ne m'avaient pas non plus donné les clefs mais, au moins, ils fermeraient les yeux quand je crochèterais les serrures. C'était clairement un nouveau départ.

J'ai pris à droite sur White Horse Street, dans Shepherd Market, un petit coin tordu et rougeoyant où tout le rebut de Mayfair avait été balayé, hors de vue. Un peu comme un mini-Soho, mais avec un vocabulaire châtié et un blazer. La journée, l'endroit n'a rien de spécial, un peu trop coincé à mon goût. Mais quand vient la nuit, la vraie, quand les employés de bureau ont fini de se bourrer la gueule et que ceux qui dînent tard se sont cassés, c'est là que ça se passe. C'est là que le quartier révèle sa vraie identité. L'endroit idéal pour un voleur artiste de rue, rebelle et rusé.

Je me suis arrêté pour réajuster mon sac à dos, j'ai tourné à gauche puis à droite dans Market Mews. Je me suis arrêté devant la porte ouverte indiquant « Mannequin, 1er étage » et j'ai monté les marches. Dernière ligne droite avant l'Eldorado de la baise. *Ah, c'que t'es fort, Jonny Boy*. En montant, j'ai fait un coucou à la caméra de surveillance et j'ai appuyé sur la sonnette qui indiquait, de manière fort utile, « Appuyer ». Rita a ouvert la porte. Une petite dame toute ronde aux seins énormes et tombants, à qui il ne restait que quelques touffes éparses de cheveux jaunes et gris. Elle arborait de vieilles pantoufles roses, un survêt' beige trop lâche et, par-dessus, une robe de chambre en éponge rose complètement délavée. Rita est l'assistante de Vanya, celle qui accueille les clients.

« Salut, Jonny chéri, elle est avec un gentleman pour le moment, ça va durer une dizaine de minutes encore, ça ira ?

— Pas de souci », lui ai-je dit tout en enlevant mon sac à dos, avant de m'affaler sur le canapé deux places en mousse du salon. Les seules autres pièces de l'appartement étaient une minuscule cuisine équipée d'une bouilloire et d'un four à micro-ondes, et une petite chambre.

Comme la télé était allumée, Rita et moi avons regardé les célébrations du passage au nouveau millénaire sur ITN. J'ai dépiauté une clope pour rouler un joint pendant que Rita tirait sur sa Benson.

« On dirait qu'il fait glacial, dehors », a-t-elle dit en désignant du menton l'écran qui montrait une foule massée au bord de la Tamise. Puis elle s'est levée pour monter le thermostat à pratiquement quarante.

« Oui, lui ai-je répondu tout en entortillant le bout de mon joint.

— Tu n'avais pas un spectacle ce soir, mon chéri ? Je croyais que tu en ferais un, surtout cette nuit.

— Nan. J'aurais pu, mais je voulais voir les feux d'artifice sur la Tamise », lui ai-je dit, regardant rougeoyer le bout de mon pétard après avoir tiré dessus.

Je discutais souvent avec Rita pendant que Vanya était occupée. Elle me trouvait plutôt séduisant, parce que j'étais magicien.

« T'as fait des trucs, ces derniers temps ? T'as bossé ? » m'a-t-elle demandé.

Je lui ai raconté mon dernier spectacle — une fête de Noël dans une boîte de comptables de la City. J'étais accompagné d'un illusionniste appelé Damon Smart pour divertir les employés avant le dîner. J'avais déjà travaillé avec Smart, dont le vrai nom était Dave Smith. Un petit con, mais plutôt doué.

On s'approchait d'un groupe de cinq ou six comptables en train de s'humidifier le gosier et on se présentait comme untel et untel qui venaient tout juste de rejoindre l'entreprise. Au bout d'un moment, Smart se comportait bizarrement, il faisait des grimaces et se frottait le ventre. Il se plaignait d'une indigestion. Puis il faisait semblant de vomir et — c'est la partie particulièrement débile de son numéro — il tirait de sa bouche un fil le long duquel étaient accrochées des lames de rasoir. C'était ce genre de merde. D'ailleurs, ce qu'il y avait de plus merdique encore, c'était qu'une fois son show terminé, je ressortais une série d'objets que j'avais piqués aux comptables pendant qu'ils étaient occupés à regarder Smart. « J'imagine que cette montre est la vôtre, monsieur... » J'avais horreur de ça. Putain de bordel de merde, qu'est-ce que je détestais ce putain de bordel de numéro.

Mais ça, je ne l'ai pas dit à Rita. Elle avait l'air heureuse de me prendre pour une star de la magie de mes couilles, alors je n'avais pas envie de la décevoir. Ça ne servirait à rien.

« C'était une bonne soirée, lui ai-je menti en tirant encore sur mon joint.

— La prochaine fois, tu passeras à la télé », a-t-elle dit en indiquant le poste d'un signe de la tête.

On a regardé les infos encore une minute ou deux, puis Rita a regardé la chambre en hochant la tête. « Ça va être l'heure, mon chéri. »

Elle voulait dire qu'il était temps que j'aille dans la cuisine pour permettre au client de sortir sans avoir à subir la honte de croiser un autre homme. Comment elle s'y prenait pour savoir que c'était le moment, je n'en avais aucune idée — je n'avais rien entendu de là où nous étions —, à croire que son détecteur d'orgasmes tournait à plein régime. Je suis allé dans la cuisine et j'ai fermé la porte, la laissant juste entrouverte pour apercevoir la tête de celui qui sortait sans que lui puisse me voir. J'aimais bien voir la tête du type qui avait été avec Vanya juste avant moi. Une curiosité toute naturelle, j'imagine.

Trente secondes plus tard, Vanya est apparue et a quitté l'appartement pour aller aux toilettes communes sur le palier.

Puis ça a été le tour du client.

J'ai su que je le connaissais au moment même où je l'ai vu. Un type connu, mais qui ? Un présentateur de journal télé ? Non, il n'était pas aussi connu. Un député ? Pas sûr… Mais c'était *quelqu'un*.

Il a ramassé le manteau qu'il avait laissé sur le canapé et a tendu un billet de dix à Rita. Celle-ci a pris le pourboire en souriant.

« Soyez prudent dehors, ça caille.

— Mon manteau me protégera, ma chérie. Et je vais savourer votre délicieux non sequitur pendant mon trajet jusque chez moi. »

Son nom a alors surgi dans mon esprit.

J'ai attendu que le bruit de ses pas cesse de résonner dans les escaliers avant de retourner dans la pièce. Vanya revenait des toilettes.

« Tu sais qui c'était ? » Sans attendre sa réponse, j'ai poursuivi : « Nicholas Monroe, l'avocat. Il est… connu. Enfin, pour un avocat, en tout cas…

— Connu ? a demandé Vanya. Qui ça ? Frederick ? » Elle s'est emparée des soixante livres que je lui avais préparées et je l'ai suivie dans la chambre.

« Non, si — non — son nom, c'est Nicholas Monroe. Il passe toujours aux infos. Il a fait coffrer ce gang qui avait buté un petit Black à East Ham, il y a deux ans. Et aussi ce gangster, de là d'où tu viens…

— De Croatie ?

— Ouais, quelque chose dans le genre, je ne sais plus. Peut-être d'Albanie, mais on s'en fout, lui ai-je dit en fermant la porte. Ce qui compte, c'est qu'il est super connu, et qu'il a des tonnes de fric.

— Il est pas croate, idiot, il est anglais, me dit-elle. Un très bon monsieur anglais. Bon, qu'est-ce qu'on fait ? On parle ou on baise ?

— Sérieux, ai-je poursuivi, tout en ignorant sa question, qu'est-ce qu'il foutait ici ? »

Vanya s'est laissée tomber sur le lit et s'est mise à inspecter ses ongles.

« S'il veut une fille, il peut aller dans un endroit chic et discret à Kensington ou ailleurs, un truc dans le genre. Qu'est-ce qu'il vient foutre ici ?

— Il aime bien moi, a-t-elle dit en rétrécissant les yeux. Il aime bien ma façon de parler et de…

— Quoi, il est déjà venu ? C'est un habitué ?

— Oui, bien sûr, m'a-t-elle répondu comme si c'était évident et que j'étais idiot. Lui vient ici presque toutes les semaines. Je parle lui en croate et je mets mon doigt dans cul à lui et il… »

Tu déconnes.

« Tu lui mets un doigt dans le cul ?

— Oui, bien sûr, c'est normal, quel problème avec ça ?

— Bordel de merde, Vanya ! Y a aucun problème avec ça, au contraire, c'est génial. Il est riche. Il ne peut pas se permettre qu'un truc comme ça s'ébruite. Il nous payera pour qu'on ne dise rien à personne. »

Vanya était souvent un peu dans la lune, comme si elle n'était pas vraiment là. Comme si tout n'était qu'un jeu, comme si tout se déroulait dans une sorte de film d'Europe de l'Est surréaliste pour enfants. Mais, à ce moment-là, elle est sérieusement revenue à la réalité. Je sentais que quelque chose se passait dans mon ventre.

« Nous payer ? Nous payer combien ? a-t-elle demandé.

— J'en sais rien. Dix mille ? Peut-être plus. »

Cinquante, au moins.

« C'est rien, pour lui, ai-je poursuivi. C'est sans doute ce qu'il gagne en une semaine…

— En une semaine ? *Nemoj me jebat !*

— Exactement. » Je me suis mis à parler doucement, en baissant le ton. « Il faut juste qu'on s'y prenne correctement. Qu'on planifie tout bien… »

Je ne savais pas grand-chose de Vanya, mais je savais qu'elle n'était pas pute par choix, qu'elle ne savait pas que c'était ce qui l'attendait, quand elle a été emmenée en Angleterre. Et comme Anna et Katarina, dans les appartements au-dessus, elle ne voyait pas grand-chose des cinq mille livres qu'elle gagnait par semaine. Elle m'a écouté avec attention quand je lui ai exposé le plan, acquiesçant lentement quand je lui ai expliqué comment faire marcher la caméra, où se trouvait le bouton d'enregistrement et comment savoir si l'enregistrement était en route ou pas. Puis je lui ai montré l'endroit exact où elle pourrait la placer sur l'étagère à la prochaine visite de Monroe. Elle m'appellerait dès qu'il serait parti, je viendrais récupérer la caméra et la cassette et mettre en branle la deuxième phase du plan.

Je suis parti dix minutes plus tard. On n'avait même pas baisé, mais c'était pas important. *Ça*, c'était encore mieux. Bien mieux. De nouveau, j'ai pris conscience de cette chaleur en moi et, cette fois, elle se répandait dans ma poitrine, mes bras et le bas de mon ventre. Tout ça, c'était bon, je sentais que ça se passait maintenant. Pour de vrai. En avant ! Ma performance de début de soirée avait été un prélude. Une toccata pour la fugue que je composais. Je suis rentré chez moi, mais je n'ai pas réussi à dormir. Six pétards et une bouteille de vin plus tard, ça a été chose faite.

J'ai passé les quelques jours suivants à planifier la deuxième phase du plan depuis mon appartement de Kentish Town et à me demander ce que j'allais faire avec le fric. Et sur quel coup j'allais enchaîner, après. Peut-être un genre d'arnaque. Il me fallait quelque chose d'élégant, de stylé. Et puis, après quelques années, je prendrais ma retraite et je publierais mes mémoires sous pseudo, en ne révélant ma véritable identité qu'à quelques rares privilégiés qui feraient partie de mon petit cercle magique, en somme.

L'appel que j'attendais est finalement arrivé le lundi soir vers onze heures. Après avoir raccroché, j'ai attrapé un taxi et j'ai filé en direction de Market Mews. Rita m'a fait entrer et j'ai trouvé Vanya assise sur le canapé en train de manger un bol de nouilles chinoises.

« Tu l'as eu ? Ça rend bien ?

— Oui, bien sûr.

— Où est-elle ? »

Vanya a posé le bol par terre et a sorti la caméra de sous le canapé.

« Génial, me suis-je exclamé en lui prenant l'appareil des mains. Je t'appelle. Faut que j'y aille. À plus. »

Je l'ai laissée à ses nouilles industrielles et j'ai arrêté un taxi sur Piccadilly.

« Kentish Town, s'il te plaît, mec. »

Le chauffeur m'a fait un signe de la tête, je suis monté dans la voiture et j'ai allumé la caméra. Tout y était. *Bien joué ma grande. Parfait. On l'a, ce connard.*

De retour à l'appart, j'ai allumé mon Mac et commencé à bosser sur la lettre anonyme. Le titre : « Chantage », corps 12, centré. J'ai utilisé des italiques sur la première version, mais j'ai finalement trouvé que ça adoucissait un peu trop le truc et j'ai donc finalement opté pour un style normal. Bon, et la police ? Ça a été un peu plus compliqué. La Gothic Bold me paraissait bien, mais ça faisait un peu trop mélodrame. J'aimais bien la Chicago, un peu genre gangster, mais finalement, ça donnait un côté trop sympa au courrier. La Typewriter, un peu trop sinistre, mais pour une demande de rançon, c'était pas mal, en fait. Finalement, j'ai pris la Times New Roman. Simple, sérieux, pro.

Puis, le texte. J'y ai passé plusieurs heures, et pour finir, j'en étais assez satisfait.

J'ai en ma possession une cassette vidéo de vous, M. Nicholas Monroe, Conseil de la Reine, dans laquelle on vous voit en plein acte de perversion avec une prostituée. La vidéo dure 3 minutes et 26 secondes et vous montre de manière très identifiable. Je suis disposé à vous la vendre à un prix minimum de 50 000 £, en cash. Sinon, je montrerai la vidéo aux journaux. Le prix n'est pas négociable et il n'existe qu'un seul exemplaire de la vidéo. Il faudra me faire confiance sur ce dernier point. Apportez le cash, seul, au pub Printers Devil sur Fetter Lane, à 16 h mercredi 12 janvier. Vous recevrez en retour la cassette vidéo, qui sera placée dans la caméra afin que vous puissiez voir ce que vous achetez. Dans l'attente de régler cette affaire avec vous, Jon X.

J'ai imprimé la lettre sur une belle feuille blanche A4, après avoir fait quelques vérifications orthographiques. Elle donnait bien, mais n'avait pas l'air tout à fait équilibrée. J'ai donc descendu un peu le texte puis réimprimé la lettre. C'était bon. Je l'ai pliée en trois et l'ai mise dans une enveloppe sur laquelle j'ai écrit : « Strictement privé et confidentiel, Nicholas Monroe, CR ». J'ai écrit de ma main gauche, juste au cas où, et j'ai effacé le document de mon Mac.

J'ai jeté un coup d'œil à la télé. Il y avait la rediffusion matinale de *Countdown*[1]. Les premiers métros ne roulaient pas avant une demi-heure, alors j'ai regardé les quinze dernières minutes de l'émission, en attendant l'énigme finale à huit lettres. Je voulais voir si le mot qui allait sortir serait « chantage ». Je sentais que ça pouvait être ça. Mais non.

À cette heure de la journée, ça ne m'a pas pris plus de trente minutes pour aller de Kentish Town à Chancery Lane, où se trouvaient les bureaux de Monroe. J'ai glissé l'enveloppe dans la boîte aux lettres et suis retourné à l'appart pour dormir un peu.

Il était deux heures de l'après-midi quand le réveil m'a sorti du sommeil. Mercredi. Je me suis rasé, j'ai pris une douche, enfilé mon costume et mon manteau et suis retourné à Chancery Lane, au Printers Devil. J'y suis arrivé à trois heures et demie, le lieu était à moitié plein, ce qui était une bonne chose. Je me suis commandé un gin tonic et

1. Équivalent britannique de l'émission « Des chiffres et des lettres ».

trouvé une table avec une vue dégagée sur la porte. En attendant Monroe, je me répétais ce que j'allais lui dire. Il entrerait seul ; je lui ferais signe de venir à ma table et je lui proposerais de lui offrir un verre. Il serait certainement nerveux et je voulais que ça reste convivial. Quand je reviendrais du bar avec son verre, je lui dirais : « Monsieur Monroe, je crois que nous savons tous les deux pourquoi nous sommes ici, n'est-ce pas, alors parlons affaires, vous voulez bien ? » Je me disais qu'il se contenterait d'acquiescer, qu'il serait content que ce soit moi qui parle pour qu'il puisse déguerpir de ce putain d'endroit au plus vite. Après l'échange, nous nous serrerions la main, et je le laisserais là pour aller voir Vanya et lui donner ses cinq mille livres.

Sauf que ça ne s'est pas trop passé comme ça. Pour commencer, Monroe était en retard. Très en retard. Tellement en retard, en fait, qu'il n'a même pas pris la peine de se pointer, ce connard. J'ai appelé à son bureau et on m'a annoncé qu'il était en réunion tout l'après-midi mais qu'il m'était possible de laisser un message. Putain, mais j'allais pas non plus laisser un message ! C'était quoi, ce bordel ? De quel droit est-ce que Monroe se foutait de ma gueule comme ça ? C'était moi qui avais la cassette. C'était moi qui contrôlais la situation. Mes instructions étaient claires. La lettre, il ne pouvait pas se contenter de l'ignorer. Toute l'affaire n'allait pas disparaître comme par magie. Je le tenais par les couilles et il fallait qu'il fasse avec. Il le fallait. L'arrogance de ce mec. J'y croyais pas. Comme si j'étais un de ces putains de clients qu'il pouvait faire patienter au téléphone pendant qu'il jouait au golf, qu'il se faisait mettre un doigt dans le cul ou je ne sais quoi d'autre, ce connard…

Il fallait que je me calme. J'ai donc pris un autre verre et j'ai réfléchi à ce que je pouvais faire. Il n'y avait qu'un seul choix réaliste. Dominic. On était allés à Ampleforth ensemble et on était restés en contact depuis. Il était devenu journaliste et travaillait comme secrétaire de rédaction au *Sunday*, là où son père avait travaillé. Je leur vendrais la cassette. Je n'en tirerais pas le même prix, mais bon, qu'est-ce que je pouvais faire d'autre ? Si cet enculé s'imaginait qu'il pouvait tout simplement m'ignorer… Je l'avais prévenu. Tout était dans la lettre.

J'ai appelé Dom du pub et lui ai proposé de prendre un verre après le travail, au Prospect of Whitby à Shadwell, non loin du *Sunday*. J'y suis arrivé vers six heures et demie et Dom m'a présenté à l'un de ses collègues :

« Jon, voici Stuart, il se présente au prix du meilleur jeune journaliste de l'année le mois prochain. »

Ah ouais ? Il a vraiment une gueule de con, pourtant.

« Ravi de te rencontrer, Stuart », j'ai répondu. Je lui donnais la vingtaine bien tassée, il avait le crâne rasé, un costume noir et une chemise sombre, sans cravate. Sa poignée de main était trop ferme.

« J'ai demandé à Stu de venir parce que c'est plus son genre d'affaire, m'a expliqué Dom. Moi, je suis plutôt du côté éditorial, pas vraiment un reporter, alors que Stu… »

… est un connard.

« Génial, lui ai-je dit en l'interrompant, car j'avais hâte que les choses avancent. Je peux vous offrir à boire ? »

Ils ont demandé des bières.

Quand je suis revenu, j'y suis allé cash.

« Alors, que sais-tu de Nicholas Monroe, du Conseil de la Reine ? ai-je balancé direct au jeune connard de l'année.

— Monroe, ouais, et ben, qu'est-ce qu'il a ? a répondu le crâne rasé en prenant sa première gorgée de bière.

— Si je vous dis que j'ai une vidéo de lui en train de se faire mettre un doigt dans le cul par une pute à soixante livres, à Shepherd Market ? »

Il a posé sa pinte. « Quoi ? Tu as ça ?

— Combien est-ce que le *Sunday* payerait pour ça ?

— Tu l'as avec toi ? »

Je leur ai montré la vidéo. Une minute plus tard, je voyais bien qu'il était impressionné, tant par la vidéo que par moi. Une fois qu'il a vu le visage de Monroe à l'écran, il m'a lancé un regard qui voulait dire : « OK, connard, on peut faire affaire tous les deux. » Quand la bande s'est terminée, j'ai appuyé sur *stop* et j'ai rangé la caméra dans la poche de mon manteau.

« C'est bien, mais il nous faut la fille, dit-il sans détour.

— La fille ? Pourquoi ? Tout est là… »

J'ai regardé Dom pour avoir un peu de soutien, que je n'ai pas eu.

« Oui, oui, tout est là, a repris Stu, mais c'est plus compliqué que ça. C'est un type très puissant, ce vieux Monroe. Il connaît la moitié des membres de ce putain de gouvernement. Il a sans doute travaillé avec chacun d'eux quand ils n'étaient encore que des stagiaires.

— Stu a déjà essayé de faire des articles sur Monroe, Jon, a glissé Dom.

— Ouais, mais ils se font toujours retoquer, a poursuivi le petit con. Il connaît tout le monde. Son ancien coloc' de fac de droit est pressenti pour être le prochain DG de la BBC. »

Il a avalé une autre gorgée et m'a regardé. *À mon tour.*

« Mais il ne pourrait pas t'attaquer en justice puisqu'on le voit clairement sur cette cassette, ai-je dit.

— Écoute, le mec aime bien prendre des risques, jouer avec le feu. Mais il est intelligent, clairement, il assure ses arrières. Comme je te disais, il a des amis haut placés. Il est censé être sur la liste des invités de la fête d'anniversaire de la Reine et il est pressenti pour recevoir le titre de Chevalier.

— Et alors ? Il est intouchable ? » ai-je dit. Je sentais que tout m'échappait.

« Mec, je ne dis pas que c'est impossible. Simplement, je connais Neil et je sais qu'il va se montrer très prudent sur cette affaire.

— Neil, c'est notre rédacteur en chef, m'a expliqué Dom.

— Et il ne l'envisagera même pas sans la nana, a ajouté Stu. On a besoin qu'elle raconte son histoire et qu'elle soit prête à témoigner, si nécessaire.

— Je vois. Mais combien — combien vaut l'histoire, si j'ai la fille ?

— Ça, c'est pas vraiment mon domaine. J'sais pas. Sans doute un montant à cinq chiffres. »

Cinq chiffres. Ça, c'était au moins dix mille livres. J'étais encore bon. J'ai terminé ma bière et j'ai pris congé. J'ai pris un taxi jusque Shepherd Market, j'ai rejoint l'Eldorado de la baise et j'ai enfoncé le bouton « Appuyer ».

Rita a ouvert. Mais, cette fois-ci, il n'y a pas eu de bonjour enjoué. Elle a refusé de me laisser entrer et s'est contentée de dire : « Vanya est partie. Elle ne reviendra pas. Je ne dois pas te laisser entrer. »

Et la porte s'est refermée.

C'est quoi, ce bordel ?

« Comment ça, *partie* ? lui ai-je demandé à travers la porte. Rita ? Partie où ? Rita ?

— Allez, dégage maintenant, ou je vais devoir l'appeler. »

Elle parlait de Davor, le propriétaire des lieux. J'ai redescendu les marches une à une, essayant de comprendre ce qui venait de se passer. Je n'avais jamais vu Rita aussi hostile, avant ça. C'était bizarre. Et me menacer avec Davor ou un de ses gros bras…

Je suis rentré chez moi et me suis endormi à grand renfort de pétards. Je me suis réveillé tout habillé le lendemain vers midi et me suis préparé. La caméra était toujours dans ma poche. Je l'ai branchée et suis parti à la recherche d'une cabine téléphonique. J'ai composé le numéro.

« Passez-moi Nicholas Monroe, ai-je dit.

— M. Monroe est en rendez-vous avec un client pour le moment, il ne peut pas…

— C'est urgent. Il attend mon appel.

— M. Monroe n'a pas mentionné de…

— Dites-lui juste que c'est Jon X. C'est extrêmement urgent. »

Un silence au bout de la ligne, ce néant électrique des méandres des ondes téléphoniques. Puis, une voix d'homme.

« Aaah, monsieur X… »

Sa voix était détendue, joviale même.

« C'est votre dernière chance, Monroe. Je suis allé voir le *Sunday* et ils sont très intéressés par la cassette. Ils sont prêts à publier l'affaire…

— Le *Sunday* ? Je vois. »

Qu'est-ce qu'il avait, ce gros con ? J'étais en train de parler, bordel.

« Donc, la situation dans laquelle nous nous trouvons, monsieur X, reprit-il avec des mots pesés et calmes, c'est que vous avez une offre financière ferme du *Sunday* et que vous vous demandez si je suis prêt à faire une autre offre. Est-ce bien cela ?

— Oui.

— Bien. Et puis-je vous demander le montant de cette offre ? »

Cinq chiffres, avait dit le rasé.

« Dix mille. »

J'ai regretté ces mots au moment même où je les ai prononcés. Il s'attendait à ce que j'annonce un montant qui fasse le double de ce qu'on me proposait. Et pourquoi est-ce que je lui avais donné le nom du journal ? J'étais en train de tout faire merder, je le savais. Il était trop calme et j'arrivais pas à gérer. Je ne m'attendais pas à ça.

« Mmm. Je peux probablement trouver cinq mille d'ici à cet après-midi, dit Monroe, cela vous irait-il ? »

J'imagine qu'il faudra faire avec, putain. Cinq briques. C'était une insulte. Mais je n'avais pas vraiment le choix.

« Dix-huit heures au Printers Devil sur Fetter Lane et ne soyez pas en retard. »

J'ai raccroché.

J'ai tué le reste de l'après-midi dans mon rade habituel, à boire pour essayer d'oublier ce qui s'était passé, et je suis parti à dix-sept heures pour retrouver Monroe. Le quai à Kentish Town était déjà bondé quand je suis arrivé — des problèmes sur la Northern Line, comme d'habitude — mais il était blindé au moment où le train est enfin entré en gare. Je me suis frayé un chemin dans la rame bourrée à craquer, direction sud, vers Tottenham Court Road où je devais prendre la Central Line puis sortir à Chancery Lane. Je me suis battu pour garder mon petit coin près de la porte jusqu'à Camden Town où environ un milliard de personnes est monté à bord et je me suis retrouvé projeté vers le milieu de la rame, les deux bras tendus au-dessus de moi pour agripper la barre et me tenir en équilibre. Je ne prenais pas souvent le métro, mais je savais que c'était pire que d'habitude. Des retraités, des employés de bureau, des petits branleurs de banlieue, des touristes — en fait, toute la racaille de Londres était en train de se presser contre moi.

J'ai senti une crise de panique se pointer, mais j'en ai chassé les signes avant-coureurs en m'accrochant à une pensée positive. J'ai fermé les yeux et j'ai revu ma performance du Nouvel An, puis Monroe, la vidéo et la lettre, le fric, le prochain coup, les mémoires… Puis quoi ?… Monroe qui ne se pointait pas, le crâne rasé essayant de me faire passer pour un con, Rita qui me refoulait… Davor… et puis Monroe se moquant de moi au téléphone, cette espèce d'enculé arrogant. Comment osait-il ? Moi qui avais la preuve en images que ce connard, du Conseil de la Reine, pas moins, qui connaissait le gouvernement, qui s'apprêtait peut-être à recevoir le titre de Chevalier, se faisait mettre un doigt dans le cul en chaussettes par une pute qu'il s'était sans doute débrouillé pour faire virer du pays, et tout ce que je pouvais tirer de ça, c'était à peine cinq mille putains de livres, s'il me faisait l'honneur de se pointer ? Il avait vraiment l'air de s'en foutre comme d'un détail perdu au milieu d'une semaine de boulot habituelle. Il n'avait pas percuté ? C'était moi qui étais aux commandes, là, le maître chanteur, c'était moi — j'avais le pouvoir.

J'ai rouvert les yeux. Tottenham Court Road, je devais descendre et changer. Je me suis doucement extirpé des retraités et des petits branleurs, attrapant les barres au passage, et j'ai réussi à franchir les portes avant qu'elles se referment derrière moi et que le train reparte, laissant à quai une vingtaine d'usagers en colère qui n'avaient plus qu'à attendre le train suivant. Une sorte de consolation pour moi, une *Schadenfreude*. Je me suis dirigé vers la sortie, palpant la poche de mon manteau pour vérifier que la caméra y était toujours. Rien. J'ai vérifié l'autre poche, puis celle de l'intérieur, la panique me gagnant, puis celle de mon pantalon, puis de nouveau la poche où je savais que je l'avais mise. Vide. Disparue. Je me suis mis à courir après le train qui partait, jurant, lui hurlant des insultes tandis qu'il disparaissait dans le tunnel. J'ai enfoui mon visage dans mes mains.

Une voix m'a demandé : « Ça va, mec ? »

J'ai laissé mes mains retomber le long de mon corps et j'ai ouvert les yeux. C'était un agent de sécurité.

« Non, on m'a volé. »

Ça, c'était il y a six mois. Je ne suis jamais retourné à l'appart de Shepherd Market. Mais je suis bien allé au Printers Devil, ce jour-là, en fait. Je ne sais pas exactement pourquoi. Sans doute juste pour y voir Monroe, et peut-être que j'aurais été capable d'imaginer un autre plan à ce moment-là. J'ai attendu jusqu'à dix-neuf heures, il ne s'est pas pointé.

J'ai reçu un texto de Dominic le lendemain, un vendredi, me disant qu'il était désolé mais qu'ils ne pouvaient pas acheter l'histoire, fille ou pas. Il ne m'a pas dit pourquoi.

J'ai fait d'autres spectacles depuis. Mon agence m'a dégoté un truc sur une croisière, qui part en juillet, dans un mois.

Le truc drôle, c'est que quelques semaines après tout ça, je matais du porno sur le net quand quelque chose a attiré mon regard, une vidéo. La description disait : « Brunette sexy met un doigt au cul d'un vieux en chaussette — marrant ». Je l'ai téléchargée et je l'ai envoyée par mail à la Law Society et à trois hauts fonctionnaires du ministère de la Justice. Pas de texte, juste « Nicholas Monroe, CR » en objet du mail.

Monroe n'a finalement pas été convié à l'anniversaire de la reine, cette année. Il a dû être drôlement déçu.

Kentish Town

JE DÉTESTE SES DOIGTS

Sylvie Simmons

Sylvie Simmons est née et a grandi dans le North London. C'est un grand nom du rock writing. *Elle a écrit une biographie de Gainsbourg :* Serge Gainsbourg. Pour une poignée de Gitanes *(éditions Camion blanc). Elle collabore à* MOJO *et au* Guardian. *Sa dernière adresse connue est à San Francisco.*

C'est ce qu'elle a dit. « Je déteste ses doigts. » J'ai ouvert la porte du congélateur — rempli de givre, comme d'habitude : qui peut bien avoir le temps de dégivrer son putain de congélateur ? — et quand j'ai réussi à sortir la boîte, elle était elle aussi prise dans la glace. J'ai assené quelques coups de couteau — plus, sans doute, pour le bien que ça me faisait que pour l'efficacité de la chose —, puis j'ai balancé la boîte dans le micro-ondes et j'ai mis en marche la fonction décongélation. Je me suis ouvert une bouteille et me suis servi un grand verre.

« Tu es censé laisser respirer le vin. »

Je me suis allumé une Dunhill — la dixième de la journée seulement, pas mal.

« Et tu pourrais songer à me laisser respirer, aussi », a ajouté Dino en toussant. Sa voix ressemblait à celle d'un vieux Jack Russel gay atteint d'emphysème.

« Bien tenté, ai-je rétorqué, mais je n'ai jamais été sensible au chantage affectif.

— C'est dommage, parce que si cela avait été le cas, Kate serait peut-être encore là, et on aurait quelque chose de convenable pour dîner.

— Va te faire foutre, lui ai-je répondu en souriant.

— Dans tes rêves. C'est dangereux de balancer une phrase comme ça à un freudien, a dit Dino en ricanant comme une fillette. Donc, ta patiente, là, j'imagine que tu as songé à lui demander de quels doigts elle parlait et ce qu'elle avait contre eux ?

— Je t'assure, c'est tout ce qu'elle m'a dit.

— *Je déteste ses doigts*, pendant cinquante minutes ?

— Enlève juste les quarante minutes qu'elle a passées à ne rien dire du tout et les deux autres à me préciser qu'elle était là uniquement parce que son généraliste ne lui donnerait plus de témazépam si elle n'allait pas consulter un psy.

— Qui est son médecin traitant ? Philip ?

— Ouais. Dans sa lettre, il disait que, selon lui, il s'agissait de troubles obsessionnels compulsifs, mais que ça pourrait bien être aussi une phobie étrange. Et qu'il savait que ce genre de trucs me faisait bander. »

Sans vouloir jouer les prétentieux, depuis que j'ai quitté la médecine générale pour la psychiatrie — une longue histoire, que je préfère ne pas détailler ici —, je me suis fait un nom avec mes articles sur les phobies inhabituelles.

« Certaines personnes détestent qu'on les touche. Sentir ta main dans mon cul me met plus que mal à l'aise, et pourtant, t'es pas le premier. »

J'ai décidé d'ignorer sa remarque. « Ouais, ai-je repris, l'haptophobie, c'est plutôt commun, mais s'il s'agit des doigts *per se*, alors là c'est de la dactylophobie, et c'est nouveau pour moi. J'en sais rien mais, à la regarder, il se pourrait bien qu'elle ait une sorte de trouble dysmorphique corporel. Elle semblait à la limite de l'anorexie, pas plus de quarante-cinq kilos toute mouillée. »

Elle était du genre à ne pas laisser d'empreintes par terre quand elle entrait dans une pièce, mais à faire une grosse impression, vous voyez ce que je veux dire ? Elle était petite et délicate, on lui donnait environ seize ans. Elle portait une de ces robes de petite fille, un petit gilet à manches courtes et avait les jambes nues. Et puis de grands yeux de biche, comme sur ces petits portraits de gamins en pleurs, soi-disant maudits, selon les tabloïds[1]. Le genre à brûler votre maison dès que vous avez le dos tourné. Son dossier médical indiquait qu'elle avait trente-cinq ans et qu'elle était mariée.

« Ça peut aider si je viens à une des séances ? » s'est enquis Dino.

Je le prenais avec moi de temps en temps — généralement quand mes patients étaient des enfants. Dino avait un effet relaxant sur eux. Ils s'ouvraient davantage. Le micro-ondes a sonné. La boîte en

1. L'auteur fait allusion ici à une légende urbaine selon laquelle, à la suite de plusieurs incendies ayant eu lieu dans les années 1980, la seule chose restée intacte après le passage des flammes était le portrait d'un petit garçon en larmes. L'histoire a notamment été reprise par le quotidien *The Sun*.

carton était humide et fumante. Ça puait. Je l'ai déchirée et j'ai remis la barquette en plastique dans le four. Dino avait raison au sujet de la bouffe.

« Je ne sais pas, je verrai.

— Je vais te dire ce que je vois, moi : une bosse sous ton pantalon. »

Putain, ce petit enculé avait encore vu juste.

« Toi non plus, tu n'es pas de bois. Et ce que je vois aussi, c'est un homme qui veut garder cette petite fille pour lui tout seul. » Quand Dino s'excitait, sa voix devenait soudain efféminée et aiguë. C'était insupportable. Il s'était mis à chanter avec sa voix de tête, aigrelette : « Doc a la gaule, Doc a la gaule !

— Bon, ça suffit. »

J'ai traversé la cuisine à grandes enjambées et je l'ai pris par la gorge, le soulevant bien au-dessus de sa chaise. Je l'ai transporté ainsi jusqu'au salon et je l'ai lancé violemment contre un mur. Les yeux dans le vide, les jambes écartées, son nœud papillon de travers, la marionnette a fini affalée contre la télé, la mâchoire grande ouverte comme celle d'un serpent prêt à engloutir un lapin.

Pendant la première demi-heure, à la séance suivante, elle n'a rien dit. Elle n'a fait que mâchouiller les petites peaux de son pouce et me lancer des regards en coin, à travers ses cils. Un air de petite fille perdue. C'était comme si elle attendait que je lui dise quoi faire. Je me suis retrouvé penché au-dessus du bureau à la réconforter, à lui faire comprendre que tout allait bien se passer. Heureusement, je me suis arrêté à temps : la dernière chose dont j'avais besoin, c'était bien un autre incident. Sans mes vieux amis du cabinet — ou, plutôt, sans ce que je savais sur mes vieux amis du cabinet —, je serais sans doute à la rue à l'heure qu'il est. Là où Kate et son putain d'avocat voudraient que je sois. Au dernier moment, j'ai fait semblant de chasser une bestiole sur le paquet de Kleenex posé près d'elle, sur le bureau.

Puisqu'elle ne parlait pas, je me suis lancé. Je lui ai dit de ne pas s'inquiéter, qu'elle avait sonné à la bonne porte. « Les phobies, lui ai-je dit, c'est comme les T-shirts américains, c'est livré dans toutes sortes de couleurs, mais dans une seule taille : XL. On ne peut pas être "un petit peu" phobique. C'est comme être enceinte : on l'est ou on ne l'est pas. » Au moment où je lui ai dit cela, elle a serré ses jambes l'une contre l'autre, comme par réflexe. Ses genoux étaient roses, semblables à ceux d'une petite fille qui serait restée trop longtemps à jouer dehors, mais à part ça, ses jambes n'avaient rien d'enfantin. Elles se terminaient par une paire de talons aiguilles noirs à lanières dont le bout, ouvert en demi-lune, laissait apparaître des ongles vernis de rouge.

Je me suis retrouvé, allez savoir pourquoi, à lui parler de moi, et de mon automatonophobie. La peur des marionnettes de ventriloques. Puisqu'elle ne semblait pas particulièrement impressionnée, j'ai dû admettre que ce n'était, bien sûr, pas aussi handicapant socialement que la phobie des doigts, puisqu'on avait plus de chances dans une journée de croiser des doigts que des marionnettes de ventriloques. Mais les effets — la panique, la terreur, la forte nausée qui vous prenait aux tripes — étaient les mêmes. Je lui ai raconté que, quelques années plus tôt, j'étais en train d'acheter du café dans un magasin Oxfam lorsque j'avais aperçu une vieille marionnette en bois qui m'observait depuis son étagère, derrière la caisse. Auparavant, j'aurais été tétanisé. Mais j'avais réussi à dépasser ma phobie au point d'acheter la marionnette et de la rapporter chez moi. Depuis, Dino et moi, nous étions devenus un genre de duo, du moins dans les cercles médicaux. Kate ne l'aurait pas vu comme ça, évidemment, mais elle n'était plus là. Kate baisait son avocat, alors qu'avec moi, elle était plus froide qu'un plat de chez Marks & Spencer à réchauffer au putain de micro-ondes.

Je lui ai assuré qu'elle pouvait elle aussi progresser, au sujet des doigts.

« Je ne déteste pas *tous* les doigts, m'a-t-elle répondu. Juste ceux de mon mari. »

Les doigts de son mari ? On avançait. Seulement, si j'avais su vers où, je serais sorti de la pièce en courant jusqu'à la station Kentish Town et j'aurais sauté dans le premier train en direction de n'importe où.

Mon autre moitié est une pute. Je vous l'ai déjà dit ? Je suis désolé. J'ai été obnubilé ces derniers temps, relisant mes notes, encore et encore. Ce sont celles que j'ai prises au cours de la troisième séance — celle au cours de laquelle, en regardant de l'autre côté de mon bureau, je me suis senti inutilement, désespérément, impossiblement amoureux. Il pleuvait comme vache qui pisse ce jour-là. Je me souviens, c'était une de ces journées londoniennes noires et abjectes. Il y avait pourtant du soleil quand je suis parti de chez moi à sept heures et demie, sinon j'aurais pris la voiture. Au lieu de cela, j'étais parti à pied et j'avais traversé un vrai changement climatique. Vous pourriez penser que je suis habitué à cette farce météorologique désormais, n'est-ce pas ? Celle que les Anglais subissent quasiment chaque putain de jour que Dieu fait : une heure de soleil tous les matins pour nous faire sortir du lit et aller au travail, puis la saucée divine. C'est sans doute que j'apprends lentement.

La marche n'est pas longue pour aller au cabinet, mais elle n'est pas jolie. Plus on se rapproche de Kentish Town, plus ça devient moche. Des bâtiments miteux et disgracieux, qui penchent de manière étrange, comme s'ils allaient s'effondrer sans que personne s'en rende compte ou s'en préoccupe. Et puis ces enseignes criardes. Toute la rue ressemble à une vieille pute souffrant d'ostéoporose. Londres est remplie de vieux bâtiments miteux, mais il suffit de les regarder pour voir qu'à une époque, ils avaient dû être grandioses. Sur Kentish Town Road, on dirait qu'ils ont été construits pour avoir directement l'air miteux. Et les gens dans la rue en sont venus à ressembler aux bâtiments, comme ces maîtres qui finissent par ressembler à leur chien. C'est pas surprenant, au final, que la moitié de Camden soit sous ISRS[1] ; l'autre moitié est trop sacrément déprimée pour aller chercher ses médicaments.

Il pleuvait encore fort quand elle est arrivée, cet après-midi-là, à quinze heures. Ses jambes nues avaient été tellement éclaboussées par les voitures qu'elles ressemblaient à des tests de Rorschach. Sa jupe courte était complètement détrempée, elle lui collait tant à la peau qu'on pouvait voir qu'elle ne portait pas de sous-vêtements. Lorsqu'elle s'est assise, elle a essayé de recouvrir ses cuisses avec le fin tissu, mais elle s'est rendu compte que cela ne servait à rien. Elle a posé son sac sur ses genoux, pour les cacher, et m'a offert le sourire le plus doux et triste qui soit. Puis elle a froncé les sourcils. Je n'ai rien eu besoin de dire, elle s'est mise à parler immédiatement.

« Doc, a-t-elle dit, je vous dis cela parce que je pense que vous êtes la seule personne qui puisse comprendre. Je me sens comme une étrangère dans ma propre vie. »

J'avais déjà entendu ça, évidemment, ou disons plus de mille variations sur le thème mais, venant d'elle, ça m'a fait comme une décharge électrique. Elle m'a raconté qu'elle était mariée depuis huit ans — j'ai eu un autre choc, j'étais envieux, jaloux, perplexe ? — à… un célèbre musicien de rock,

1. Classe d'antidépresseurs dont fait partie le Prozac.

pour le dire simplement. Enfin, aussi célèbre que les bassistes peuvent l'être. Parmi les membres d'un groupe, les bassistes sont généralement ceux qu'on ignore. J'en avais reçu quelques-uns par le passé, assis à la même place, qui essayaient de gérer le manque d'attention, le manque d'amour. Avec le sentiment que rien n'était jamais assez grand.

« Avez-vous déjà regardé les doigts d'un bassiste ? » m'a-t-elle demandé. Je ne pouvais pas dire que c'était le cas. Puis elle s'est mise à observer mes doigts, de manière si intime qu'on aurait dit qu'elle les touchait. « Vos doigts sont élégants, des doigts d'artiste. Je suis sûre que je ne suis pas la première à vous le dire. Les doigts des bassistes sont répugnants. Ils se plient à l'articulation, et c'est tout. Quand ils jouent de la basse, on dirait qu'ils se jettent sur les cordes et rebondissent — *twing*. Comme des saucisses sur le barbecue. Comme des petits porcs qui se jetteraient sur un grillage électrique. » Elle a illustré ses propos par un solo d'*air-guitar*. Ça m'a fait rire, et elle a froncé les sourcils de nouveau. « Je déteste ses doigts », a-t-elle répété.

Le reste de son mari, visiblement, ne posait pas de problème. Il avait dix ans de plus qu'elle, mais ce n'était pas un souci. Il avait de l'argent et semblait heureux de lui permettre de le dépenser. Il passait les trois quarts de son temps dans son studio près de King's Cross. Leur vie sexuelle avait toujours été satisfaisante, bien qu'elle se soit ralentie dans les six derniers mois. Elle pensait que c'était parce qu'ils avaient parlé d'avoir des enfants mais, au fond, ça lui était égal. Kate, elle, ne voulait pas d'enfant — pas de moi en tout cas. J'ai eu accès à son dossier médical par l'un de mes contacts et vous savez quoi ? Elle est enceinte de quatre mois. Est-ce qu'elle croyait, elle et son connard de voleur d'avocat, que j'étais con au point de signer tous les papiers sans moufter ? Elle m'a expliqué que s'ils avaient parlé d'avoir un bébé, c'était seulement parce que, pendant un moment, elle avait pensé être enceinte. Elle vomissait tous les matins, généralement quand il essayait de la toucher, à tel point qu'elle finissait par ne plus penser qu'aux porcs. Même ses doigts sentaient le porc. Ils lui répugnaient tant qu'elle arrivait à peine à manger… ou dormir, inquiète du matin qui viendrait, les doigts avec. C'était pour ça qu'elle avait besoin de témazépam. Elle arrivait à gérer plus ou moins, si elle en prenait deux.

L'horloge du bureau a retenti. Je n'arrivais pas à croire que cinquante minutes s'étaient déjà écoulées. Je n'avais pas envie de l'envoyer sous la pluie, dans la laideur de Kentish Town. Je voulais faire en sorte que les choses aillent bien pour elle. D'une certaine manière, je sentais que c'était ma dernière chance d'arranger les choses pour quelqu'un — et pour moi en l'occurrence. Cette nuit-là, j'ai confié à Dino que je sentais une voix en moi qui me disait sans cesse : *Laisse tomber. Renvoie-la chez son généraliste. Donne-lui le numéro de téléphone de ton avocat pour le divorce. Il n'est pas trop tard.*

Arrête maintenant. Je m'attendais à ce que Dino ironise sur le fait que lui aussi avait une voix en lui qui n'était pas la sienne, qu'il savait ce que c'était. Mais il a senti à quel point j'étais sérieux, et n'a pas soufflé mot.

Je vais vous dire comment c'était. Comme si j'en avais rêvé si souvent que je ne savais plus que faire de la réalité. Une chose est certaine, ce n'était pas tellement réel. Surréel, certainement, particulièrement après notre cinquième séance — mais je vais trop vite.

C'est lors de la quatrième séance qu'elle est arrivée, qu'elle a pris sa chaise et l'a mise à côté de moi, suffisamment près pour que l'odeur de son épaule me donne le tournis. Elle a ouvert un grand cartable d'écolier et m'a dit : « Il y a quelque chose que je veux que vous voyiez. »

Il s'agissait d'un dossier contenant plusieurs feuilles A4. Des photos imprimées depuis un ordinateur. La première était une photo de son mari. Elle m'a jeté un coup d'œil interrogatif pour voir si je le reconnaissais. Ce n'était pas le cas. Comme je disais, c'était un bassiste. Bel homme, ceci dit. Grand, mince, anguleux, l'air volontairement négligé. Beaucoup de cheveux pour un homme d'environ quarante-cinq ans. Un visage très britannique, classe supérieure, cet air distrait vaguement inné. Il se tenait devant la porte d'entrée d'une maison — la leur, j'imagine —, les mains dans les poches, souriant. Sur la deuxième photo, il était sur scène. La troisième photo était la même que la précédente, avec un zoom sur ses doigts, jouant de la basse. Elle avait raison, ils étaient moches. Épais, roses et rigides, comme ceux d'une marionnette. La dernière image était la plus dérangeante. Il s'agissait d'un autre gros plan mais, cette fois, il était si rapproché et si flou qu'il n'était pas évident de distinguer ce que c'était, même si, a priori, on devinait ses doigts, ou du moins les phalanges. L'extrémité des doigts avait disparu dans quelque chose de blanc et marbré comme du *cottage cheese*, et en même temps sombre et charnu comme de la viande.

« Il me trompe », m'a-t-elle dit, avant de se mettre à pleurer si fort qu'on aurait cru qu'elle se faisait étriper. À tel point qu'une des infirmières du cabinet est venue et a passé un bras autour d'elle. Je suis resté là, impuissant, à la regarder sangloter. Lorsque je suis rentré chez moi, Dino m'a demandé si j'avais vu le paquet sous le paillasson. Je ne l'avais pas vu, pourtant j'avais dû marcher dessus en entrant. C'était une enveloppe, que j'ai immédiatement ouverte et qui contenait un DVD. Je me suis servi un verre de vin pendant que mon ordinateur portable démarrait. Dino et moi avons passé la nuit à regarder ce DVD en boucle. Et encore une fois, pas un seul sarcasme, pas même sur les cigarettes.

Elle s'est pointée à la cinquième séance vêtue d'un jean noir et d'un T-shirt des Red Hot Chili Peppers trop grand pour elle — le mien en l'occurrence, j'ai reconnu la tache de sang devant, mais ça, c'est une autre histoire. Pour le moment, c'est une histoire de doigts. Son air de petit garçon était amusant. Mais toujours aussi belle. Surtout quand elle s'est mise à rougir, quand je lui ai dit que Dino avait regardé le DVD avec moi. Dino était présent à la séance, cette fois-ci. Elle m'avait dit qu'elle voulait le rencontrer. Je lui ai demandé si la vidéo avait été tournée dans le studio de son mari. Elle a supposé que oui, bien qu'elle n'y ait jamais mis les pieds. S'il n'était pas sur la route ou avec son groupe, il s'y rendait tous les après-midi entre quatorze et vingt heures. Il lui avait dit qu'il travaillait sur un « projet solo » et qu'il ne voulait pas être dérangé.

Le film se déroulait dans une pièce aux murs en lambris, décorés de disques d'or et de platine. Il y avait un grand bureau couvert d'un sous-main en cuir, une contrebasse et trois ou quatre basses électriques montées sur socles. Une table à tréteaux, presque aussi large que la pièce, sur laquelle se trouvait tout un tas de matériel informatique et d'enregistrement. Il devait y avoir des webcams un peu partout, puisqu'il était possible de voir quasiment tous les recoins de la pièce. Il a pris l'une des basses, il avait dans l'autre main un sac de voyage, et a emprunté un couloir qui l'a mené à une autre pièce.

Celle-ci était encore plus grande que la première. Un immense matelas posé sur deux ou trois divans occupait presque toute la place. Cela faisait un lit très haut. Une vieille dame était allongée dessus.

Elle devait avoir au moins soixante-dix ans ; il faut en avoir plus de soixante-neuf pour devenir aussi moche. Elle était nue comme un ver. C'était aussi la femme la plus grosse que j'avais jamais vue.

Il a posé le sac de voyage sur le lit et s'est assis à côté d'elle. Il a ouvert le sac et en a sorti une boîte en carton remplie de gâteaux, le genre qu'on achète dans des boulangeries bon marché : des sortes d'éponges jaunes, avec des glaçages bien roses. Il lui a fourré tendrement un gâteau dans la bouche. Dès qu'elle l'a terminé, il lui en a donné un autre, et ainsi de suite jusqu'à ce que la boîte soit vide. Chaque fois qu'un morceau tombait, il le remettait dans sa bouche avec l'un de ses gros doigts. Quand elle a complètement fini, il a embrassé sa bouche boursouflée et violette : hémorroïdale. Puis il a tenté de la bouger — avec difficulté, mais non sans délicatesse — vers le pied du lit. Cent quatre-vingt-dix kilos d'être humain déplacés centimètre par centimètre. Il est parvenu à la redresser plus ou moins et l'a calée contre une montagne de coussins. Elle ressemblait à un flan en forme de Bouddha en train de fondre. Il lui a embrassé le visage, les seins — les plis de sa peau faisaient que toutes les parties de son corps ressemblaient à des seins —, puis il lui a écarté les cuisses. Il a visé la porte avec une télécommande et l'équipement d'enregistrement s'est mis en marche. Il a pris la parole face à une caméra. J'avais eu tort en pensant qu'il était issu de la classe supérieure britannique : il était américain.

« La musique céleste. Nous avons tous entendu cette expression quelque part. Certains d'entre nous — les vrais artistes — ont passé leur vie à essayer de capter la beauté mystérieuse et terrifiante de ce bruit de sirène pour finir par se voir projetés contre les rochers. Ce sont les scientifiques qui en ont découvert la source. C'est le bruit des vagues lorsqu'un trou noir aspire et avale une étoile. »

À ces mots, la vieille femme s'est léché les lèvres et a souri. Il a enfoncé sa main droite entre ses jambes.

« On n'a rien sans rien. Rien ne survit au trou noir sans ce bourdonnement, qui est la note la plus grave jamais enregistrée — un *si* bémol, oscillant vers un *si*, mais six cents octaves au-dessous de la note la plus grave que ma basse ait jamais pu jouer. »

Il a sorti sa main brutalement, a pris sa basse et a commencé à jouer, les doigts mouillés frappant contre les cordes épaisses. Son visage exprimait l'extase.

OK. Son mari était un gaveur. Et un gérontophile. Marié à une femme minuscule, qui ressemblait à une enfant, et dont j'ai touché le visage de mes propres doigts, parcourant ainsi les formes fines de ses os et de ses joues délicates, pour ensuite descendre le long de son cou jusqu'à son sternum magnifiquement ondulé, tout en lui chuchotant que j'allais l'aider, au cours de notre sixième et dernière consultation. Comme je l'ai demandé plus tard à

Dino lorsque nous avons pris la voiture, la question était : qui allait m'aider, moi ?

« Un solo de *basse* ? Et t'as vu comment il la reniflait ? Be-e-erk. » Dino fit durer le mot durant six longues secondes. « Ce *mec* ne fait pas de *snuff movies* mais des *sniff movies*. La tuer aurait été plus sympa que de lui faire un solo de basse. » Les yeux de Dino ont basculé violemment de gauche à droite. « Qu'est-ce qui cloche avec les Américains, sérieux ? Tu te souviens de ce couple que Kate avait invité à dîner et qui avait dit que la statue sur la colonne Nelson ne ressemblait pas trop à Nelson Mandela ? Et cette *créature* — alors que ce type a une *princesse* à la maison. C'est un remake de Charles et Camilla. » Ses yeux ont roulé derrière sa tête.

« Tu aurais besoin, pour comprendre ça, de beaucoup plus de séances avec un psy que tu ne pourrais en obtenir avec le NHS[1], lui ai-je répondu. Quelle était la réplique de Clint Eastwood dans *Impitoyable* ? "Le mérite n'a rien à voir avec ça." Cela a à voir avec la trahison — mon travail, ma vie, son époux, ma femme... » Peut-être qu'elle me trahirait, elle aussi. Qu'elle brûlerait la maison, comme dans cette histoire de tableaux avec des gamins aux grands yeux, jusqu'à ce qu'il ne reste rien d'autre qu'un tas de cendres. Mais si je ne voulais pas finir comme mon congélateur, complètement givré, il me

1. National Health Service, équivalent de la Sécurité sociale.

fallait absolument cette flamme. C'est pourquoi, au lieu de rentrer à la maison après le travail, Dino et moi sommes allés nous coincer dans les embouteillages de Leghton Road. Je me suis garé sur Lady Margaret, j'ai attrapé Dino, ma sacoche et j'ai marché jusqu'au métro. À la station, comme d'habitude, il y avait un groupe d'alcooliques perchés sur les bancs sous le plafond de verre et de fer. J'avais toujours trouvé que cet endroit avait quelque chose de théâtral. Comme si c'était un projet du conseil municipal de Camden pour occuper les comédiens au chômage. Les spots encastrés dans le sol pour illuminer la pisse et les flaques de vomi ne faisaient qu'ajouter à cet effet.

Tandis que je m'approchais du groupe, l'un des types a levé les yeux vers moi. « Je travaille dur, a-t-il dit, même si j'ai l'air d'un touriste. » Il a tapoté la place à côté de lui sur le banc et m'a dit : « Venez vous asseoir, docteur. Comment ça va ? » Je l'ai reconnu. Il avait été un de mes patients, du temps où j'étais généraliste dans un cabinet au coin de la rue. Je me suis assis et j'ai sorti la photo découpée du visage que j'avais extraite du DVD. Un homme assis sur le banc d'à côté, une canette de Special Brew à la main, nous a rejoints et m'a regardé, suspicieux :

« Vous êtes flic ?

— Combien de flics tu as déjà vu avec une marionnette ? est intervenu mon ancien patient. Je le connais, c'est bon. »

L'homme à la canette s'est rapproché.

« Je la connais aussi, a-t-il dit en montrant la photo du doigt. C'est la Grosse Mary.

— Oh, ma parole, a dit son compagnon en riant. C'est bien elle, et au top de sa forme. Et moi qui croyais qu'elle était morte. Elle est pas morte, pas vrai ? »

Il a poursuivi et m'a expliqué que Mary travaillait à King's Cross ; elle avait des clients fidèles qui venaient la voir depuis des années. La police la laissait tranquille jusqu'au jour où tous ces flics de quartier ont déplacé les filles de York Way vers le parc, près du terrain de foot avec le faux gazon. Ses clients ont cessé de venir et des filles plus jeunes lui ont mené la vie dure. Elle avait disparu environ un an auparavant, ce qui devait correspondre au moment où le bassiste l'avait prise avec lui. Ils m'ont dit qu'ils ne savaient pas où elle pouvait être, mais j'avais déjà ma petite idée. J'ai récupéré Dino et je suis reparti vers la voiture.

C'était facile. Étonnamment facile. Tu n'as besoin que d'un ordinateur et du soutien du corps médical. Le plus dur a été de déplacer les rendez-vous ; les patients — psychiatriques en particulier — n'aiment pas le changement. Ma secrétaire en a annulé certains et a casé les plus fous le matin, de façon à ce que j'aie mes après-midi libres. Je n'ai pas passé l'intégralité de ce temps avec elle, même si son mari était à son studio et que nous pouvions travailler sur ses problèmes chez elle, sans être dérangés. Comme je le disais, j'avais d'autres choses à faire, des personnes à retrouver, des plans à mettre au point. J'avais perdu contact avec David et Malcolm depuis pas mal d'années, mais voilà que nous nous envoyions des mails comme de vieux amis.

J'avais travaillé de près avec eux, à l'époque. C'était avant que je commence à me spécialiser dans les phobies. À l'époque, je m'intéressais aux fétichistes. David était comptable. Il a aussi été mon premier gaveur. Il a été emprisonné pour avoir enfermé et nourri de force et avec excès une mineure polonaise qui avait répondu à son annonce pour être jeune fille au pair. Il avait dit qu'elle avait menti sur son âge et, comme elle était déjà potelée, elle avait l'air bien plus âgée qu'en vérité. Il pensait qu'elle était heureuse de ces arrangements. Peut-être qu'elle l'était. Il était clair qu'il la vénérait ; il faisait des pieds et des mains pour la servir. Lorsqu'ils m'ont envoyé le voir, la seule chose qu'il m'a demandée, ça a été que je veille sur elle et que je m'assure qu'elle aille bien. Peu après sa libération, quand Internet a commencé à se développer, il a fait un site pour ceux qui partagent son amour pour les gros, peut-être même le premier au Royaume-Uni.

Il avait entendu parler de la Grosse Mary — sa photo avait été postée à pas mal d'endroits. Les gaveurs étaient fiers de leurs œuvres, et Mary était une sacrée réussite. La plupart des gaveurs étaient possessifs, mais pas le bassiste. Selon David, Mary avait demandé au musicien de pouvoir faire venir des clients de temps en temps pour se faire de l'argent de poche. Elle disait qu'elle ne voulait pas dépenser le sien ; apparemment, le bassiste trouvait cela amusant. Alors il l'a « prêtée » à certains membres du réseau. Il les a probablement filmés aussi. David m'a dit d'attendre une semaine, qu'il m'apporterait une adresse et une clef. C'est ce qu'il a fait. J'ai laissé un message à ma secrétaire pour qu'elle me bloque deux jours de congé.

La moindre des politesses, quand on rend visite à une dame, c'est de lui apporter un cadeau. Je lui en ai pris quatre. Je ne me suis pas rendu compte qu'il y aurait tant de choix à Kentish Town. Depuis qu'elle était arrivée dans ma vie, je m'intéressais bien plus à mon entourage que je l'avais fait depuis des années, si jamais il m'était déjà arrivé de le faire. J'ai même dégivré le congélateur. Je déteste l'admettre, et ce n'est pas une excuse, mais il y avait peut-être du vrai quand Kate m'accusait de laisser mon travail prendre le dessus sur tout le reste. J'ai acheté des fleurs, évidemment, puis j'ai traversé la rue pour lui prendre quelques gâteaux à la boulangerie. Un détour par Poundstretcher[1], que je n'avais jamais remarqué, pour Dieu seul sait quelles raisons. J'en suis sorti avec deux immenses boîtes de chocolat et, puisque j'y étais, un costume couleur nacre pour Dino. Son smoking avait clairement besoin d'aller faire un tour au pressing.

1. Magasin très bon marché vendant toutes sortes d'articles. Sorte d'équivalent britannique du Tati.

J'ai fait une autre découverte sur le chemin du retour. À deux rues après la station, il y avait un drôle de magasin de sous-vêtements pour vieilles dames — vous savez lequel, si vous l'avez déjà vu. C'est ce genre d'endroit oublié par le temps. Le principal élément de sa vitrine est une culotte d'une taille absolument colossale, presque aussi grande que la fenêtre elle-même. Trop petite pour Mary, ceci étant dit. Mais les choses pouvaient changer.

Juste après l'heure de pointe, j'ai attrapé Dino et j'ai repris la voiture. Je savais précisément à quel moment le bassiste partirait. J'attendais dans la voiture, en faisant semblant de consulter un plan des rues de Londres, lorsque je l'ai vu sortir. Il a fait quelques pas vers le parking des résidents, en visant un Range Rover étincelant avec la télécommande qu'il gardait sur son porte-clefs. La voiture a sonné, il est monté dedans. J'ai attendu encore une dizaine de minutes, puis je me suis dirigé vers la porte d'entrée.

En dehors des voitures, la rue était vide, enfin, aussi déserte qu'une rue du centre de Londres peut l'être. J'ai essayé d'ouvrir la porte avec la première clef, puis la seconde. Aucune des deux ne fonctionnait. Je les ai fait tomber en les maudissant, au moment où quelqu'un est sorti de l'immeuble voisin. L'inconnu n'a pas particulièrement regardé dans ma direction. Lorsque j'ai ramassé les clefs et que j'ai essayé de nouveau, ça a fonctionné.

La porte donnait sur un endroit qui ressemblait à un entrepôt. D'autres portes, toutes ouvertes, donnaient sur des pièces remplies de cartons et de caisses. Sur la gauche, il y avait un escalier assez étroit. Mary ne devait pas être ce qu'elle était maintenant quand elle est venue la première fois. J'ai monté les marches jusqu'à une porte que la seconde clef a ouverte sans problème, et je suis entré.

Je connaissais cette pièce par cœur à force d'avoir regardé le DVD. Elle était aussi extraordinairement propre et rangée qu'elle le paraissait à l'écran. Même pas une trace de doigt sur les lambris. J'ai repéré les caméras et me suis demandé si elles étaient en train de me filmer. J'avais dû envisager cette possibilité, du moins inconsciemment, puisque je savais que j'avais belle allure. Kate ne savait pas ce qu'elle avait perdu.

Et il y avait ce couloir. Je l'ai emprunté. J'ai vu une autre porte sur le côté, que je n'avais pas vue dans le film, et je l'ai ouverte : une grande salle de bain, immaculée, elle aussi. Les miroirs qui couvraient tous les murs donnaient l'impression qu'ils avaient été astiqués plus fort et plus souvent que la bite d'un adolescent. J'ai avancé dans le couloir et j'ai ouvert la porte.

« Bonjour, doc, m'a-t-elle dit. Vous avez un petit quelque chose pour moi ? »

J'ai ouvert mon sac.

Je n'avais pas envie de rentrer à la maison. Malcolm n'arriverait pas avant le matin, mais j'avais juste envie d'être assis un moment, de me détendre. Mes chaussures me faisaient mal, alors je les ai virées. Nous l'avons laissée allongée là, elle semblait si paisible, et nous sommes allés dans l'autre pièce. Quand je suis passé à côté de la contrebasse, j'ai été pris d'une pulsion violente, celle de faire vibrer les cordes, mais j'ai résisté. Il y avait une chaise près de la fenêtre, et Dino et moi nous y sommes installés. On a écouté les voitures passer. Je vous ai parlé de Malcolm ? Ma mémoire s'est mise à me jouer des tours ces derniers temps. C'est peut-être le témazépam.

Malcolm était chirurgien, un autre de mes anciens patients. Un acrotomophile, même si Dino affirmait qu'il était apotémnophile par procuration, n'est-ce pas Dino ? Quoi qu'il en soit, Malcolm appréciait plus que la normale les amputations et les amputés, que ce soit à l'hôpital ou en dehors. Comme je le disais, je sais des choses sur certaines personnes, c'est intéressant. Malcolm est encore chirurgien, mais dans un cabinet privé, maintenant. Il se fait payer une fortune et ses patients adorent son travail. Mary va adorer aussi. Tout comme le bassiste — pourquoi est-ce que je ne me souviens pas de son nom, je suis certain qu'elle me l'a dit. D'abord Mary, puis le rendez-vous du bassiste à quatorze heures. C'est dommage que je n'aie pas pensé à inviter Kate, nous avons tout le temps. Peut-être devrais-je l'appeler. Qu'en penses-tu, Dino ? Tu penses que je devrais appeler Kate ? Lui dire que j'ai signé les papiers et qu'elle peut venir les chercher ? Lui dire que je n'ai pas besoin d'elle ? Que je n'ai plus besoin de personne ? Qu'est-ce que tu en dis, Dino ?

Dino est affreusement silencieux, ce soir.

Clissord Park

RITUELS AU PARC

Dan Bennett

Dan Bennett est né en 1974. Son premier roman, All the Dogs, *a été publié en 2008 (Tindal Street Press). Il travaille actuellement sur son second roman et un recueil de nouvelles.*

La joggeuse brune courait sur le chemin de béton qui entourait la partie ouest de Clissord Park, passant devant l'abri de briques près de l'entrée. De son poste d'observation dans les buissons, près de l'intersection vers la mare, Enzo la regardait approcher. Il savait qu'elle serait là : il était seize heures et elle était toujours là. La joggeuse avait ses habitudes.

Elle courait dans sa direction, comme d'habitude, ses coudes décollés du corps, les yeux rivés au sol, si bien qu'elle ne voyait personne devant elle. Elle courait comme si elle était seule au monde. Enzo l'avait même vue une fois foncer dans une dame avec une poussette. La joggeuse s'était effondrée sur le macadam. Enzo était passé à côté d'elle, alors qu'elle se relevait en titubant, son cycliste déchiré laissant entrevoir une large éraflure. Elle avait effleuré la blessure en grimaçant, pendant que la femme à la poussette lui demandait si tout allait bien. Enzo s'était efforcé de ne pas s'arrêter, de garder la tête baissée, sa main bien rangée dans sa poche. Mais il n'avait pu s'empêcher de jeter un coup d'œil, en pensant : « *Ouais, et un jour, madame, c'est à moi que t'auras affaire.* »

La joggeuse poursuivait son chemin. Elle était toute proche, désormais. Enzo prit une inspiration. Il attendait le signe qui lui indiquerait que tout était prêt, que le moment était venu. Le ciel était pâle et gris au-dessus du vert des arbres, l'air était enfumé des restes d'un feu, de l'autre côté du parc, le sol puait la terre mouillée. Des oies traversèrent le ciel, dessinant un V et, soudain, Enzo sut que c'était là la dernière pièce du puzzle : le moment était venu. La joggeuse entama la partie du chemin qui la mènerait droit vers lui. La main gauche d'Enzo s'agitait dans la poche déchirée de son survêt, serrant sa bite. C'était le moment.

À l'approche de la coureuse, Enzo sortit des buissons. Il était très calme. Il se toucha encore une fois puis retira sa main gauche, celle de droite allant se placer dans la poche de son pull à capuche. La joggeuse se trouvait presque devant lui et Enzo pouvait lire l'inscription sur le T-shirt bleu s'étalant sur sa poitrine menue : *University of Kent.* Il observa le lycra noir moulant ses jambes, ses grosses tennis blanches avec d'énormes languettes. C'était une femme si *petite*, elle était parfaite pour lui, avec ses longues mèches de cheveux noirs qui voletaient quand elle courait, comme les ailes d'un corbeau.

Enzo se raidit, sa main droite fin prête. Soudain, sur la route au-delà de la grille, une voiture apparut, une Ford bleue. Enzo vit un homme en sortir côté passager et dire fort : « Bon, peut-être à plus tard, mais je ne suis pas sûr », à celui ou celle qui conduisait. Il portait un maillot de foot rouge et blanc. C'en était trop pour Enzo : il jeta un coup d'œil rapide à la joggeuse, pensant que peut-être, peut-être, mais le type de l'autre côté de la grille se tourna vers Enzo et planta son regard droit dans le sien.

Cela retarda légèrement le geste d'Enzo. Suffisamment pour tout gâcher (les oiseaux avaient quitté le champ de vision d'Enzo et la joggeuse se trouvait quelques pas trop près de lui) et lui faire perdre à l'instant sa dynamique. La main d'Enzo s'échappa de sa poche droite. Il regarda par terre, donna un coup de pied dans une pierre, inspira profondément, se mordant l'intérieur des joues. La joggeuse passa lourdement devant Enzo, les semelles de ses tennis couinant légèrement lorsqu'elle prit la direction du bassin. L'homme claqua la portière et fit au revoir de la main tandis que la voiture s'éloignait. Le moment propice avait pris le large désormais, c'était comme ça.

« Ouais, mais j't'ai vue ! cria Enzo dans le dos de la coureuse. J't'ai vue courir, madame. Je t'attraperai peut-être au prochain tour. »

La femme ne l'avait pas entendu. Enzo la regardait courir sur cette petite colline qui menait vers le bassin et la maison blanche, au centre du parc. Il se demandait si, ce jour-là, elle allait décider de changer de parcours, ou si elle quitterait le parc par l'entrée de Church Street pour revenir par Stroke Newington, en passant par le cimetière. Mais cela lui importait peu, au final. Tout était gâché. Il remit sa main dans sa poche gauche et serra encore deux fois sa bite douloureuse, dure et chaude. Mais il n'alla pas jusqu'au bout, bien qu'il ait été très près du but cette fois, qu'il ait été prêt. En finir maintenant gâcherait encore plus les choses. Ce ne serait pas bien. À la place, il prit le chemin qu'avait emprunté la joggeuse, mais il ne la suivit pas : il alla voir le chevreuil.

Un groupe de garçons jouait au foot sur la pelouse, non loin du chemin, reproduisant ainsi le match qui se déroulait simultanément au stade de Highbury, de l'autre côté de Blackstock Road. Enzo reconnut quelques joueurs sur le terrain, certains de son école, d'autres de son quartier. Tous ou presque portaient le maillot rouge et blanc. Parfois, pendant des journées comme celle-ci, lorsqu'Arsenal marquait, on pouvait entendre tout le public hurler à l'unisson, comme une chorale. Cela pouvait vous hanter, et même vous enchanter : à vous donner envie d'être celui qui faisait crier la foule. C'était ce que tous les garçons du parc cherchaient à imiter et, à sa manière, Enzo aussi. Alors qu'il se dirigeait vers l'enclos du chevreuil, le ballon s'échappa du terrain et vint terminer sa course juste devant lui. Personne n'appela Enzo pour lui demander de renvoyer le ballon et il le laissa finir dans le petit fossé qui bordait le chemin.

Enzo n'était pas retourné à l'école depuis qu'un gamin noir, un Somalien assez grand, l'avait traité de barjo à la récréation. Qui sait ce qu'il avait cherché à prouver en faisant ça. Enzo avait passé la journée à ruminer cet épisode. Ils s'étaient retrouvés à la sortie de l'école devant le portail et, quand le jeune Somalien s'était approché d'Enzo, celui-ci avait trouvé ça bien de lui entailler l'œil avec une canette de Coca qu'il avait pris soin auparavant de découper. Avant de pouvoir dire quoi que ce soit ou protéger son œil, le garçon était tombé à genoux. Il était resté à quatre pattes, regardant le sol, incapable de s'empêcher de cligner des yeux, et l'entaille sur son globe oculaire s'agrandissait chaque fois que sa paupière passait dessus, laissant apparaître une noirceur humide. Enzo avait été déçu, il avait espéré que ça saignerait plus.

Plus trop d'école pour Enzo après cette embrouille ; plus personne ne l'avait appelé le barjo non plus. Plus personne ne l'avait jamais appelé tout court. Enzo était souvent seul. Il passait la plupart de son temps au parc, car c'était mieux que de rester à la maison, avec m'man dans la cuisine et p'pa sur le canapé du salon, avec la Vierge accrochée au-dessus de la télé observant tous ceux qui se trouvaient dans la pièce et Jésus où que vous posiez les yeux. C'était ça, la vie à l'appartement, et parfois m'man et p'pa décidaient de ne plus faire chambre à part pour on ne savait quelle raison, c'était alors un peu plus violent. C'était ça, la maison.

Le parc était un vrai champ de bataille, cet après-midi-là. Londres avait essuyé des orages record cette semaine : les antennes télé, les volets, les stores des velux de la cité d'Enzo étaient venus déchiqueter les cimes des arbres. La pelouse tout autour était couverte de branches, de brindilles et de déchets sortis des poubelles. Les orages avaient rendu Enzo fou ; il les avait sentis dans sa bite comme des battements de cœur. Il avait éjaculé trois fois, cette nuit-là, quand le vent était venu hurler à sa fenêtre. Il s'était pourtant dit non, non, non, je dois en garder pour le parc, pour la joggeuse brune. Mais il avait été incapable de se retenir. Et tout ce qu'il avait vu quand il s'était touché, ç'avait été les crocs d'un loup s'enfonçant dans un morceau de viande rouge crue, du sang sur une fourrure blanche, sur des dents.

Enzo ne mit pas longtemps pour atteindre l'enclos du chevreuil, mais quand il arriva, il tomba sur un père et son fils qui se tenaient près de la clôture. Le chevreuil était tout proche, de l'autre côté. Le petit garçon tendait une poignée d'herbe à l'animal, son père penché au-dessus de lui, sa silhouette imbriquée dans celle du petit garçon. Enzo lança un regard à l'homme qui signifiait : « *Ouais, comme si je ne savais pas ce que tu vas faire dès que tu en auras l'occasion.* » L'homme avait dû remarquer qu'Enzo le dévisageait, et il avait dû comprendre qu'Enzo savait, parce que, vous voyez, Enzo avait ce pouvoir, aussi, d'ailleurs il avait toutes sortes de pouvoirs. Finalement, l'homme compris le message et prit le petit dans ses bras. « Allons-y, dit-il. Allons retrouver maman. »

Lorsqu'Enzo avait appris qu'il y avait des animaux au parc, il avait été déçu de ne trouver que des chevreuils et des chèvres. Il voulait des loups. Quand il était petit, m'man et p'pa l'avaient emmené au zoo. C'était peu de temps — quelques mois — après *ce fameux jour*. Enzo avait vu les loups pendant leur repas. Il les avait regardés ronger la viande crue, le sang éclaboussait leur fourrure et leurs dents blanches, et, soudain, tout avait fait sens. Ce soir-là, Enzo s'était branlé en pensant aux loups. Il se branlait avant même que quoi que ce soit puisse se passer, en pensant aux dents blanches plongées dans la chair rouge, au sang giclant sur la fourrure. Il se branla jusqu'à ce qu'un soir, le sperme vienne. Il avait alors su qu'il était prêt. Il l'avait étalé, collant et chaud, sur ses doigts. Enfin, le moment se rapprochait. Il l'avait attendu depuis des années.

Enzo était enfin seul. Il serra son sexe plusieurs fois avant de sortir sa main gauche, pour ensuite remettre sa main droite dans la poche de son pull à capuche. Il marcha vers le grillage. Le chevreuil leva la tête un moment, observant Enzo d'un œil large et impassible, comme une balle noire. *Si la lumière change, je me refléterai dans cet œil. Il brillera et je serai dans le chevreuil.* L'animal respirait fortement, tremblait à chaque expiration. Il baissa la tête et attrapa une touffe d'herbe près de la clôture. Enzo sortit sa main droite de sa poche et la lança rapidement contre le flanc de la bête, deux, trois, quatre fois, le couteau y entrait comme dans un rêve, le métal ne captait pas du tout la lumière. Le sang jaillit du pelage, sur la lame, et ce fut tout ce qu'Enzo put faire pour se retenir et ne pas finir maintenant. Le chevreuil se mit à bramer, à ruer puis s'éloigna de la clôture, vers le fond de l'enclos. Sa blessure saignait sur sa fourrure grise. *Si seulement je pouvais aller là-bas, si seulement je pouvais aller terminer ça là-bas, ça mettrait fin à tout, je le sais.* Il resta là immobile, malgré lui, malgré tout ce qu'il devait faire, il resta là à contempler le trou dans le flanc du chevreuil, jusqu'à ce que l'animal parte en trottant pour finalement disparaître derrière un tronc à terre.

Enzo s'éloigna rapidement de l'enclos et, lorsqu'il atteignit une bonne distance, il se mit à courir. Il traversa la dalle de béton devant le kiosque à musique, là où les skaters-punks s'entraînaient à faire leurs figures, là où des gamins tourbillonnaient sur leurs vélos. Il se dirigea vers le bassin, les haies qui longeaient la limite nord du parc et une rangée de maisons blanches. Chaque pas d'Enzo faisait rebondir sa bite contre son jogging, la faisait rebondir dangereusement. Le couteau ensanglanté était chaud dans sa main. Enzo poursuivit sa course folle, contourna un banc en bois devant la mare aux canards et se faufila entre la haie et un frêne à l'écorce verte. Il était prudent, même si c'était la dernière chose qu'il pensait être. Il vérifia d'abord la route, derrière la haie, puis le sentier qui descendait vers le bassin. Personne en vue.

Il s'agenouilla et appuya sa tête contre le tronc de l'arbre, sa joue contre l'écorce. L'odeur du bois était verte et amère. *(Ce jour-là, un homme vêtu d'une parka à capuche l'avait traîné vers un petit bosquet et l'avait coincé contre un arbre.)* Enzo toucha l'écorce avec sa langue, comme la première fois, sentit ce vert amer sur ses lèvres, des copeaux sales sur ses dents. *(« Tu te tais maintenant, tu fermes ta gueule ou je te tranche la gorge. »)* Enzo plissa fortement les yeux, il ferma la bouche, et sa main gauche alla se nicher dans sa poche. *(Et la fourrure de la capuche de l'homme qui lui frottait la nuque tandis qu'il le pénétrait.)* Ses yeux étaient bien fermés, sa bouche aussi, comme on le lui avait ordonné. Il respirait par le nez. *(Et la sensation de l'homme en lui, forçant dans ses entrailles, s'étirant et poussant, un mal qui semblait s'élever de ses tripes, sortir par sa bouche.)* Enzo n'eut presque pas besoin de toucher sa bite pour que ça vienne, elle se vida dans la paume de sa main, une gifle chaude qui sembla exploser derrière ses yeux. *(« Si tu te tournes, je te chope et je te tranche la gorge. Tu comprends ? »)* Il resta là un moment, à souffler par le nez, sa joue piquée par le bois vert. Il ouvrit les yeux. La première fois, il avait vu deux oiseaux battant des ailes régulièrement dans le ciel. Cette fois, il n'y avait rien d'autre qu'un nuage.

Il s'assit sur ses talons et, doucement, précautionneusement, il sortit sa main gauche de sa poche et sa main droite de son pull à capuche. Ses deux paumes étaient humides : la gauche, blanche à cause du sperme ; la droite, rouge à cause du sang coagulé. Il les regarda un instant et ressentit le pouvoir de ce qu'elles contenaient, la vie et la mort au creux de ses mains. Il vit le rouge et le blanc des enfants de chœur et les maillots de foot des garçons du parc. Il vit le blanc des dents du loup dans la chair. Il mit ses mains en balancier, semblant peser le contenu de chacune, puis les joignit doucement. Il regarda de nouveau ses paumes, le blanc s'incrustant dans le rouge pour former une cloque rosée là où les deux se mélangeaient. La vie était de cette couleur. C'était cela qui faisait naître les choses.

Ce jour-là, quand l'homme fut parti, Enzo avait tendu sa main vers l'endroit où il avait été blessé, et sa main était revenue couverte de ce blanc et de ce rouge. Il avait frotté sa main sur la terre pour enterrer les couleurs. Cette fois-ci, il se pencha sur le sol et frotta ses paumes sur l'humus sale au pied de l'arbre. Il enfonça ses mains dans la boue, ses doigts griffant la terre, ses ongles devenant noirs. Il cherchait à les enterrer à nouveau, mais cette fois, il les plantait dans la terre du parc, pour les faire pousser.

Enzo se rassit en respirant fortement. De la boue était collée à ses mains. De l'autre côté de la mare, la vie continuait. Les gars jouaient toujours au foot. Les chiens poursuivaient les cyclistes. Un cerf-volant en soie rouge flottait dans le ciel. Enzo le regarda, tout en se disant que ç'aurait été le bonheur, s'il avait pu rouvrir les yeux sur cette scène, ç'aurait été presque parfait. Ce parc, c'était chez lui, désormais ; il y régnait comme dans son royaume. Peu importait que ce n'était pas dans ce même parc que c'était arrivé, la première fois. Peu importait qu'Enzo ne sache pas vraiment où cela s'était passé, que tout n'était que morceaux coupants et brillants dans sa tête, comme les tessons de bouteilles cimentés sur les murs pour empêcher les gosses d'escalader. Peu importait qu'Enzo ne comprenne pas vraiment le rituel. Tout ce qu'il savait, c'est qu'il devait le faire et qu'il fallait qu'il continue à le faire, car s'il nourrissait la terre de ce rouge et de ce blanc, peut-être qu'il deviendrait plus fort, et peut-être qu'un jour ce serait *lui*, le loup.

Plus tard, Enzo traversa le ruisseau et se dirigea vers Church Street, pour rentrer chez lui. Il dépassa la volière en empruntant le pont près de la maison et une autre joggeuse apparut, courant en sa direction, ses cheveux blonds serrés dans un chignon. Enzo n'avait même pas pris la peine de la regarder, mais les oiseaux se mirent à piailler dans leur cage. Enzo sourit. Les oiseaux savaient qu'il était proche d'eux. Ils savaient ce qui allait arriver sous peu.

Un arbre était tombé. Il venait de la cour de l'église, juste derrière le parc, et avait entraîné avec lui un pan du mur du cimetière. Enzo s'arrêta un moment et regarda la cime de l'arbre, les feuilles, les pousses, les bourgeons. Il se sentit comme un Dieu en voyant l'arbre dans cet état. Il se sentit comme un géant. Un jour, il le savait, ce ne serait pas l'orage qui ferait tomber les arbres. Enzo mettrait la ville en pièces comme un loup, une créature gigantesque de l'envergure d'un orage. Les arbres et les maisons tomberaient devant lui, les gens pousseraient un énorme cri qui résonnerait comme une chorale. Ils sentiraient le souffle d'Enzo sur eux, et ça brûlerait de la chaleur du rouge, et ça puerait de la chaleur du blanc.

King's Cross

TROUBLE IS A LONESOME TOWN

Cathi Unsworth

Cathi Unsworth vit à Londres. Journaliste et rock critic*, elle a écrit entre autres pour* Melody Maker, MOJO, Uncut *et* Bizarre*, avant de se consacrer à l'écriture de romans noirs et pop.* Au risque de se perdre *(Rivages/Noir), son premier roman, a été salué par David Peace et donne la vedette au quartier londonien de Camden.*

Dougie arriva sur le parvis de la gare une demi-heure à peine après être passé à l'action. Il avait demandé au taxi de le déposer au bout de Gray's Inn Road, devant un pub qui faisait l'angle. Il avait fait une incursion dans les toilettes pour hommes, histoire de retirer la capuche rouge qu'il portait par-dessus la noire, avait sorti une casquette Burberry de son sac et l'avait mise sur sa tête, la visière cachant ses yeux. Ceci fait, il avait retraversé la masse de soûlards, était sorti par une autre porte et avait fait le reste du chemin vers King's Cross à pied.

Le sac Adidas qu'il tenait fermement dans sa main droite contenait au moins vingt mille livres en liquide. Dougie aurait presque voulu que le sac lui soit menotté ; il était si paranoïaque qu'il refusait de le lâcher, même une seconde, au point qu'il avait eu beaucoup de mal à le poser entre ses pieds, dans le taxi. Il aurait voulu garder le sac sur ses genoux, dans ses bras, plus précieusement encore qu'un bébé. Dougie savait tout de même qu'il se devait de conserver un air calme, impassible. Pas celui d'un homme qui venait d'arnaquer un bar à putes et qui avait laissé un homme pour mort sur un trottoir de Soho.

C'est pourquoi il avait eu l'idée de donner le rendez-vous dans un restaurant écossais, en face de la gare. Il se mêlerait aux autres voyageurs qui attendaient leur train pour le nord, encombrés par leurs gros sacs, regardant la télé d'un air idiot, en plongeant de maigres frites dans un ketchup fluorescent avant de les fourrer dans leurs bouches en un mouvement perpétuel. Avec sa tenue de lascar de HLM, il n'aurait aucun mal à se faire passer pour l'un d'eux.

Il commanda un burger et une grande part de frites, avec un grand milk-shake au chocolat pour faire passer le tout. Du regard, il parcourut la pièce mal éclairée en attendant que le tout atterrisse sur son plateau en plastique rouge. Tous les stéréotypes étaient rassemblés : la famille d'obèses (sans papa, bien sûr) assise près de la fenêtre, la mère et les deux filles impossibles à différencier sous leurs couches de graisse et leurs coiffures bicolores de pouffiasses assorties à leur équipe de foot. Le seul mâle, un gamin d'une dizaine d'années et d'une centaine de kilos, regardait l'extérieur d'un air renfrogné, les yeux pas plus grands qu'une tête d'épingle, suçant la paille d'un soda dont il ne restait que des glaçons qui s'entrechoquaient. On pouvait voir le rêve de sa vie s'étaler au dos de son T-shirt :

« 9 Shearer[1] ». Mais le garçon ressemblait plus au ballon qu'au joueur.

Il y avait aussi un mac et sa pute shootée au crack : l'homme noir et maigre était assis en face de la femme, blanche et encore plus maigre, avec des bleus sur les jambes et des bottes aux talons escamotés. Sa tête dodelinait comme si elle piquait du nez, tandis que lui — dont tous les angles, coudes, genoux, saillaient sous son jean trop large et son T-shirt des Chicago Bulls trop grand — tenait un monologue à la femme aux cheveux bouclés. Les yeux de l'homme étaient aussi chassieux que ceux d'une septuagénaire, et il postillonnait des morceaux de frites mâchés tout en poursuivant sa litanie d'insultes. Dommage pour Iceberg Slim, mais il semblait que la putain-de-sa-mère-de-suceuse-de-bites à qui il s'adressait avait déjà lâché l'affaire.

Sans prêter attention à ce psychodrame, les Toon Army[2] occupaient la moitié de la salle, chantant et agitant les bras en l'air, revivant les deux buts marqués par leur équipe contre les Spurs — heureusement d'ailleurs, quel bordel ils auraient mis s'ils avaient été déçus ! Ils étaient déjà difficilement supportables en cas de victoire, à tous s'embrasser et se serrer dans les bras, la larme à l'œil, avec leurs chapeaux de joker idiots sur la tête et leurs visages rouges et brillants. Ils auraient aussi bien pu s'encu-

1. Ancien joueur emblématique de l'équipe de foot de Newcastle.
2. Supporters du club de foot de Newcastle.

ler, ce qui semblait à l'évidence ce dont ils avaient tous envie.

Dougie aimait bien se mêler à la populace de temps en temps, se payer un bon bain de boue. En observant les défauts des autres, il pouvait oublier les mille et un qui étaient les siens.

Il tendit un billet de cinq au gars blême qui se tenait derrière le comptoir — lequel s'était dit que rien ne pouvait être pire que la Roumanie —, prit la monnaie et alla s'installer discrètement dans un coin. Quelqu'un avait laissé un exemplaire du *Scum*[1] sur sa table, un peu crade — et Dougie aurait vraiment préféré utiliser des gants de chirurgien pour le toucher —, mais ça collait tellement bien avec son déguisement et l'ambiance générale du rade qu'il se força. Enfin, pas avant d'avoir bien coincé le sac entre ses pieds, une des anses enroulées autour de son poignet, des fois que quelqu'un s'aventure à…

Dougie secoua la tête et réarrangea la bouffe sur son plateau d'une manière plus plaisante : il plaça les frites dans la moitié de la boîte de polystyrène qui ne contenait pas le burger. Il ouvrit le ketchup afin de pouvoir y tremper deux frites à la fois, entre des bouchées de hamburger et des gorgées de milk-shake. Il aimait bien faire les choses de manière méthodique.

Sous le titre « Coup monté », la une du *Scum* défendait sans relâche l'honneur d'un groupe de

1. Le *Scum* est le nom donné par certains habitants de Liverpool au quotidien *The Sun*. *Scum* en anglais peut signifier pourriture, vermine.

footballeurs-violeurs qui avaient baisé la même fille, l'équipe tout entière et même les potes de passage. Juste pour pouvoir mater les bites des autres en le faisant, selon Dougie. Ce genre de merde lui retournait presque autant le ventre que le papier sur lequel elle était imprimée, aussi tourna-t-il rapidement les pages jusqu'à la rubrique des courses hippiques, à la fin. Cela éviterait à son esprit de vagabonder s'il lisait toutes ces cotes, les recompilant, les totalisant dans sa tête, se souvenant quels noms allaient avec quels handicaps et quelles couleurs de casaques. Tout ce qu'il avait à faire, c'était rester assis et attendre. Attendre Lola.

Lola.

La simple évocation de ce nom rendait ses doigts tout moites et mettait sa nuque en sueur. Il sentit comme une agitation sous son pantalon de survêt' et fut obligé de contempler une des grosses filles mâchant des frites la bouche ouverte pour que ça retombe.

Il était rare que les femmes aient cet effet sur Dougie. Ce n'était encore arrivé qu'avec deux d'entre elles. Et il avait fait plus de chemin avec celle-ci qu'il n'en avait fait avec qui que ce soit par le passé.

Il se souvenait encore du choc de leur première rencontre, lorsqu'elle s'était assise à côté de lui dans ce bar, l'air fatiguée, et qu'elle avait demandé un whisky-soda. Il avait repéré un léger accent, comme si l'anglais n'était pas sa langue maternelle, mais il n'avait pas vu son visage : elle lui tournait le dos. Des boucles brunes aux reflets dorés formaient une masse compacte au-dessus de ses épaules, elle portait une veste en peau de léopard et un jean de hippie, ses pieds étaient chaussés d'une paire d'escarpins pointus à talons et ses jambes enroulées autour du tabouret du bar. La peau de ses pieds était aussi ambrée ; elle devait être métisse et, l'espace d'un instant, Dougie s'imagina savoir à quoi elle ressemblerait lorsqu'elle tournerait la tête : quelque chose entre Melanie Brown des Spice Girls et l'un des personnages de *Holby City*[1]. Un visage ouvert, joli mais un peu renfrogné. Pourquoi pas quelques taches de rousseur sur le nez.

Mais quand elle se tourna enfin vers lui, une cigarette entre les lèvres, ses longs doigts refermés sur un petit verre contenant un liquide ambré, « joli » se révéla bien trop banal pour qualifier son visage.

Des yeux d'un vert émeraude le regardaient sous des paupières aux couleurs intenses, ornées des cils noirs les plus longs qu'il ait jamais vus. Sa peau était parfaite, de la même couleur que le whisky dans son verre, qui en reflétait la lueur envoûtante.

Cela le ramena un bref instant dans une chambre à Édimbourg, de nombreuses années auparavant. La chambre d'un étudiant en art, remplie de tentures, de fausses lampes Tiffany, une photo de Marlene Dietrich dans *L'Ange bleu* sur le mur.

1. Série télévisée de la BBC.

Cette femme ressemblait étrangement à Marlene. Avec une coupe afro. Un ange noir.

Elle retira la cigarette de ses lèvres rouges et demanda : « Tu aurais du feu ? » Elle le considérait de ses yeux scintillants, un sourire sur ses lèvres parfaites.

Dougie chercha son Zippo dans sa veste et lui alluma sa cigarette avec des doigts tremblants. L'ange noir inspira profondément, ferma ses paupières maquillées couleur bronze tout en avalant cette bonne fumée, puis la rejeta dans une longue expiration.

Ses longs cils se relevèrent et, simultanément, elle leva son verre à son intention.

« Santé ! » dit-elle, et son accent réapparut. Perdait-il la tête ou parlait-elle aussi comme Marlene Dietrich ? « *Ach*, dit-elle en repoussant une mèche bouclée, c'est bon d'avoir fini le travail !

— Ça s'arrose ! » dit Dougie, qui avait l'impression que sa langue était trop grande pour sa bouche, que ses doigts étaient trop grands pour ses mains, qu'il était tout entier trop grand et maladroit. Il descendit la moitié de sa pinte de Becks pour essayer d'atteindre une sorte d'équilibre et quitter son état d'adolescent médusé par ces yeux verts.

Elle semblait amusée.

« Quel genre de travail tu fais ? demanda-t-elle.

— Oh, tu sais, des choses et d'autres », répondit Dougie, lui offrant sa réplique habituelle.

Cette réponse lui plut, alors elle continua à parler. Elle lui raconta tout sur l'endroit où elle travaillait, d'une voix traînante et enfumée. C'était un de ces bars à putes sur Old Crompton Street, ceux qui avaient particulièrement vocation à arnaquer les touristes d'un jour.

« Venus in Furs, le nom, lui dit-elle. Putain, naze, non ? »

Il commençait à se demander si elle était croate ou serbe. La plupart des filles qui déboulaient à Soho avaient été kidnappées en ex-Yougoslavie, ou du moins c'était ce qui se disait. Le mot « slave » allait bien avec le contour de son visage, la courbe de ses yeux. Mais comment cela était-il possible ? Dougie doutait qu'il y ait une forte population noire en Europe de l'Est. Et il n'arrivait pas à imaginer que quelqu'un ait eu les couilles de la kidnapper elle. Peut-être était-elle ici pour d'autres raisons. Une série d'images lui traversa l'esprit. Des films d'espionnage, le Checkpoint Charlie, la guerre froide. Il était tellement fasciné par son accent qu'il n'écoutait pas vraiment ce qu'elle disait.

À un moment, à l'aube ou presque, elle souleva un doigt et le fit passer le long de son visage. « Je t'aime bien, Dougie. » Elle sourit. « Tu vas revenir ici, encore ? »

Dougie n'était pas trop du genre à traîner dans les bars de nuit et s'il s'était retrouvé dans celui-ci, c'était uniquement parce qu'il devait avoir un rencard à Soho plus tôt dans la soirée et qu'il ne supportait pas les autres bars du quartier. Trop pleins, trop bruyants, trop évidents. Celui-ci était un peu mieux que les autres. Discret, une déco à l'ancienne, pas vraiment le genre d'endroit où la jeune génération se précipitait. Un bar essentiellement peuplé d'anciens acteurs à peine visibles dans un monde de pénombre et de souvenirs. C'était d'ailleurs un vieil acteur flamboyant qui lui avait montré l'endroit. Un ami d'ami qui s'était fait voler toute son argenterie Queen Anne et une collection de Penny Blacks[1] par le jeune aventurier qu'il avait eu l'idiotie d'inviter pour la nuit. Dougie avait au moins réussi à récupérer l'argenterie, pendant que le jeune homme dormait après avoir dépensé tout le fric obtenu en vendant les timbres. Vraiment, il ne venait pas souvent ici, mais en regardant la femme se lever et remettre sa veste en fourrure, il eut un pincement au cœur : « Attends une minute, c'est quoi, ton nom ?

— Lola. À bientôt, chéri. »

Elle était partie. Dougie s'était retrouvé le lendemain soir à dériver vers le bar.

C'était étrange : il était resté seul si longtemps qu'il pensait que son cœur s'était transformé en une pierre dure et froide, que personne ne parviendrait à faire fondre. Comme il se l'était dit depuis longtemps, dans son boulot, il était préférable de ne pas s'attacher. Les relations peuvent vous mener à votre perte. Il valait mieux que personne ne le connaisse en dehors de son petit cercle de contacts professionnels et des clients qu'ils pouvaient lui

1. Timbres anciens et précieux.

apporter. C'était plus sûr comme ça. Il en avait pris pour six mois quand il était adolescent, quand il était stupide et imprudent, et avait juré qu'on ne l'y reprendrait plus.

Il retournait tous ces éléments dans sa tête et s'était soudain retrouvé assis au bar. Il ne savait pas trop ce qu'il faisait là, mais son cœur s'emportait chaque fois que la sonnette de la porte retentissait et qu'un nouveau groupe de personnes descendait les marches. Lola était venue ici seule. Il supposa qu'il pourrait demander au patron ce qu'il savait d'elle, mais cela ne lui paraissait pas très galant. Après tout, il n'était pas un habitué des lieux, et qui sait depuis quand elle venait ici après avoir passé sa soirée à « flirter avec des cons » sous les jupons en néon de Vénus ?

À une heure et demie, elle descendit les marches et se dirigea vers lui. Un sourire aux lèvres, elle semblait heureuse de le voir. Il détailla ses longues jambes nues et parfaites, sa minijupe en cuir et la même veste en léopard, et il fut heureux lui aussi.

« Sa-*luuut* Dougie ! »

Dougie se sentait ivre comme jamais.

Au fil des verres de whisky-soda et de la fonte des glaçons, elle lui raconta toute son histoire. Très intrigant. Son père était russe, un ancien membre du KGB. Après la chute du communisme, il avait réussi à se reconvertir dans l'électronique et s'était retrouvé à la tête d'un empire. C'était un voyou, mais du genre attachant. Il l'avait appelée Lola d'après un personnage d'un livre de Raymond Chandler qu'il avait lu en secret à l'adolescence.

Ils étaient riches, mais le père était très strict. Il l'avait forcée à beaucoup étudier et lui avait interdit toute sortie. Il n'y avait guère de sentiments entre lui et la mère de Lola.

Sa mère était une curiosité en Russie, une Somalienne. Lola ne savait pas comment ils s'étaient rencontrés, mais elle avait sa petite idée. À l'époque, il était bien possible que son père l'ait achetée dans un bordel de Moscou via un réseau de semi-esclavage. Sa mère lui avait toujours dit qu'elle était une princesse, mais elle était aussi alcoolique, alors Lola ne savait qu'en penser. Elle était magnifique, c'est certain. Très belle et très superstitieuse, toujours à jouer avec un étrange jeu de cartes et à consulter les motifs des feuilles de thé. Elle maîtrisait peut-être les arts divinatoires, mais n'était jamais parvenue à parler russe — sans doute ne l'avait-elle jamais voulu, non plus. Lola avait donc grandi en parlant deux langues, dans un grand appartement vide à Moscou.

Là, elle était censée être en Suisse. Elle avait l'air gênée en disant cela à Dougie. « Dans une école de bonnes manières. Tu y crois ? Quel cliché ! » Lola s'était tirée de là six mois plus tôt, avait traversé l'Europe, fait des petits boulots pour payer son voyage, bien décidée à aller à Londres. Elle voulait s'échapper tant qu'elle était dans « l'Occident libre », fuir ce qu'elle savait qu'on attendrait d'elle en Russie : un mariage avec un gros connard, le fils d'un des anciens camarades de son père. Une vie à rester belle et à se taire, exactement comme sa mère.

Mais elle craignait que son père ait le bras long. Il y avait déjà trop de Russes à Londres. Quelqu'un finirait bien par la dénicher, la récompense était sans doute considérable. Il lui fallait donc réunir une « cagnotte de départ » et trouver un autre endroit. Un endroit sûr.

« D'où tu viens, Dougie ? demanda-t-elle. Pas d'ici, hein ?

— À ton avis ? lui répondit-il d'un ton malicieux. D'où crois-tu que j'ai tiré un nom comme Dougie, hein ? »

Lola rit et mit son doigt sur le bout du nez de Dougie.

« Écossais, hein ?

— Ouaip.

— D'où en Écosse ?

— Édimbourg.

— Comment c'est, Édimbourg ? »

Une petite voix à l'intérieur de Dougie lui disait de ne pas trop se confier. Cette histoire qu'elle lui avait débitée ressemblait trop à un conte de fées. C'était sans doute une de ces putes des Balkans complètement fauchée qui cherchait un vieux protecteur. Personne ne pouvait avoir eu une telle vie, c'était trop tiré par les cheveux, trop élaboré.

La sensation du doigt sur son nez lui resta. Ses yeux verts brillaient sous les lumières. Avant même qu'il puisse se rendre compte de quoi que ce soit, des mots sortirent de la bouche de Dougie.

Elle lui avait donné le début d'une idée. Il trouva le reste tout seul.

La gestion du Venus in Furs était fumeuse, même pour une boîte de Soho. Les propriétaires autoproclamés étaient un groupe de lascars jamaïcains audacieux, dont la spécialité était de s'emparer de rades sordides ; ils en chassaient les occupants en leur faisant croire qu'ils étaient des Yardies[1]. Ce n'était certainement pas le cas, pensait Dougie. C'était bien des petits joueurs, peut-être vaguement liés à des gangs, d'une certaine manière, mais les terres des Yardies se trouvaient au sud de la rivière. Soho était contrôlé par les triades et la mafia irlandaise. Il doutait que ces gars-là puissent faire long feu dans le système, de toute façon, et décida de donner un coup de main à Lola et au destin.

Lui donner un coup de main ou essayer de l'impressionner ?

Ses horaires à elle étaient réguliers, ce qui aidait bien. Six nuits par semaine, de dix-huit heures à minuit. Tout le temps d'observer les allées et venues des habitués. Peut-être bien que son vieux était un ancien du KGB, parce qu'elle avait déjà deviné que le jour où le Costard venait était un jour important.

Il y avait un bureau derrière le bar, où les lascars faisaient tout leur biz. Trois gars se partageaient le travail au bar, deux par deux. Lynton, Neville et

1. Jamaïcains récemment arrivés à Londres et qui s'organisent en gangs.

Little Stevie. Ils avaient un faible pour Lola, elle était du même sang, alors généralement, c'est à elle qu'ils demandaient d'apporter les verres aux tables quand il y avait des clients à impressionner. Elle avait dit à Dougie que des palmiers et un soleil couchant étaient peints dans la salle, genre paysage hawaïen.

Comme tout le monde, ils jouent aux gangsters, se dit Dougie. *Ils jouent à Scarface.*

Une fois par semaine, un homme blanc, chauve, avec un costard marronnasse entrait avec un attaché-case.

L'homme s'affairait dans le bureau pendant une demi-heure et les frères Grimm présents à ce moment-là se faisaient alors discrets. L'un traînait au bar, l'autre se trouvait un coin sombre avec une des filles. Ensuite, le chauve sortait de la pièce, puis du bar, sans parler à personne.

Il venait tous les jeudis à vingt heures précises, réglé comme une horloge.

Pour Dougie, c'était la preuve que les fanfarons jamaïcains n'étaient qu'une vitrine pour terroriser le public. Le chauve collectait l'argent pour un chef invisible qui se tenait à distance. Avec son costard pourri et son apparence modeste, il cherchait délibérément à se fondre dans la clientèle des lieux.

Dougie avait à disposition quelques types qui lui devaient des services. Ils n'étaient pas connus et il serait difficile de remonter jusqu'à lui — leurs chemins se croisaient rarement et ils évoluaient tous dans des mondes différents. Deux jeudis d'affilée, il leur donna de gros billets et les envoya faire les pigeons. Les deux fois, c'était la même paire : Steve et Neville, le petit et le grand. Le grand Neville, maigre avec de longues dreadlocks et des lunettes de soleil, constamment en train de mâchouiller un cure-dents, était assis derrière le bar quand l'homme chauve se pointait. Il s'entraînait à distribuer les cartes, faisait des réussites, buvait de la bière et feignait l'indifférence, hochant la tête de temps en temps, comme si une musique lente jouait dans sa tête — pas la pop européenne mielleuse qui passait dans le club.

Le petit Stevie, à l'inverse, se chopait toujours une fille et une bouteille avant de se caler dans un coin. Si Neville ressemblait à un fumeur de joints typique, le petit Stevie était un méchant. Il portait un costard noir, une chemise blanche, et de grosses chaînes en or brillaient à son cou de bulldog. Un petit chapeau plat et des lunettes de soleil noires très épaisses cachaient complètement ses yeux. De temps en temps, et notamment quand la fille passait sous la table, il exhibait un étalage de dents en or et en diamants. Stevie buvait toujours du champagne — pas le mousseux à la poire qu'ils servaient aux pigeons en leur faisant croire que c'en était — et les deux contacts de Dougie avaient repéré le renflement révélateur de la présence d'une arme dans sa poche.

De son coin, Stevie pouvait surveiller toute la salle et, même quand on lui faisait des gâteries, il ne la quittait jamais des yeux. À la seconde même où l'on entendait la clef dans la serrure de la porte du bureau et où le chauve en sortait, il dégageait la fille, remettait ses couilles et le reste en place, et se précipitait vers le bureau, tout bouffi et hérissé, Neville le suivant de près.

Ouais, les deux contacts étaient d'accord là-dessus : c'était Stevie qu'il fallait avoir à l'œil.

Tandis qu'ils jouaient aux clients, Dougie surveillait la porte.

Le Venus était bien situé, dans une allée lugubre entre Rupert et Wardour Street. Il y avait un marché sur Rupert, il lui suffirait donc de faire semblant d'examiner les merdes pour touristes vendues sur le stand à l'angle. Le chauve prit la direction opposée et monta directement dans un taxi qui l'attendait sur Wardour. Comme d'habitude.

Quand le grand soir arriva, Dougie sentit une poussée d'adrénaline comme il n'en avait pas ressenti depuis Édimbourg, comme si son cœur s'était mis à se contracter pour lui chanter de vieilles rengaines à tue-tête.

Mon Dieu, avant, il adorait ce sentiment qui le guidait quand il était Dougie le Chat, le plus grand cambrioleur de cette ville magique, pleine de tours et de tourelles.

Maintenant, il était Dougie l'Enquêteur, détective privé pour les clients qui ne pouvaient pas aller voir la police. Il avait voulu changer de bord après le premier choc de la prison, il ne voulait plus jamais se trouver lié à toute cette merde. Si on ne pouvait plus faire le gentleman cambrioleur de nos jours, pourquoi ne pas devenir détective privé pour mauvais garçons ? Ses méthodes n'étaient peut-être pas les mêmes que celles de la police, mais cela faisait dix-huit ans que Dougie était *clean* et sa réputation s'était faite grâce au bouche-à-oreille. Il gagnait bien sa vie en réglant des affaires sans faire d'éclat. Comme il le disait lui-même, il comblait une certaine pénurie sur le marché.

Mais, pendant toutes ces années, il n'avait jamais vraiment vibré. L'adrénaline était revenue d'un coup, pensait-il, depuis sa rencontre avec Lola, et elle avait continué de monter le soir où elle l'avait finalement invité dans son appart, au-dessus d'un bookmaker de Balham, où elle avait consciencieusement dessiné le plan du Venus avant de lui ouvrir la braguette et de l'emmener dans un endroit proche du paradis.

De toute façon, il n'avait pas besoin de ce plan. Il n'avait même pas besoin de savoir où seraient Neville et Stevie, juste qu'ils étaient de bons petits gangsters qui resteraient à leur place, dans leur petit palais imaginaire où ils pouvaient se la jouer à la Tony Montana tous les jours.

Il n'allait pas les mêler à cette affaire.

Il n'avait besoin que des trente secondes qui séparaient la porte du Venus et Wardour Street ainsi que de ce virage dans l'allée qui empêcherait au chauffeur de taxi de voir ce qui s'y passerait. Il n'avait besoin que de la force de ses bras, de la rapidité de ses jambes et de la masse confuse de la foule dans la nuit de Soho.

Au bout de l'allée, il enfila un passe-montagne, rabattit sa capuche bleue par-dessus, et se mit à courir.

Il était à pleine vitesse quand l'homme sortit du Venus, suffisamment pour l'envoyer voler d'un coup d'épaule. L'homme ouvrit les bras et laissa tomber son précieux sac. Dougie croisa son regard ébahi. Les yeux pâles et vitreux devinrent tout blancs quand Dougie lui assena un grand coup sur la tête. En une seconde, il récupéra la sacoche puis détala et traversa Wardour Street, où le taxi attendait, le moteur en marche et les yeux rivés droit devant lui.

Dougie était déjà dans les chiottes au sous-sol du Spice of Life quand le taxi regarda sa montre en se demandant s'il était arrivé en avance. Il s'était emparé du sac de sport caché dans le réservoir de la chasse d'eau et avait défoncé le fermoir de l'attaché-case quand le chauffeur éteignit son moteur et sortit du taxi pour jeter un coup d'œil aux alentours. La dextérité de Dougie n'avait pas été altérée par toutes ces années passées de l'« autre côté ». Il compta rapidement les liasses de billets en les transférant dans le sac de sport, les sourcils haussés. C'était un sacré butin pour une recette hebdomadaire de bar à putes. Il se demanda ce qui se passait d'autre, là-bas, puis chassa bien vite cette pensée : il avait déjà assez de choses comme ça dans la tête.

Le temps que le chauffeur arrive aux côtés de l'ordure recroquevillée dans l'allée, Dougie avait déjà planqué l'attaché-case dans les chiottes et viré sa cagoule, qu'il roula en boule en sortant du pub par une porte dérobée. Il la jeta dans une poubelle sur Charing Cross Road puis sauta dans un taxi pour King's Cross.

Dougie leva les yeux de la page des courses hippiques, comme frappé par la foudre ; il savait que Lola était arrivée. Elle s'approchait de lui, ses yeux verts amusés passant de la casquette ridicule au sac qu'il gardait entre ses jambes. Elle s'assit en face de lui et lui glissa : « Y a assez ?

— Ouais, c'est bon », répondit Dougie.

Il avait voulu que Lola ne soit pas impliquée dans l'affaire. Il lui avait dit de se faire porter pâle pendant deux jours, d'en profiter pour préparer ses affaires, le strict nécessaire, et lui avait donné de l'argent pour deux allers simples direction Édimbourg.

Le train de nuit pour la ville magique… même les Toon Army ne pouvaient lui gâcher ce plaisir.

« Tu es prête ? »

Un sourire languissant se dessina sur son visage.

« Rooh oui », ronronna-t-elle.

Dougie attrapa le sac Adidas et abandonna ses frites molles à leur sort.

Ils gagnèrent la rue. St Pancras était illuminée comme un château de conte de fées.

« Tu vois ça ? lui dit-il en lui touchant l'épaule. C'est que dalle par rapport à là où on va. »

Son corps et son âme vibraient, en harmonie. Il quittait le Smoke et sa vie d'ombres pour un monde meilleur, accompagné de la femme qu'il aimait. Il lui prit la main et se dirigea à grandes enjambées vers le carrefour et l'entrée de la gare de King's Cross.

Lola dit soudain : « Oooh, attends une minute. Il faut que j'aille chercher mon sac.

— Comment ça ? répliqua-t-il, sans comprendre. Tu ne l'as pas avec toi ? »

Elle laissa s'échapper un rire mélodieux. « Non, mon chéri, j'ai laissé le sac au coin de la rue. Mon amie, tu sais, elle tient un bar et je n'avais pas envie de me traîner le sac toute la journée. Elle me l'a mis de côté, derrière le comptoir. Ne t'inquiète pas, ça prendra juste une minute. »

Dougie était perplexe. Il n'avait jamais entendu parler de cette amie ou de ce bar. Mais selon son expérience limitée des femmes, c'était classique. Chaque fois que tu pensais avoir un plan, elles y faisaient quelques modifications. C'était comme ça qu'elles fonctionnaient, voilà tout, se disait-il.

Elle se pencha vers lui pour l'embrasser sur la joue et lui chuchota : « Nous avons encore une demi-heure avant notre train. »

Le pub était exactement au coin de la rue. Une de ces horribles chaînes de brasseries toutes fades, blindées d'employés de bureau obèses qui faisaient du rentre-dedans à leurs secrétaires juste avant la fermeture.

Il resta à la porte tandis que Lola fit un signe à la serveuse blonde qui semblait s'ennuyer. Il vit Lola prendre une valise bleue derrière le bar, embrasser son amie sur les deux joues et revenir vers lui, souriante.

Quelques secondes avant qu'elle le rejoigne, son sourire laissa place à un masque terrifié.

« Oh merde, dit-elle, lui attrapant le bras et le tirant à l'écart de la porte. Y a Stevie, putain.

— Quoi ?

— Par ici. »

En serrant fort son bras, elle l'entraîna de l'autre côté du bar, vers la porte des toilettes, jurant et parlant à toute vitesse.

« Stevie était devant la porte. Je jure que c'était lui. Je te dis, il porte la poisse, celui-là, il est magicien vaudou, il a un sixième sens — ma maman m'avait parlé de merdes dans ce genre. Il ne doit pas nous voir ! Je devais être malade, ce soir, il va savoir ! Il va me tuer s'il me voit.

— Chérie, tu hallucines », protesta Dougie.

Mais elle continuait de l'entraîner vers le fond, vers des marches qui menaient à un sous-sol froid, humide, qui sentait la pisse et le vieux vomi.

« Non ! C'était lui, c'était lui ! »

On aurait dit qu'elle allait faire une crise d'hystérie, ses yeux lançaient des éclairs fous et ses ongles s'enfonçaient dans la chair de Dougie. De sa main libre, il essaya de se dégager, mais elle le serra encore plus.

« Calme-toi, chérie, tu me fais mal… commença Dougie.

— Il y a quelqu'un qui arrive ! » s'écria-t-elle.

Elle l'embrassa alors passionnément, l'étouffant

dans ses bras, lui mordillant les lèvres ; il sentit un goût de sang dans sa bouche. Puis il entendit un bruit juste derrière lui.

Et la pièce devint complètement noire.

« Putain de merde ! s'exclama Lola en regardant le corps prostré de Dougie. T'en as mis, du temps.

— Je t'avais dit qu'il était doué, protesta le partenaire de Lola, en frottant ses mains sur son pantalon. Je me suis dit que tu aimerais déployer tous tes talents sur lui.

— Humm. » Lola se baissa et ouvrit les mains de Dougie avec force pour dégager le sac Adidas. « Je savais que ça allait être le plus difficile : récupérer le fric des mains d'un putain d'Écossais. » L'accent russe et sexy avait disparu en un clin d'œil. Elle parlait plus comme une pute en colère. « Allez, on se casse. » Elle enjamba son prétendu Roméo et les tessons de verre du cendrier sur lesquels il était allongé.

La voiture était garée à côté. Lola prit la place du passager, enleva sa perruque afro et passa ses mains dans les courts cheveux crépus qui se cachaient en dessous.

« J'en ai *tellement* marre, de cette saleté », dit-elle en lançant la perruque sur le siège arrière.

Son associé démarra la voiture en gloussant.

« Putain, il a tout avalé, pas vrai ? demanda-t-il en s'engageant sur la route.

— Ouais… et tu avais dit qu'il était détective privé ? Devine un peu, chéri, ce que je lui ai fait gober. Mon père était un gangster russe, ma mère une princesse somalienne. Et moi, je me suis enfuie d'une école de bonnes manières. Sérieux ! Presque comme les contes de fées que je m'inventais à une époque. J'ai cru qu'il capterait quand je lui ai dit qu'on m'avait donné ce prénom d'après le personnage de Raymond Chandler. Mais je pouvais pas résister à la tentation.

— Eh bien, lui dit son compagnon en souriant, tu nous as certainement permis de rattraper la perte de l'argenterie Queen Anne. On a assez de fric pour tenir encore quelques mois. Alors, tu veux aller où ?

— Pas à Soho, répliqua Lola tandis que la voiture s'engouffrait dans le trafic de Marylebone Road. J'ai eu ma dose de ces voyous bidon. Je sais. J'aimerais un peu d'air de la mer. Que penses-tu de Brighton ? »

Son compagnon était d'accord avec elle.

« L'endroit idéal pour un couple d'acteurs. »

Dougie revint à lui le visage collé par son propre sang à un sol froid. Son corps était recouvert d'éclats de verre. Il pouvait sentir la puanteur acre de la pisse, et entendre la musique du pub au-dessus, comme si elle s'échappait d'un long tunnel de souvenirs. Il parvenait simplement à distinguer les paroles :

« *I met her in a club down in old Soho / Where you drink champagne and it tastes just like cherry cola…* [1] »

1. « Je l'ai rencontrée dans un bar à Soho / Un de ceux où l'on boit un champagne qui a un goût de Cherry Coke. » Paroles du morceau « Lola » par The Kinks.

King's Road

CHELSEA 3, SCOTLAND YARD 0

Max Décharné

Max Décharné est l'auteur de recueils de nouvelles et de plusieurs essais sur la musique, le cinéma et la contre-culture. Il écrit régulièrement dans MOJO, *a été le batteur des Gallon Drunk et, depuis 1994, il est le chanteur du groupe de garage punk The Flaming Stars.*

Chelsea, juillet 1977.

Ils le trouvèrent dans le passage pour piétons sous la partie nord de l'Albert Bridge, à quelques minutes de King's Road en passant par Oakley Street. Il avait visiblement reçu de nombreux coups, et une orange enfoncée dans sa bouche empêchait complètement le passage de l'air. Il était saucissonné comme un morceau de viande dans la vitrine d'un boucher.

Cela n'avait pas l'air de le déranger, ceci dit. Il était mort depuis quelques heures, déjà.

La presse locale n'en avait pas fait grand bruit, mais la police avait apparemment une piste. On les avait vus farfouiller chez Seditionaries[1] l'après-midi suivant, passant les rayons en revue, observant les T-shirts Cambridge Rapist, saisissant des exemplaires du *NME* comme s'ils allaient y trouver un indice au milieu des critiques de disques et des per-

1. Célèbre boutique d'articles punk sur King's Road.

siflages habituels. Qui sait, si ça se trouve, c'était ce qu'ils croyaient puisqu'ils avaient remis ça, plus tard dans la journée, détonnant au milieu de la foule à crête rassemblée au Man in the Moon pour le concert d'Adam and the Ants.

Ils avaient fouiné. Posé quelques questions. Plombé l'ambiance. Demandé des trucs sur le *bondage. Ouais, m'sieur l'agent, qu'est-ce que j'peux vous dire de plus ? Ça se fait pas mal, en ce moment…*

Le concert n'avait pas trop semblé les emballer. Ils étaient partis à la moitié du show du groupe phare de la soirée, X-Ray Spex.

Le samedi suivant, il faisait une chaleur infernale. Les habituels punks à la recherche d'embrouilles traînaient devant Town Records. Ils observaient les passants. Ouvraient leurs canettes. Déambulaient devant les stands du marché de Beaufort Street. Gardaient l'œil ouvert, veillant à ce que les *teds* ou les *Stamford Bridge Boys* ne se pointent pas. La routine cet été-là sur King's Road, depuis que la violence qui avait accompagné le jubilé de la Reine avait éclaté — « Punk Rock Rotten Razored », comme disaient les unes des tabloïds. « Pretty Vacant » était au top des ventes, « God Save the Queen » commençait à baisser ; Boney M et Emerson Lake and Palmer étaient dans le top 10, et les journaux disaient que Warner Bros venait de sortir le single d'un groupe de pin-ups de la page trois du *Sun*. Au fait de l'actualité, comme d'habitude…

Davis sortit du métro à Sloane Square, il prit un exemplaire de l'*Evening Standard* sur le présentoir extérieur et dépassa Smiths en direction du Chelsea Potter pour la pinte de midi. Pas un mot sur le cadavre qu'ils avaient trouvé la semaine passée à Albert Bridge ; en revanche, une bonne femme plutôt distinguée avait été découverte morte étouffée dans son lit à Cheyne Walk, à moins de cent mètres du lieu du crime précédent. Étouffée avec un coussin. *La police se refuse à tout commentaire sur des pistes possibles.* Ouais, c'est ça. Des rapports non confirmés faisaient état d'une sorte de message épinglé sur le corps.

Davis regarda par la fenêtre des jeunes qui n'étaient pas du coin et qui se rendaient, très nerveux, au Boy, juste un peu plus loin, tête baissée : du grabuge à prévoir.

Deux meurtres en autant de semaines. Pas très surprenant pour le Lower East Side, sauf que là, on était à Chelsea.

Il roula le *Standard* et le mit dans sa poche, puis ressortit le *NME* en piteux état qu'il trimballait depuis deux jours. La une évoquait la violence de la scène punk : « Ce n'est *vraiment* pas le *summer of love.* » Il alla directement page 46, à la rubrique concerts. Pas grand-chose à faire, ce soir-là. Des petits groupes de ratés dans la plupart des clubs. Ça s'annonçait mieux lundi, avec Banshees/Slits/Ants au Vortex, ou Poly Styrene mardi au Railway à Putney. Un bon terreau pour ses recherches. Il préparait un article sur la vague de films punk à venir.

Russ Meyer perdait son temps en Écosse avec les Pistols, en essayant de faire décoller le film *Who Killed Bambi.* Derek Jarman rameutait ses potes pour un vague truc appelé *Jubilee.* Et puis, il y avait le type qui avait mis de la thune dans le dernier film des Python et qui était en train de financer ce qui s'annonçait comme un véritable désastre, le magazine *Punk Rock Rules OK.*

« Va voir ce qui se passe », lui avait dit son rédacteur en chef. Cinq mille mots sur la vague des films punk. « N'oublie pas de faire un encadré sur le 8 mm de Don Letts qui va passer à l'ICA[1], va faire un tour dans les clubs et garde l'œil ouvert. » Un chouette petit article avec quelques photos de punkettes en bas résille et T-shirt déchiré. « Insiste sur les bastons avec les *teddy boys*, aussi. » Du sexe et de la violence. Doit-on balancer cette merde à nos gamins ? Bla bla bla… Choper une citation de Bernard Brooke-Partridge[2], cet abruti du GLC, qui pense que la plupart des punk-rockers gagneraient à mourir rapidement. *Est-ce le futur de la scène cinématographique britannique ?* La merde habituelle, vous voyez le genre…

Et le voilà qui s'enquillait quelques pintes au comptoir du Chelsea Potter en attendant un idiot qu'il devait interviewer et qui prétendait avoir écrit un scénario sur le punk, mais dont personne n'avait jamais entendu parler, ni les groupes, ni leurs

1. *Institute for Contemporary Arts.*
2. Un conseiller conservateur du *Greater London Council.*

managers. Sans doute un après-midi de perdu, mais bon, rien à foutre. Même si ce type se révélait un imbécile fini, au moins, il le ferait rire. Ça lui ferait des citations idiotes à caser. Dix années passées à interviewer des « géants » du cinéma européen et à écouter leur discours merdique, pompeux et prétendument artistique l'avaient fatigué. Tous des égocentriques, ces enculés. *Roma* de Fellini, *8 ½* de Fellini, Fellini qui ne raconte que des conneries… Qu'on lui refile un arnaqueur ou un loser complet à interviewer. Au moins, ça pourrait être drôle.

Quoi qu'il en soit, le type n'était pas là. Au bout de deux heures, il avait bu trois pintes et lu les deux journaux du début à la fin, revenant à l'article sur le meurtre dans le *Standard*. Étouffée hier ? Allons jeter un coup d'œil au lieu du crime. Gentiment éméché mais cohérent, il poussa la porte et prit King's Road vers l'ouest. Il tourna à gauche sur Oakley Street, dépassa l'ancienne bâtisse Scott. On pouvait entendre « Unicorn » des Tyrannosaurus Rex s'échapper d'une fenêtre non loin. Il tourna là où, autrefois, Rossetti élevait des wombats et des paons dans son jardin de Cheyne Walk, dix ans avant que soit construit l'Albert Bridge.

Un flic qui avait l'air de se faire chier montait la garde dehors, verrouillant la porte après que la moitié d'Aintree fut passée voir les lieux. Davis fouilla dans son porte-monnaie et en sortit sa carte de presse, dont il ne se servait quasiment jamais, tout en sachant très bien que ce sésame impressionnait la plupart des gens. On ne savait jamais.

« B'soir, m'sieur l'agent… Y a plus grand-chose à voir, hein ? » Il offrit une clope au flic, mais l'autre la refusa. « Y paraît qu'y a un mot épinglé sur le corps…

— C'est ça. Pas que ça aide beaucoup.

— J'imagine qu'il a pas pris la peine de laisser son numéro de téléphone…

— On dirait une citation d'un bouquin ou un truc dans le genre.

— Ah oui ?

— Ils vont publier une déclaration, cet après-midi, alors il y a pas de mal à le dire…

— Vous l'avez vu, c'est ça ?

— *Some people think little girls should be seen and not heard…* [1] »

21 juillet. La semaine n'avait pas été mauvaise. Il avait vu les Only Ones au Speakeasy le samedi, les Adverts et les 999 au Nashville le lundi, et puis ces nouveaux Australiens, les Saints, à Twickenham au Winning Post. Il avait parlé à des tas de gens — des clients, des groupes, des managers. Bernie Rhodes avait refusé de le laisser parler aux Clash. Miles Copeland avait essayé de le convaincre qu'un groupe de hippies vieillissants qui se faisait appeler The Police était punk. La routine. Il était aussi retourné à Chelsea, mais au Royal Court, cette fois. Alberto y Los Trios Paranoias avec leur

1. « Certains pensent que les petites filles devraient être vues et pas entendues. »

comédie musicale punk-rock intitulée *Sleak !*, avec cette saloperie de point d'exclamation en forme de tache de sang. Les flics avaient encore fouiné dans le coin, traquant tout prétendu lien entre les deux meurtres. Comme si les meurtriers avaient à ce point envie de se faire prendre qu'ils laissaient traîner des indices, comme dans les films.

Davis déambulait sur King's Road avec une photographe, à la recherche de visages et de tenues pour illustrer l'article. Des bas résille, qu'il voulait, l'autre. Des T-shirts lacérés. Bon, OK. Ils étaient forcément descendus au Roxy, mais c'était plein de touristes — pas comme à l'époque de Czezowski, au printemps dernier. Depuis que l'album live du Roxy était sorti, quelques semaines plus tôt, c'était devenu infréquentable à cause de tous ceux qui avaient pris le train du punk en marche et qui s'étaient récemment convertis. De toute façon, à voir King's Road en ce moment, tout le quartier souffrait du même mal. Un tas de gens lui en avaient fait la remarque pendant la semaine, aux concerts : « La moitié des vrais punks ont dégagé de la scène et les faux sont en train de s'installer. » Mais le rédac' chef voulait des photos…

Il vit un couple qui pouvait bien avoir le look recherché, au croisement de Royal Avenue et de King's Road. Il leur offrit une canette de bière, donna une livre à chacun, puis ils dirent que c'était cool, qu'on pouvait les photographier pendant une dizaine de minutes. Davis laissa faire la photographe et s'en alla un peu plus loin s'asseoir au soleil. En un éclair, des flics débarquèrent, un peu stressés à cause de l'appareil photo.

Contrôle d'identité, agressivité croissante. La photographe ne voyait pas où était le problème. Ce n'était pas comme si elle était la première à vouloir photographier des punks sur King's Road, cet été-là. En réalité, la question n'était pas du tout là. Ils avaient trouvé un autre corps. Sur Royal Avenue, tôt ce matin-là. Le livreur de lait avait presque trébuché dessus.

En allant voir de plus près ce qui se passait, Davis reconnut le flic à qui il avait parlé devant la maison de Cheyne Walk.

« C'est pas vous, le journaliste qui m'avez interrogé sur l'autre meurtre ? » demanda le flic.

Il dit que c'était bien le cas. D'une certaine manière, le voir prendre des photos à quelques centaines de mètres de la dernière scène de crime avait mis les antennes du flic en alerte. Davis accepta de parler quelques minutes au sergent-détective.

« Sacrée coïncidence, hein ? En quoi vous vous intéressez à tout ça ?

— La dernière fois, c'était par pure curiosité. Je suis journaliste. J'avais lu des trucs dans les journaux. Je buvais un verre au coin de la rue. Je me suis dit que j'allais jeter un coup d'œil.

— Et aujourd'hui ?

— Je prends des photos de punks pour un article. C'est pour un magazine de cinéma. Ils veulent un article sur les films punk qui vont sortir. J'enquête dans le milieu pour voir ce que ça donne. »

Le sergent réfléchit un moment. « Alors, vous vous décririez comme un expert de ce type de musique ?

— Non, pas un expert. Je suis bien trop vieux pour ça. La plupart des fans ont à peine seize ans. Mais je me suis rendu à plusieurs concerts, ces deux derniers mois. J'ai parlé à des groupes. J'ai fait des recherches, j'ai essayé de me faire une idée. Mais pourquoi, il y a un lien entre le punk et les meurtres ?

— C'est une piste. »

Le sergent lui tendit un de ces sacs en plastique qui contiennent les preuves. Dans celui-ci, on pouvait voir une feuille de papier avec les lettres découpées comme pour les lettres de chantage, ce qui était rapidement devenu un cliché punk. Il n'y avait qu'une phrase écrite dessus : « *I wAnNA Be a sLAvE FoR yOU aLL*[1]. »

« Ça vous dit quelque chose ? demanda le sergent.

— Vous avez trouvé ça sur le corps, c'est ça ?

— Si vous pouviez simplement répondre à la question, monsieur...

— Oui, en fait, ça me parle.

— Ah oui, et qu'est-ce que ça pourrait être ?

— X-Ray Spex.

— X-Ray Spex ?

— Le groupe...

— Je sais qui c'est, monsieur. J'ai eu le *plaisir* de les voir jouer il y a quinze jours au pub un peu plus haut dans la rue.

1. « Je veux être votre esclave à tous. »

— OK, alors allez à Town Records, au 402 King's Road, et procurez-vous un album qui vient de sortir, *Live at the Roxy*. Cherchez le morceau de X-Ray Spex intitulé "Oh Bondage, Up Yours". Je pense que vous trouverez cette phrase dans les paroles[1]. »

Début août. Tous les juke-boxes des pubs crachaient « I Feel Love » de Donna Summer. Les Pistols étaient toujours à la quatrième place avec « Pretty Vacant », juste après « Angelo » de Brotherhood of Man. Les derniers albums de Grateful Dead et Soft Machine étaient encensés dans le *NME*. Drôle d'époque. Davis terminait sa soirée par une cuite au Roebuck. Une faune variée, comme d'habitude. Deux employés de chez Seditionaries se voyaient jeter des regards noirs par de vieux aigris choqués par les croix gammées sur leurs vêtements. Francis Bacon errait dans la salle, cherchant on ne savait quoi. Deux acteurs célèbres dans un coin, muets, l'air déprimés, et une bande de mineurs alcoolisés, la tête baissée. Davis reconnut quelques punks qu'il avait interviewés lors d'un concert de Rezillo au Man on the Moon, quelques jours auparavant. Il monta à l'étage et leur offrit un verre aux frais de la princesse pour savoir s'ils n'avaient pas quelques bons plans pour la semaine prochaine.

1. Les paroles trouvées sur le cadavre précédent sont tirées de cette même chanson.

« Comment ça va, les gars ? Pas trop d'emmerdes avec les poulets ?

— Ça va, ça vient. Ils étaient au concert des Spex au Hope & Anchor, l'autre soir. Ils ont sorti des gens et fouillé des poches. Comme d'hab'.

— Ils vous ont dit pourquoi ?

— Nan. Ils ont pas besoin d'excuses, pas vrai ? »

Visiblement pas. Il alla acheter des cancers en bâtonnets, puis sortit dans la rue. La chaleur était encore étouffante mais, au moins, il pourrait attraper un métro.

Le mois de septembre était là. Il avait enfin terminé ce putain d'article sur les films punk, sans que, pour autant, le rédacteur en chef soit particulièrement impressionné. Pas surprenant, vraiment. Le film de Meyer avec les Pistols allait être un vrai fiasco et personne ne l'autorisait à s'approcher du tournage, ce qui n'était pas de bon augure. Une bonne idée sur le papier, mais qu'est-ce qu'un réalisateur comme lui pouvait connaître au punk ? Comment pouvait-il même s'y intéresser, d'ailleurs… ? Et pour ce film, *Jubilee*… par pitié, s'il devait encore écouter Jarman débiter son monologue sur comment il allait convaincre les acteurs de parler latin, comme dans sa dernière merde *inregardable*, Davis irait jusqu'à payer de sa poche un groupe de *teddy boys* de King's Road pour qu'ils se pointent sur le tournage et qu'ils tabassent tout le monde à coups de scripts. Au moins, ce type arrivé de Munich une semaine plus tôt pour tourner un documentaire sur le punk semblait avoir une bonne idée. Aller dans les clubs, parler aux fans, à des types des fanzines, des boutiques. Capter l'événement quand il se produit.

Et puis, merde, l'article était fait maintenant.

Quant aux flics, ils avaient coffré un pauvre type qui les « faisait avancer sur l'enquête ». Trois meurtres en un mois. Ça n'avait pas dû beaucoup plaire, du côté de ces putains de petits contribuables dans leurs pavillons chics de Chelsea, qui avaient dû crier : « Au meurtre ! » à leur député. Pas étonnant que quelqu'un ait été arrêté. On ne peut pas tolérer ce genre d'agissements dans le quartier. Le *Standard* n'avait pas beaucoup de détails à divulguer, comme d'habitude. Il semblerait que le gars ait été cueilli à la sortie d'un concert au Nashville, suite à « des renseignements ». À en croire la presse, on aurait dit qu'ils espéraient avoir ainsi libéré la rue d'une sorte de fou dangereux.

Présumé innocent jusqu'à ce que sa culpabilité soit établie, bien sûr…

Enfin bref, rien à foutre. Tout l'été, les tabloïds avaient raconté que les Sex Pistols découpaient des bébés morts sur scène et que les punks étaient aussi bien capables de vous jeter une bouteille à la gueule que de vous dire bonjour, il n'était donc pas trop surprenant que les flics croient tout ce qu'ils entendaient sur l'un d'eux. Était-il coupable ? En tout cas, il était apparemment leur meilleure prise…

Davis alluma la télé, mais rien de neuf sur les meurtres. *New Faces* sur LWT. Il ne pouvait pas supporter cette émission de télécrochet, alors il zappa et regarda les dix dernières minutes de *Dr. Who* sur la BBC 1, puis Bruce Forsyth et son putain de jeu *The Generation Game*. Bon, à l'heure des films, ils passaient *La Maison de Dracula* et *La Chute de la maison Usher* de Corman, juste après vingt-deux heures. Mais on était samedi soir. À quoi est-ce qu'ils s'attendaient ? À croire que, pour eux, toute personne de plus de quatorze ans et de moins de soixante serait forcément dehors à passer une nuit d'enfer, alors pourquoi se faire chier ?

Il éteignit le poste. *OK, puisqu'il n'y a rien d'autre à faire, autant travailler un peu.* Il alla prendre une bière dans le frigo et s'assit devant sa machine à écrire Olivetti. Les voisins n'aimaient pas le bruit qu'elle faisait, mais qu'ils aillent se faire foutre. Leurs enfants avaient écouté à fond le putain de disque des Muppet Show en boucle toute la semaine, et quand le père avait enfin réussi à reprendre les commandes du poste, il avait mis les putains d'Allman Brothers et leur putain de *Road Goes On For Ever* sans une putain d'interruption. Toute la compil. Plusieurs fois. Dans la même soirée.

À en faire chialer le petit Jésus.

Non, taper un peu à la machine à dix-neuf heures, c'était loin de leur faire payer ce genre de mauvais traitements.

L'article sur les films punk était bel et bien terminé, en vente dans les kiosques dans une semaine environ, mais il lui restait encore un texte à pondre pour un magazine français de cinéma du genre arty, qui payait étonnamment bien. Il leur donnait un texte en anglais, qu'eux faisaient ensuite traduire en français. Qui sait s'ils le faisaient bien ou pas. Il s'en foutait, et personne de sa connaissance n'avait jamais vu le résultat. La plupart du temps, ils voulaient des trucs prétentieux de la pire espèce, et il était content de pouvoir les leur fournir, sous pseudonyme. Cette fois-ci, cependant, il avait réussi à leur vendre un sujet qui l'intéressait vraiment. Mais il n'avait quand même pas intérêt à signer le texte de son vrai nom. D'accord, le magazine ne se vendait qu'à quelque vingt mille exemplaires, dont la grande majorité de l'autre côté de la Manche, mais on ne savait jamais vraiment qui pourrait le lire et faire le lien.

Une autre gorgée de bière. Une clope. Une nouvelle feuille dans la machine. Et voici :

CHELSEA, L'AUTRE VILLE DU CINÉMA. La prochaine fois que vous allez en vacances à Londres, baladez-vous sur King's Road. Bien connue pour les hauts faits de quelques-uns des nouveaux punk-rockers britanniques, la rue a aussi beaucoup à offrir à l'étudiant en histoire du cinéma.

*Saviez-vous que Stanley Kubrick avait filmé certaines scènes d'*Orange mécanique *dans le quartier ? Prenez le métro jusqu'à Sloane Square, puis descendez King's Road jusqu'au numéro 49 : il y a là le Chelsea Drugstore. Le personnage de Malcolm McDowell, Alex, prend avec lui deux filles dans un magasin de disques avant de les emmener chez lui* *pour une orgie. Et, si vous poursuivez dans la même direction et que vous tournez à gauche sur Oakley Street, vous atteindrez Albert Bridge. C'est ici, dans un passage souterrain que, vers la fin du film, McDowell se fait sérieusement tabasser par un groupe de clodos. Pendant que vous y êtes, si vous regardez derrière vous vers le quai de Chelsea, vous verrez une imposante demeure géorgienne, au numéro 16 de Cheyne Walk. C'est dans une des chambres à l'étage que Diana Dors a été étouffée avec un coussin, dans le film d'horreur si amusant de Douglas Hickox en 1973 intitulé* Théâtre de sang, *avec Vincent Price dans un rôle de meurtrier shakespearien.*

Si vous revenez sur vos pas vers le Chelsea Drugstore, prenez la rue qui s'appelle Royal Avenue. Une autre grande demeure géorgienne, au numéro 30, a servi de décor au film de Joseph Losey en 1963. Dans The Servant, *James Fox traite son domestique, interprété par Dirk Bogarde, comme un esclave, jusqu'à ce que ce dernier prenne le dessus…*

Il fit une pause et s'appuya contre le dossier de sa chaise, reprenant ses notes. *Blow Up, Faut-il tuer Sister George ?, The Party's Over…* Ouais, il y avait assez de matière pour rallonger l'article. Ce serait dommage de gâcher toutes ses recherches.

Et puis, de toute façon, combien de flics lisaient le français ?

III

GUNS ON THE ROOF

Dagenham

DE L'AMOUR

Martyn Waites

Martyn Waites est originaire de Newcastle Upon Tyne, dans le nord-est de l'Angleterre, mais, dès qu'il a été en âge de le faire, il s'est installé à Londres. Il vit aujourd'hui dans l'East London. Il est l'auteur de sept romans policiers.

J'aime ça. Putain, j'aime ça. Y a aucune autre sensation comme ça au monde.

Mieux que le sexe. Que tout.

On était là, ils étaient là. Juste avant les élections locales de Dagenham. Devant le centre communautaire. Centre communautaire, j'me marre. Pour une communauté de demandeurs d'asile, ouais. Un centre de Somaliens.

Juin, une nuit chaude, si vous voulez tout savoir.

Bref, on a eu not' réunion, on a calé le plan pour les élections à venir, on a mobilisé les gens du coin, là on sort, et les v'là. Les Pakis. Les antinazis. Criant, chantant — « Nazis : salauds ! BNP[1] : connards ! » Alors on s'en est mêlés, leur rendant la pareille avec des « Métèques : dehors ! » et des « *Sieg Heil !* » dans tous les sens. Les Pakis dans leurs blousons de cuir, les antinazis dans leurs jeans pourris, nous, bien droits dans nos bombers et nos Doc dix-huit trous. Les muscles tendus

1. British National Party, parti d'extrême droite britannique.

comme des câbles métalliques sous des T-shirts moulants et des jeans, nos têtes dures et rutilantes. Des tatouages : l'encre sombre rend la peau blanche encore plus blanche. On attend, c'est tout.

Nos yeux : brûlants de haine.

Leurs yeux : brûlants de haine. Braqués vers nous comme des rayons laser assassins.

Cette anticipation, comme un gros python tout dur enroulé dans mes tripes, attendant juste d'être relâché et de répandre la terreur. Une trique qui se prépare.

Qui grandit, qui monte :

Nazis : salauds ! BNP : connards !

Métèques : dehors ! *Sieg Heil !*

Ça grandit, ça monte.

Et ça vient. Fini les mots, fini les poses. Une décharge d'adrénaline, la sirène qui sonne, la lumière rouge. La charge.

Le python est de sortie, je jouis.

Les deux camps ensemble, deux énormes murs de son qui t'foncent dedans. Un énorme raz-de-marée sonique prêt à t'engloutir dans sa violence, te faire couler sous des poings, des bottes, des battes.

Engagement. Et c'est parti.

Des poings, des bottes, des battes. Je prends. Je rends le double. Je m'tourne et j'écrase. C'est comme nager dans la colère. Je ressors pour prendre de l'air et j'y r'plonge, les poumons pleins. Je crie les cris, chante les chants.

Métèques : dehors ! *Sieg Heil !*

Et puis, je nage plus. Le liquide se solidifie autour de moi, j'fais partie d'une grosse machine, une machine de muscles, d'os et de sang. Un engrenage qui crie, qui chante dans une machine à faire mal géante. Des bras qui tournoient, des bottes qui cognent. Nourrie par la violence, pilotée par la rage.

À fond d'dans. Y a plus de moi, y a plus que la machine. Et moi, je me suis jamais senti aussi vivant.

J'aime ça. Putain, j'aime ça.

Je vois leurs yeux. Je vois la peur, la haine et le sang dans leurs yeux.

Ça me nourrit.

La haine appelle la haine. La haine a ce qu'elle mérite.

Elle mérite mieux. La machine est trop bien pour eux.

La machine gagne. Des rouages, du fracas, des poings et des marteaux. La machine gagne. Tout le temps.

Enfin, elle aurait dû, si les keufs s'étaient pas pointés.

Allez les gars, vous vous êtes bien amusés, à not' tour maintenant. Ils ont attendu que les deux camps se lassent. Ils choisissent des cibles faciles.

La machine s'effondre, je redeviens moi-même. Je pense par moi-même et je sens par moi-même. Je sens qu'il est temps de partir en courant.

Je cours.

C'est ce qu'on fait tous, en riant, en boitant. On sait qu'on a gagné.

On sait que notre haine a été plus forte que la leur. On sait qu'ils pensent la même chose.

Courir. Retourner d'où on vient, retourner à nos vies. À nous-mêmes.

En se rappelant ce moment où on est devenus quelque chose de plus.

Le chérir, ce moment.

J'ai souri.

J'AIMAIS ÇA.

Vous voulez mon nom ? Appelez-moi Jez. On m'a donné de pires noms.

Vous voulez que j'vous raconte ma vie ? On dirait un flic. Ou un putain d'éduc' spé. Nulle à chier, mais la voici. Je vis à la cité Chatsworth à Dagenham. À la frontière East London/Essex. Vous en avez sûrement entendu parler. C'est un putain d'trou, le genre où on balance ses ordures. Les familles à problèmes d'abord, mais maintenant aussi les Somaliens et les Kosovars qui descendent tout juste du camtar. Avant, c'était pas comme ça. Avant, c'était un chouette endroit, et on pouvait être fier d'y vivre. Mais bon, Dagenham aussi, et le pays entier aussi.

Y a mon daron assis sur le canapé, en marcel, qui regarde Tricia et qui se roule une clope. Je suppose qu'il est typique de sa cité (et de Dagenham, et du pays). Avant, il avait un taf, un bon taf. À l'usine Ford. Y connaissait l'endroit, y connaissait l'système, y savait l'faire tourner. Mais son taf a sauté quand ils ont fermé l'usine. Son taf et des milliers d'autres. Maintenant, c'est un centre d'excellence pour les moteurs diesel. Et y trouve pas de taf, là-bas. Y dit que les Pakis lui ont chouré. Ils ont des diplômes et tout ça. Lui, il a été apprenti pour un taf qu'existe plus. Plus personne en veut. Personne veut d'lui. Il a essayé, vraiment, j'vous jure. Du coup, y reste assis là, en marcel, y s'roule des clopes, y mate Tricia.

Y a Tom, mon frangin, qui dort encore, sûr. C'est un tox. Y prend de tout, hein, mais surtout de l'héro. Avant, c'était un bon gars, y se débrouillait bien à l'école et tout, mais quand notre grosse pute de sa race de daronne s'est barrée, tout ça, ça a foutu l'camp. Il a dû trouver du taf. Ou essayer, au moins. Moi, j'ai trouvé un taf où je fais du bitume et des toits. Lui, y s'est mis à l'héro. C'est dommage. Putain de dommage. Ça me met vraiment en colère.

Du bitume et des toits. Le fric arrive au black, direct dans mes poches. Je bosse avec Barry, le couvreur. Baz. Mais que quand ils ont besoin de moi, en saisonnier, et quand y fait beau, mais c'est mieux que rien. Dites rien aux services sociaux, j'perdrais mes allocs.

Mais c'est pas la saison en ce moment. Mais on est en juin, alors ça va pas tarder.

Alors ça, c'est moi. C'est qui j'suis. Mais c'est pas CE QUE JE SUIS.

Je suis un chevalier de saint George. Et fier de l'être. Un vrai croyant. Un soldat de la vérité.

Avant, ici, c'était une terre de héros, quand les Anglais étaient des rois et qu'leurs maisons, c'était des châteaux. Un pays où mon daron avait un taf, mon frangin était bon à l'école, et ma grosse pute de sa race de daronne s'était pas barrée avec un facteur paki à Gillingham, dans le Kent. En fait, il est grec, mais bon, vous voyez c'que j'veux dire, c'est tous des Pakis, d'façon.

Et c'est ça le problème. Derek (je parlerai de lui un peu plus tard) a dit que la cité Chatsworth était comme le pays, mais en miniature. Avant, c'était un chouette endroit où les familles pouvaient vivre en harmonie, et tout le monde connaissait tout le monde. Mais maintenant, c'est un trou qui tombe en ruine, rempli d'indésirables et de gens qui essaient même plus de s'barrer. Y a plus de fierté. Plus de respect de soi. Tout ce qu'on avait : vendu à des Pakis qui nous pissent à la raie. Aime ton pays comme il était avant, mais déteste-le comme il est maintenant, voilà c'que dit Derek.

Et c'est c'que j'fais. Les deux. De tout mon cœur.

Parce que ça r'viendra, qu'y dit. Un jour, plus tôt que tard, on le récupérera. On fera de ce pays un endroit où on est fiers de vivre. Un pays pour des héros, comme avant. Et ce sera vous, les gars, qui ferez ça. Les soldats de la révolution. Je m'en souviens mot pour mot. Ça me rend fier rien qu'd'y penser.

Et j'y pense pas mal. Dès que j'ai un Paki devant moi, dès qu'un connard fait des commentaires sur comment j'ai fait son allée ou son toit, dès que je r'garde les yeux de mon daron et que j'vois que tous ses espoirs sont restés dans le passé, j'repense à ces mots. Je pense à ma place dans le grand plan, sur le front de la révolution. Et je souris. J'me mets pas en colère. Parce que je sais un truc qu'eux savent pas.

Ça, c'est moi. C'est CE QUE JE SUIS.

Mais je peux pas vous parler de moi sans vous parler de Derek Midgely. Grand, grand homme. Celui qui m'a montré le chemin et la vérité. L'homme qui a plus été un daron pour moi que mon vrai daron. Il a été appelé le *domagogue* de Dagenham. Je sais pas c'que c'est, mais si c'est quelqu'un qui CONNAÎT LA VÉRITÉ et LA DIT COMME ELLE EST, ben c'est lui.

Mais j'vais trop vite. D'abord, faut que j'vous parle de Ian. Ian, c'est lui qui m'a recruté, qui m'a montré le chemin.

Je l'ai rencontré au centre commercial. Un jour, j'étais assis là-bas, je savais pas quoi faire, et il est venu m'voir.

Je sais de quoi t'as besoin, qu'il a dit.

J'ai regardé, et j'ai vu un dieu. Crâne rasé, Doc montantes dix-huit trous, jean et T-shirt si moulants qu'on pouvait voir tous les muscles de son corps. Et super détendu, le gars qui gère. Il a enlevé sa veste et j'ai pu voir les tatouages sur ses avant-bras et ses biceps. Certains faits par des pros, comme le drapeau de saint George, certains qu'il avait faits lui-même comme le Skin Forever. Il était parfait.

Et j'ai su à ce moment-là que j'voulais c'qu'il avait. Il avait raison. Y savait ce qui m'fallait.

Y s'est mis à me parler. Y m'a posé des questions, m'a donné des réponses. Y m'a dit à qui je devais en vouloir pour mon daron qui retrouvait pas de taf, pour mon frangin toxico. Pour ma grosse pute de sa race de daronne partie à Gillingham. Il a tout replacé dans le contexte de la conspiration sioniste mondiale. M'a rendu ça plus familier avec des images que j'pouvais piger : les Pakis, les nègres, les demandeurs d'asile.

J'ai regardé autour de moi : Dagenham. J'ai vu du béton délabré, des Blancs déprimés, des Pakis tout contents. La population locale écrasée. Retour à Ian. Y m'regardait, le soleil derrière lui faisait comme un halo autour de sa tête, tout ça avait un vrai sens.

Je sens ta colère, qu'y m'a dit, je comprends ta haine.

Il a dit *haine* d'une manière parfaite.

Il en connaissait d'autres qui ressentaient exactement la même chose. Pourquoi je viendrais pas un peu plus tard, pour les rencontrer ?

J'y suis allé.

Et j'ai jamais regretté.

Ian n'est plus là. Après ce qui s'est passé.

Parce qu'à un moment, ça a merdé. Je veux dire, VRAIMENT merdé. Merdé au point qu'un corps se retrouve balancé dans les fondations du port du London Gateway.

La faute à Ian, c'est c'que j'ai dit. Tout du long. Il le fallait.

Heureusement, Derek était d'accord.

Derek Midgely. Un grand homme, comme j'disais. Le pub Saint George à la cité est devenu son QG. C'est là qu'on a nos réus. Il est assis là, en costard, avec un gin tonic, ses cheveux plaqués avec de la gomina, et nous, on se met tout autour, on attend qu'y nous fasse profiter un peu de sa sagesse, ou qu'il dévoile la dernière étape de son grand plan. Rien que d'être à côté de lui, c'est génial. Comme j'disais, un grand, grand homme.

J'suis allé là avec tous les autres le soir après la baston du centre communautaire. Je veux dire, à la réunion. Y avait les habitués. Derek évidemment, entouré de sa cour, les soldats dont je suis fier de faire partie, des gens de la cité (la population locale, comme dit Derek), quelques filles, et Adrian et Steve. Faut que j'explique un peu, là. Adrian est ce qu'on pourrait appeler un intellectuel. Il porte des lunettes et un duffel-coat toute l'année et il a toujours un sac en toile sur le dos. Il a des cheveux noirs et gras. À le r'garder, on dirait qu'il est ailleurs, y rit à des blagues qu'il est tout seul à piger. Je sais pas ce qu'y fait. Je sais qu'y surfe sur le net, qu'il en tire des choses, qu'il montre à Derek. Derek fait un signe de la tête, vérifie qu'aucun de nous n'a vu ce que c'était. Steve, c'est le conseiller local. Notre grand espoir blanc. Notre grosse baleine blanche, comme dit Derek. Avant, il était travailliste, jusqu'à ce qu'il voie la lumière, comme y dit. Ou jusqu'à ce qu'ils trouvent des fausses notes de frais et des drapeaux nazis dans son salon et que les travaillistes le foutent à la porte. Reste que c'est un vrai homme du peuple.

Derek parlait. Ce que vous avez fait hier soir, c'était grand et glorieux. Et je suis fier de chacun d'entre vous.

On a tous souri.

Mais Derek a poursuivi, je veux que vous fassiez profil bas jusqu'à jeudi, le jour du vote. Regardons les autres membres de notre parti jouer leur rôle. Nous avons tous un rôle à jouer.

Y nous a dit que la population locale irait tracter et mettre des affiches, tout le monde bien sapé, en costard, avec Steve en tournée et tout. Il causait bien, le Steve. Il raconterait comment qu'il avait quitté les travaillistes, dégoûté parce qu'ils étaient amis avec les Pakis, potes avec les demandeurs d'asile. Comment ils les ont invités à se servir de notre sécu, à monter des réseaux de prostitution et de trafic de drogue. Y dirait ça à tous ceux qu'y rencontrerait, pour les convaincre de voter pour lui. Derek disait que ça jouait sur leurs peurs légitimes, mais moi, je trouvais que ça sonnait si JUSTE. Qu'il joue sur ce qu'il voulait.

Il a continué. On écoutait. Je sentais que j'appartenais à tout ça. Que j'étais désiré, que j'avais une VALEUR. Les réus, c'était tout le temps comme ça.

COMME SI J'ÉTAIS ENFIN CHEZ MOI.

La réunion s'est terminée et tout le monde s'est mis à picoler.

Courtney, une des filles, est venue m'demander si je restais. Elle est petite avec un corps comme un tonneau et un regard dur. Elle a baisé presque tous les soldats. Des fois plusieurs fois, des fois plusieurs à la fois. Elle appelle ça son devoir patriotique. Un regard dur, mais un bon cœur. Une fois, j'les ai suivis. Y fallait. Tous les gars y sont allés. Mais j'ai pas fait grand-chose. Je suis resté assis, j'ai fait que r'garder la plupart du temps. J'les ai matés. J'ai pas vraiment été près d'elle.

En tout cas, elle m'a jeté ce regard. Elle s'est frottée à moi. M'a montré le haut de ses seins par le décolleté de son T-shirt. J'ai rougi. Et ça m'a mis en colère d'avoir rougi. J'lui ai dit qu'fallait que j'y aille, que j'pouvais pas m'payer un verre. Je touchais plus mon chômdu et Baz m'avait pas encore proposé de taf.

Elle m'a dit qu'elle allait retrouver certains des gars, après le pub. Je voulais venir ?

J'ai dit non, et j'me suis rentré.

Enfin, pas direct. Y avait quelque chose que j'devais faire avant. Quelque chose que j'pouvais pas dire au groupe.

Il y a une partie de la cité où faut PAS ALLER. En tout cas, pas tout seul. Pas la nuit. À moins d'être armé, à moins de vouloir quelque chose. Et moi, j'voulais quelque chose.

Y faisait noir. Des ombres sur des ombres. Du hip-hop et du reggae sortaient des fenêtres ouvertes. La cour était déserte. Je marchais sur du gravier, du verre brisé. J'sentais des yeux qui me regardaient. Des yeux invisibles. J'regrettais de pas avoir pris mon couteau. J'avais quand même mes muscles. Mon corps s'était endurci depuis qu'j'avais rejoint le parti, j'étais devenu grand et fort. Jamais j'avais été comme ça, à l'école. J'étais toujours le plus faible. Plus maintenant.

J'étais plus ou moins en sécurité, je l'savais. Tant qu'je faisais ce que j'étais venu faire, je me f'rais pas attaquer. Pasque c'est ici que vivent les nègres.

Je me suis posté au coin habituel et j'ai attendu. Je l'ai entendu avant d'le voir. Sorti du noir, dans l'allée, prenant son temps, le baggy sur les hanches, le Calvin Klein qui dépassait. Sa veste à moitié enlevée. Son corps saoul et déchiré.

Aaron. Le guerrier d'ébène.

Aaron. Le dealer.

J'ai avalé ma salive.

Il est venu tout près, m'a scruté. Son regard habituel, son sourire, comme s'il savait quelque chose que j'savais pas. Œil contre œil. Je pouvais sentir son souffle chaud sur ma joue. J'étais pas à l'aise. Comme chaque fois, avec lui.

Jez, il a dit doucement, étirant les bras. Tu kiffes ce que tu vois ?

J'ai avalé ma salive encore. Ma gorge était super sèche.

Tu sais ce que j'veux. Ma voix tremblait.

Il a eu son rire bien à lui. Je sais exactement, il a dit, et il a attendu.

Son souffle sentait le spliff et l'alcool. Il arrêtait pas de me mater. J'ai plongé la main dans ma poche de veste. J'ai sorti les thunes. Presque mes dernières, mais ça, il le savait pas.

Il a secoué la tête, sorti un truc sous cellophane de sa poche arrière.

Éclate-toi, il a dit.

C'est pas pour moi et tu l'sais.

Il s'est encore marré. Tu veux essayer ? De la skunk peut-être ? Là, avec moi ?

Je me drogue pas. Je bois à peine. Et il le sait. Il me provoquait, il connaissait très bien ma réponse.

Comme tu veux, il a fini par dire. Casse-toi alors, retourne dans ton petit monde hitlérien.

J'ai rien dit. J'ai jamais rien réussi à dire quand il me parle.

Puis il a fait un truc qu'il avait jamais fait avant. Il a touché mon bras.

Tu devrais pas haïr, il a dit. La vie est trop courte pour ça, t'as pigé ?

J'ai regardé ses doigts. Les premiers doigts noirs à me toucher. J'aurais dû les éjecter. Lui dire de pas m'toucher, le traiter de sale nègre, le frapper.

Mais j'l'ai pas fait. Ses doigts étaient chauds, et puissants.

Qu'est-c'que j'pouvais faire ? J'pouvais à peine entendre ma propre voix.

Tu devrais aimer, un peu ! il a dit.

Je me suis retourné, suis parti.

J'ai entendu son rire derrière moi.

À la maison, papa dormait sur le sofa. Y ronflait et y pétait. Je suis allé dans la chambre de Tom. Personne. J'ai mis le paquet sur sa table de chevet et j'suis ressorti.

J'avais pas menti à Courtney. C'était presque mes dernières thunes. J'aimais pas acheter des trucs pour Tom, mais qu'est-ce que j'pouvais faire ? C'était ça ou il sortait dans la rue pour vendre des trucs, des fois son corps, pour avoir du fric pour la dope. J'avais pas l'choix.

Je suis allé me pieuter, mais j'ai pas réussi à dormir. Des trucs me préoccupaient, mais je savais pas quoi. Sans doute les élections. Ouais, c'était ça. J'étais allongé, j'fixais le plafond, et je m'suis rendu compte que ma bite était dure. J'l'ai prise dans ma main. Ça me fera dormir, j'ai pensé. J'ai pensé fort à Courtney. Et à tous les gars.

Ça a fait l'affaire.

Les jours suivants ont été un peu flous. Pas grand-chose s'est passé. J'attendais : les élections, que Baz me trouve du taf, que Tom soit à court d'héro et qu'il ait besoin d'un autre shoot.

Puis jeudi est arrivé et c'était le jour des élections. Je suis allé tout fier au bureau de vote à mon ancienne école. J'ai r'gardé le nom des gamins sur les murs. Quasiment pas un putain de nom anglais. Ça m'a fait marquer la croix encore plus fort sur le bulletin.

J'ai veillé toute la nuit pour regarder les élections. Tom était sorti, mon daron s'était endormi.

C'est Steve qu'est passé.

J'étais comme un dingue.

J'avais gardé quelques canettes pour une grande occasion et j'suis allé les chercher. J'aurais aimé être au Saint George avec les autres, mais je savais que nous autres, les soldats, on pouvait pas. Mais bordel, comment J'AURAIS AIMÉ. C'est là qu'j'aurais dû être. Les gens avec qui j'aurais dû être. C'est à ça que J'APPARTENAIS.

Mais j'ai attendu. Mon heure viendrait.

Je suis resté chez moi toute la journée le lendemain. Perdu la notion du temps.

J'ai allumé la télé. Les infos locales. Elles racontaient ce qui s'était passé, interviewaient un Paki. Y se prétendait leader de sa communauté. Il disait que c'était pas de sa responsabilité si des gars de sa communauté s'étaient armés et avaient arpenté les rues à la recherche de membres du BNP. Son peuple avait le droit de se protéger.

Retour au studio. Et là y avait Derek, qui discutait avec un connard de Cambridge. En tout cas, il en avait l'air. C'est drôle, je croyais que les gens étaient censés avoir l'air plus grands à la télé. Derek avait l'air plus petit. Cheveux gras. Visage empâté. Gros nez. Presque comme un Juif, en fait. Et puis, j'me suis senti coupable de penser ça.

C'est ce que les gens veulent, il a dit. Le peuple a parlé. Ils en ont assez de ce gouvernement qui ignore l'opinion de monsieur et madame Tout-le-Monde. Et monsieur et madame Tout-le-Monde ont parlé. Nous ne sommes pas des extrémistes. Nous représentons ce que tout bon citoyen pense dans ce pays mais n'ose pas dire à cause du politiquement correct, de la peur de ce qui pourrait leur arriver.

Ça m'a fait du bien d'entendre ça. Puis y se sont tournés vers le connard de Cambridge. Il était psychologue, psychiatre ou sociologue, quelque chose comme ça. Je m'suis dit que ça allait barder, qu'il allait sortir des arguments contre et que Derek allait lui sauter dessus. Mais y l'a pas fait. Le sociologue a gardé son calme, il souriait presque.

C'est triste, il a dit. C'est triste que si peu de gens se rendent compte. Il semble que notre société formule ses réponses en termes d'amour ou de haine, les pense comme des opposés. Mais ce n'est pas le cas. C'est la même chose. Le contraire de l'amour n'est pas la haine. C'est l'indifférence.

Ils l'ont regardé.

Les gens ne détestent que ce qui les effraie en eux-mêmes. Ce qu'ils ont peur de devenir. Ce qu'ils aiment en cachette. Un fasciste, il a dit en faisant un geste vers Derek, va haïr la démocratie, la pluralité. Tout le reste, il a dit en haussant les épaules, c'est de l'indifférence.

J'aurais ri super fort si y avait eu quelqu'un avec moi dans la pièce.

Mais y avait personne, alors j'ai rien dit.

Un week-end à rester planqué. Dur, mais fallait l'faire. Ne pas leur donner de cible, nous avait dit Derek, ne pas leur donner de prétexte.

Le lundi, j'étais trop pressé de sortir, j'avais même hâte d'aller taffer.

D'abord, j'suis allé au centre commercial. J'avais mis mes plus belles fringues de skin. J'sais pas trop à quoi je m'attendais, genre un monde complètement différent, mais en fait, c'était le même qu'avant. J'marchais tout fier, et j'pouvais sentir les gens qui me regardaient. J'ai souri. Ils savaient qui j'étais. Quelles étaient mes convictions. C'était eux, les gens qu'avaient voté.

Dans leurs yeux, y avait de l'amour. Je le sentais.

En tout cas, c'était ce qu'il semblait.

De bonne humeur, j'suis allé voir Baz, prêt à bosser.

Et il a lâché une bombe.

Désolé mec, je peux plus te faire taffer.

Pourquoi ça ?

Il m'a juste regardé comme si la réponse était évidente. Comme j'avais l'air de pas comprendre, il a dû m'expliquer.

À cause de ce qui s'est passé. À cause de tes opinions. Alors, ne le prends pas mal, tu me connais. Je suis d'accord, y a trop de Pakis et de demandeurs d'asile ici. Mais plein de ces Pakis sont mes clients. Et bon ben, regarde-toi. J'peux pas t'amener avec moi dans la maison d'un Paki et te faire travailler pour lui, hein ? Donc, désolé mec, mais voilà, quoi.

J'étais dégoûté. Je suis sorti de là et j'ai su que j'avais plus une thune. J'ai su que, encore une fois, c'était la faute aux Pakis.

J'ai regardé autour de moi dans le centre commercial. Je voyais plus l'amour. Je voyais la une des journaux : UN RACISTE ÉLU À DAGENHAM.

Puis juste en dessous : VIREZ CETTE RACAILLE.

J'y croyais pas. Ils auraient dû nous accueillir à bras ouverts. Ça devait être le début de la révolution. Au lieu de ça, c'était la même merde que d'habitude. Je savais que les Pakis se cachaient derrière ça, et les Juifs aussi. Tous les journaux sont à eux.

Je savais pas où aller. Je suis allé au Saint George, mais y avait aucun des miens parce que c'était encore trop tôt le matin.

Alors j'ai marché toute la journée, j'ai essayé de réfléchir. J'arrivais à rien. Tout devenait encore plus embrouillé.

J'ai pensé retourner au Saint George. Y seraient là. En train de faire la fête. Puis y allait y avoir une marche tard dans les rues. Pour que les habitants, la population locale, sache qu'elle est en sécurité chez elle. Que tout le monde sache qui régnait dans la rue.

Mais j'avais pas envie.

Alors j'suis rentré.

Et après, j'ai regretté.

Tom était là. Il avait une sale gueule. Tout recroquevillé sur son lit. Il s'était vomi dessus.

Keskisspasse ? j'ai demandé. Tu veux voir un docteur ?

Il a réussi à secouer la tête. Non.

Alors quoi ?

De la dope. En manque. J'ai des crampes.

Et il a encore vomi.

Je m'suis reculé, je voulais pas en avoir sur moi.

Steuplaît, faut que tu me ramènes de la dope... Steuplaît...

J'ai plus de fric, j'ai dit.

Steuplaît...

Avec ses yeux qui m'imploraient. Qu'est-ce que j'pouvais faire ? C'est mon frangin. Ma chair et mon sang. Et faut s'occuper des siens.

Je serai pas long, j'lui ai dit.

J'suis sorti.

J'suis allé dans cette partie de la cité où on va pas. Je marchais vite, j'suis allé au spot habituel, j'ai attendu.

Il a fini par arriver. Y s'est planté devant moi.

Déjà de retour ? a dit Aaron. Puis il a souri. Tu peux pas te passer de moi, c'est ça ?

Y me faut de la dope, j'lui ai dit.

Aaron a attendu.

Mais j'ai pas de thune.

Aaron a gloussé. Alors pas de vente.

S'il te plaît. C'est pour... c'est urgent.

Aaron a regardé autour de lui. Il avait encore ce sourire. Jusqu'où t'es prêt à aller ?

Je l'ai regardé.

Jusqu'où ? Il a dit encore. Et il a mis sa main sur mon bras.

Il s'est rapproché de moi. Sa bouche collée à mon oreille. Il a chuchoté, m'a chatouillé. Mon cœur battait la chamade. Mes jambes tremblaient.

T'es comme moi, il a dit.

J'ai essayé d'parler. J'ai réussi à la deuxième tentative. Non, chuis pas comme toi.

Oh que si. On fait ce que la société attend de nous. On cache nos vrais sentiments. Ce qu'on est réellement.

J'ai essayé de secouer la tête, mais j'ai pas réussi.

Tu sais que j'ai raison. Il s'est rapproché encore. Sur ce qu'on est tous les deux.

Et il m'a embrassé. Direct sur la bouche.

Je l'ai pas repoussé. Je l'ai pas traité de sale nègre. Je l'ai pas frappé. Je l'ai embrassé.

Et puis on s'est pelotés dans tous les sens. Je voulais le toucher, sentir son corps, son superbe corps noir. Sentir sa bite. Il a fait pareil sur moi. Ce python était en moi, prêt à sortir. J'ai adoré ça.

J'ai pensé à l'école. Comment je me suis toujours senti différent. Je détestais les autres à cause de ça. J'ai pensé à Ian, à ce qui nous était arrivé. J'l'avais aimé. De tout mon cœur. Et lui m'avait aimé, aussi. Mais on avait été démasqués. Mais ce genre de trucs, c'est pas bien vu, dans le meilleur des cas. Alors il fallait que j'sauve ma peau. Que j'fasse comme si tout venait de lui. Alors j'l'ai dénoncé. J'l'ai jamais r'vu. J'ai jamais arrêté d'l'aimer.

J'adorais ce qu'Aaron était en train d'me faire. C'était pas bien. Mais c'était tellement bien.

Je l'avais dans ma main, je le voulais dans mon corps. J'étais prêt à le prendre.

Puis y a eu un bruit.

On était tellement à fond qu'on les a pas entendus arriver.

Alors c'est là qu't'es, y z'ont dit. Tu baises un sale nègre au lieu d'être avec nous.

Les soldats de la révolution. En patrouille. Et tout équipés.

J'ai regardé Aaron. Il avait l'air terrifié.

Bon, c'est d'sa faute. Fallait que je chope pour mon frangin…

Ils écoutaient pas. Ils nous mataient. La haine dans leurs yeux. Pour eux, j'étais plus un des leurs, j'étais l'ennemi, maintenant.

Tu veux courir, baiseur de nègres ? Ou tu veux rester là et te faire tabasser avec ton petit copain ?

J'ai r'fermé ma braguette. J'ai regardé Aaron.

Ils ont vu le regard.

Cours, m'a dit la machine, les yeux pleins de haine. Mais à partir de maintenant, tu vaux pas mieux qu'un nègre ou qu'un Paki.

J'ai couru.

Derrière moi, j'les entendais s'attaquer à Aaron.

J'ai continué à courir.

J'pouvais pas rentrer. J'avais pas de dope pour Tom. J'pouvais pas rester où j'étais. La prochaine fois, j'aurais peut-être pas autant de chance.

Alors, j'ai couru.

Je sais pas où.

Au bout d'un moment, j'en pouvais plus. J'ai ralenti, j'ai essayé de reprendre mon souffle. Trop fatigué pour continuer à courir, pour me défendre.

Je savais qui j'étais. Enfin. Je savais CE QUE J'ÉTAIS.

Et cette vérité-là était douloureuse. J'avais mal.

Et puis j'les ai vus au bout de la rue. Des Pakis.

Un gang. Dehors pour protéger leur propre communauté. Ils m'ont vu. Se sont mis à courir.

J'étais trop fatigué. Je ne pouvais pas m'enfuir. J'suis resté à les attendre. Je voulais leur dire que j'étais pas une menace, que je les haïssais pas.

Mais ils criaient, hurlaient, la haine dans leurs yeux.

Une machine. Des rouages et du fracas et des poings et des marteaux.

J'ai attendu, souri.

De l'amour brillait dans mes yeux.

Bradford

SIC TRANSIT GLORIA MUNDI

Joolz Denby

Joolz Denby est née en 1955. Après avoir été successivement bikeuse hors-la-loi, punk-rockeuse et Goth Queen, *elle est aujourd'hui universitaire dans le domaine des modifications corporelles. Poétesse, graphiste et romancière, elle est l'auteur de* Stone Baby *(Folio Policier n° 574) qui lui a valu en 1998 le prix du Premier roman de la Crime Writer's Association et a déjà été traduit en russe, allemand et japonais.*

On a rempli six sacs-poubelles noirs avec nos affaires et on les a mis dans la camionnette de location : c'était ce qu'on voulait prendre avec nous ; dans la maison, on en a laissé une douzaine d'autres pleins de bordel à jeter. On avait « nettoyé » aussi — ou, du moins, ce qu'on considérait comme nettoyer — ce n'est pas une excuse, mais de toute façon, il aurait fallu un décapeur industriel pour réussir à faire partir la crasse de la cuisine. Et on a laissé un mot, scotché sur le miroir piqueté de l'entrée :

Cher monsieur Suleiman,

Nous sommes vraiment désolés de nous enfuir sans vous payer le loyer que nous vous devons. Un jour nous reviendrons et vous rembourserons. C'est promis.

Bien à vous,

LES LOCATAIRES DU 166.

Et on s'est mis en route au milieu de la nuit, un vieux lecteur radiocassette calé sur le tableau de bord dégueulasse, la pluie dégoulinant sur le pare-brise tandis que l'essuie-glace déglingué tressaillait par à-coups. On a mis « Babylon's Burning » à fond la caisse et on a ri, et tu as enfoncé la pédale jusqu'à ce que le moteur rugisse.

Oh putain, fuir Bradford pendant la décennie perdue, partie et tristement inoubliée des années 1980. Foncer dans le grand esprit doré du soleil levant en une fuite brûlante et tant attendue vers la liberté, loin de la fange vicieuse et collante de l'Angleterre des petites villes ; les allocs qui tombent toutes les semaines et juste assez de *junk food* pour se maintenir en vie, chaque samedi soir les mêmes soirées passées à boire, à se battre et à rêver, chaque dimanche un après-midi long et foutu, tout le monde qui se plaint de sa vie de merde et si seulement on avait les couilles. Ouais, à les écouter, ils seraient des rock stars, des héros, *quelqu'un*.

S'ils avaient les couilles, oui. Si un dieu là-haut faisait tout pour eux, ils seraient en route pour Londres en un rien de temps, parce que, comme on le savait tous, c'était à Londres que tout se passait. C'était là qu'il y avait des soirées *über-cool* avec des nuages pailletés de *beautiful people*, qui portaient des fringues de boutiques si branchées que leur nom seul était une transgression, où même la minette la plus minable devenait un tel emblème de la contre-culture qu'elle avait sa tronche dans

Sounds, là où les rues étaient pavées de cocaïne et les caniveaux remplis de Jack Daniels dans des effluves de douce décadence. La pisse de l'homme riche, le sang du rock'n'roll. On savait tous que c'était vrai à cent dix pour cent : quel journaliste faisait l'éloge des soirées punk de Queen's Hall ou d'une boîte de nuit de Chester, par exemple ? Non, il fallait être à Londres : tout, tout le monde, tous les plaisirs étincelants, luxuriants et enviés étaient planqués dans les entrailles de cette vieille bête. On le savait. On l'avait lu dans tous les journaux, dans tous les suppléments culturels du week-end, tous les magazines musicaux et les romans à la mode, depuis toujours. C'était comme ça, et nous, on était de pauvres ploucs sur nos collines sauvages qui admirions, depuis notre sombre monde éclairé à la torche, cette superstar divine qu'était Londres, Londres, Londres.

On était donc assis dans cette camionnette qui dévalait la M 1, l'adrénaline cramait nos cerveaux, une passion messianique nous dévorait, on brûlait, prêts à faire un malheur. On n'était pas des gosses, oh que non ; on n'était pas des ados fugueurs ; on avait plus de vingt-cinq ans et on était de vrais artistes, on avait *presque* signé un contrat avec EMI ; sans le sou, sans doute, mais on avait travaillé comme des chiens pour en arriver là — alors ce n'était pas un de ces connards de maison de disques qui allait gâcher notre Grande Chance. On serait en plein Londres, on pourrait tout contrôler. On n'allait pas devenir des starlettes jetables, ah ça, non — on allait révolutionner la musique, la littérature, l'art, la vie, *pour toujours*. Ces Londoniens décadents, snobs et lèche-cul seraient bien obligés de nous accueillir à bras ouverts parce que nous étions l'avenir, nous étions des guerriers de la nouveauté. Vêtus de nos armures de cuir faites main et de nos loques noires, on tirait mes vieilles cartes de tarot et on voyait l'extase grandir derrière nous, comme une prophétie.

Ça pouvait pas se passer autrement. On l'avait dit à tout le monde. On avait été les princes et les princesses de notre bled, et maintenant on serait les rois et reines du Smoke. On avait provoqué le destin, invoqué les dieux. C'était une affaire entendue.

Cet hiver-là, nous avions tous les six dormi par terre dans une chambre du minuscule appartement de la sœur de notre chanteuse, à Highbury New Park, le ghetto nord. Emmitouflés comme des chrysalides dans nos sacs de couchage puants, on attendait le printemps pour pouvoir éclore comme des papillons. La nuit, le sol se mouvait comme une moquette vivante et l'air se vidait de tout oxygène, mais il faisait trop froid et trop noir pour ouvrir la fenêtre. Personne n'avait jamais dit, dans tous ces magazines ou à la télé, que Londres était si décatie, sale et remplie d'ordures ; c'était terriblement crade. Si vous mettiez un T-shirt propre, il était noir après dix minutes d'exposition à la puanteur pesante et complètement enfumée du trafic monstrueux et grouillant. Si vous vous mouchiez, la morve était noire ; si vous vous démaquilliez, la crème était mouchetée de grumeaux gris qui n'étaient pas du mascara. La crasse avait son odeur aussi, aigre et rance, suspendue à cet air stagnant comme un voile répugnant.

Chez nous, le vent frais venu de la lande se répandait dans les canyons séparant les bâtiments gothiques en grès, bordé d'une senteur légère de bruyère, et la douce poussière de nos terres décapait les rues tordues et illuminait nos joues de roses sauvages… Mais ça, on le pensait tous sans le dire aux autres, pour ne pas passer pour le maillon faible du groupe.

Ça ne servait à rien de penser comme ça. On était là pour durer, pour faire notre trou. Alors on revenait à la réalité, ici, maintenant, et on se disait, rien à foutre des *Hauts de Hurlevent* : on pouvait aller au Heaven, être sur les guest-lists, rien que grâce au dernier article paru dans *NME* sur notre fulgurante ascension vers la célébrité, ou à mon masque rugissant ornant la première page de *Time Out* — genre kabuki, des yeux de fille rebelle, pétillants, brûlants de déraison et de furie. Selon nous, qui n'avions jamais appris à penser autrement, il valait mieux être célèbres que manger à notre faim — et il valait mieux être détesté qu'anonyme. On n'avait pas besoin de faire la queue comme les autres péquenots, dans quelque boîte que ce soit, quel que soit le soir, à écouter les voyelles hachées ou les accents traînants et chantants du Nord, de l'Ouest, ou des autres grandes villes du pays — ce que les Londoniens appelaient « la province » avec ce ton particulier dans la voix qui donnait envie de leur cracher au visage.

Alors on passait devant les gémissements *made in Liverpool* ou les plaintes *made in Birmingham*, et on entrait à grandes enjambées dans un nuage de patchouli, de cheveux brûlés à force de crêpages et de lissages, de spray Elnett, jusqu'au territoire dont les autres ne pouvaient que rêver. Une boîte de nuit londonienne : wow. Les moquettes patinées de boue et de vieux chewing-gums marinaient dans la bière et la gerbe. Les verres étaient en plastique et les boissons, coupées à l'eau, valaient une fortune ; les toilettes, elles, ressemblaient à un raz-de-marée de pisse avec des cabines bousillées, puantes, gribouillées, sans PQ, avec des portes battantes qui ne fermaient plus. On n'avait jamais vraiment rien sans rien, à Londres, vous voyez ; ça prouvait à quel point ils étaient malins, les vrais Londoniens, personne pouvait les battre.

On n'a jamais rencontré de vrai Londonien de toute façon, pas un seul du genre né et élevé ici. Il y en avait peut-être, mais on ne les a jamais trouvés. En tout cas, pas un qui pouvait vraiment dire qu'il avait vu le jour sous la clameur joyeuse des cloches de St Mary-le-Bow[1], le vacarme grossier mais réconfortant d'un vieux pianiste de pub chantant à pleins poumons « Miybe It's Becorse I'm

1. On dit souvent qu'un vrai Cockney se doit de naître dans la zone où il est possible d'entendre les cloches de cette église.

a Lunnoner », et les sourires nacrés des membres de la famille royale distribuant des plateaux d'anguilles et de coques en gelée. Non, les gens disaient qu'ils étaient de Londres, mais il y avait toujours un autre endroit caché dans un passé poussiéreux rapidement oublié ; ils vivaient à Londres depuis, pfff, houla, une éternité. Mais ils venaient de Leicester, Bristol, Glasgow, Chypre, Athènes, Berlin ou Ankara. Ils étaient venus pour devenir célèbres mais, jusqu'à ce jour, ils faisaient la plonge, balançaient des assiettes de bouffe grasse sur les tables d'un café, ou galéraient dans la jungle des briseurs de cœurs des bureaux d'aide à l'emploi.

Oh, quel froid périple nous avons vécu, et nous n'étions pas les seuls, vraiment pas. Mais qu'est-ce qu'on en avait à foutre ? Si on avait le mal du pays ou mal au cœur, on se redressait, on essuyait nos larmes (pour les filles), on desserrait nos mâchoires de pierre (pour les mecs) et on reprenait à zéro notre carrière de futures stars dans le monde artistique. On leur montrerait, on n'allait pas rentrer chez nous en rampant comme de misérables froussards sans rien dans les tripes. On avait un rendez-vous chez EMI le lendemain, et on leur dirait comment ça s'était passé, et le soir suivant, on avait un *happening* dans un ancien hangar près du fleuve, avec des installations, une mannequin nue dans une cuve remplie de gelée, le tout organisé par le duo artistique le plus en vogue du moment, une bande de poètes skin-punk déclamant leurs textes, et deux des nouveaux groupes londoniens bricolés à partir des vieux restes des nouveaux groupes londoniens de l'année dernière.

Dans combien de *happenings* de ce genre est-ce qu'on est allés, en espérant des tourbillons de décadence et d'excès, tout ça pour finir devant une maquette à moitié foirée dans un squat déglingué et plein de courants d'air, à côté d'une anorexique extasiée se faisant trimbaler dans une brouette rouillée dégoulinant de gelée au citron par deux écoliers dont les pères aristos avaient été artistes à Hampstead dans les années 1960, et des gens qu'on reconnaissait parce qu'on les avait vus dans les magazines et qui se paluchaient sur l'authenticité et l'audace artistique avant d'essuyer leur nez coké et de s'envoyer des tapes dans le dos ? Ils se connaissaient tous, toujours grâce aux études et à leurs familles, mais jamais ils ne nous connaissaient — Dieu soit loué, nous, on les connaissait, et on savait ce qu'était la réalité, pas eux. Ils ne savent toujours pas, aujourd'hui. Quoi qu'il en soit, toutes ces soirées se terminaient en bastons à cause de la frustration et de la rage qu'on ressentait face à ces putains de fantômes recousus de partout. On les effrayait, ces faux Londoniens, on les faisait trembler comme des feuilles. Ouais, ouais, ouais — tout leur baratin sur l'ultra-violence voyeuriste et le frisson de la rue s'évaporait comme une brume huileuse sur une mare stagnante quand ils voyaient qui on était vraiment. Ils ne nous ont jamais vraiment connus, non, jamais. Ils ne nous ont jamais vus pleurer.

Oh, tout ça n'était que fausseté, foutaise, fourberie : nous, on se démenait pour révéler la vraie nature des choses, on croyait qu'on pourrait, en disant la vérité, en faisant éclater les coutures des vieux mensonges, se libérer, nous et toute notre tribu ; pendant ce temps, Londres poursuivait son chemin, un poids lourd chargé d'illusions perdues, tous ces petits mannequins cherchant le tailleur qui avait réalisé les jôôlis habits neufs de l'empereur afin de pouvoir singer le grand homme et peut-être, peut-être, s'emparer au passage d'un tout petit morceau du reflet de sa gloire. C'était une danse macabre sans fin, et on ne se rendait pas compte à quel point nos os fatiguaient.

Puis, pour nous, tout s'est cassé la gueule en vingt-quatre heures.

Quand on s'est réveillés ce jour-là, on savait qu'on n'allait pas pouvoir voir le ciel. Ça ne semblait pas grand-chose, mais ça nous a quand même atteints, ça nous a oppressés et assombris comme ces affreux bâtiments gris qui menaçaient de s'écrouler au-dessus de nos têtes, avec les exhalaisons de leurs systèmes de ventilation et d'extracteurs de fumées qui nous balançaient des pets rances puant la bouffe dans l'air affamé, nous étouffant au passage. Vous voyez, à Bradford, le ciel se déplace sans cesse au-dessus de nos têtes, dessinant de vastes paysages nuageux, libres et changeants comme le pouls fougueux de la nature — le grès de la ville est d'une patine gris ambré —, illuminés de l'intérieur par une multitude de prismes quand le soleil vient à se coucher. On vit dans une flamme, dans une peinture de Turner, dans une lampe à pétrole. À Londres, on mourait par manque de lumière.

Ce matin-là, on était sûrs que ce serait encore une de ces journées londoniennes. Et ce fut le cas. Le soir même, je fêtais mes trente ans et je n'étais plus une enfant. J'avais décidé de faire une fête. Ça allait se passer à l'Embassy Club, on avait tout privatisé, juste pour la tribu, et ce serait un adieu convenable à ma jeunesse chaotique. J'ai passé des heures à me coiffer et à me mettre du khôl et, au final, je ressemblais à une prêtresse de Cnossos, sauf que ma pudeur m'avait poussée à me couvrir la poitrine. Et pour les serpents, c'était facile, je les avais en tatouage.

Combien de temps est-ce que ma fête d'anniversaire a duré, dans cette cave miteuse en velours rouge qui puait le moisi, avant que ces crevards de pique-assiettes débarquent, à cracher sur l'alcool qu'ils nous piquaient, tout en crissant et caquetant comme des pies, contre nous, les soi-disant barbares ? Combien de temps est-ce que ça a pris, avant que l'un d'eux s'en prenne à la mauvaise personne, et que ça parte en vrille ? Pas longtemps, croyez-moi. Puis il y a eu des nez cassés, des yeux au beurre noir, des lèvres ouvertes suintant aussitôt sur des dents aiguisées, et les cris perçants de harpies maigrelettes qui encourageaient leurs compagnons vêtus de cuir à « casser la gueule à cette pute ». *Cette pute* se tenait à l'écart du maelström, autour duquel valsaient les verres brisés, les giclées de sang, et elle se disait : *ça suffit.* Alors cette pute, qui n'était autre que moi, évidemment, naturellement, a attrapé un tabouret haut, l'a levé au-dessus de sa tête et l'a balancé contre l'immense miroir du bar, le transformant en une pluie d'éclats, juste histoire de ne plus voir son propre reflet.

Puis le silence s'est fait, on n'entendait plus que des souffles et quelqu'un en train de tousser à cause du coup qu'il s'était pris dans le bide. Et les chacals galeux ont filé, la queue entre les jambes, quand les videurs ont débarqué — plus en retard que jamais — et ont essayé de se la jouer menaçants, sauf que personne n'avait l'énergie suffisante pour les prendre au sérieux.

Je suis allée voir le patron du bar pour lui dire que j'étais désolée d'avoir cassé le miroir, qui avait l'air cher, et il m'a répondu que je n'avais pas à l'être.

Non, lui ai-je dit, c'est ma faute, je vais le rembourser, c'est normal, même si j'étais un peu nerveuse parce que j'étais fauchée comme les blés, comme d'habitude.

Non, m'a-t-il dit, ce n'est pas votre faute.

Mais si, lui ai-je dit. C'était ma faute.

Non, vous n'y êtes pour rien, m'a-t-il dit, vous ne l'avez pas cassé, ce n'est rien ; vous êtes célèbre, nous vous connaissons tous, *les gens comme vous n'ont pas besoin de payer pour ce qu'ils font.*

Un abysse s'est alors ouvert devant moi, ça puait le soufre de ce que je pouvais devenir, de la part de moi-même qui frottait ses mains corrompues et en parlant tout bas de gloire, de pouvoir, de démesure, ce qui pourrait signifier la fin de la liberté et la mort de mon âme, et j'étais pourtant bien consciente qu'un million d'aspirants me prendraient pour la pire idiote qui soit si je ne m'ouvrais pas le pouce sur-le-champ pour signer de mon sang en bas de la page. Alors j'ai jeté du fric sur le bar — clairement pas assez — puis je suis sortie de ce trou à rats de merde, mes jolies bottes dorées écrasant les bris de glace, et j'étais vraiment dégoûtée par la petitesse désolée et sordide de cette possibilité que j'avais de vendre mon âme. Parce que si je vendais mon âme immortelle, serait-ce, mes frères et sœurs, pour avoir mes entrées dans les clubs minables et les soirées sordides d'une ville dévergondée et décatie sur une petite île au large des côtes européennes ? Oh, je ne pense pas, non, tel que je vois les choses, je ne pense vraiment pas. Seul l'univers suffirait à satisfaire *mes* désirs, et j'y travaille encore.

Alors on a quitté Londres et on est rentrés à Bradford en deux temps trois mouvements, sans y réfléchir à deux fois. On a loué une autre maison en pierre sur les pentes des collines de notre chère ville folle et secrète, on a respiré l'air pur avec un profond soulagement, on a payé à monsieur Suleiman ce qu'on lui devait et plus, il nous a dit qu'il savait qu'on reviendrait un jour, on s'est tous serré la main et tout était bien. Puis on a mis en musique et en mots nos propres histoires, en peintures et en livres nos propres témoignages. On l'a fait, on le fait encore et on le fera toujours, amen. De plus en plus forts, de plus en plus éclatants. Et je suis heureuse d'avoir vu ce que j'ai vu quand je l'ai vu, avant d'être aveuglée par la routine et le désespoir, comme tant de personnes que j'ai connues et qui sont perdues, à présent irrécupérables.

Vingt années ont passé depuis cette soirée et je me demande encore ce qu'on a tant détesté pendant notre séjour dans la Great Wen[1]. Quel était le grain de sable dans l'huître, la bombe qui faisait tic-tac en son cœur ? J'ai entendu des tas d'histoires de solitude et de peur, de souffrance auto-infligée et de suicide, de folie et d'addiction, d'autres qui étaient finalement rentrés chez eux soigner leurs plaies, mais ce n'était pas ce qui nous était arrivé. Non, au final, ce qui a fini d'achever Londres pour nous, ce n'est ni la corruption ni les scandales, non, rien de tel, rien de si grandiose.

Sic transit gloria mundi — ainsi passe la gloire du monde.

Londres, cette capitale prétentieuse, s'éteint sans gloire, voyez-vous. Sans grandeur, sans aucune forme de joie, sans passion, sans flamme, sans beauté. Au final, voyez-vous, Londres a juste été une putain de grosse *déception*.

Et vous savez quoi ? Elle l'est encore.

C'est tout.

1. « Le grand kyste », surnom donné à Londres au début du XIXe siècle par les défenseurs de la ruralité anglaise de l'époque.

New Cross

NEW ROSE

John Williams

John Williams et né à Cardiff en 1961, il écrit pour un fanzine punk et joue dans des groupes avant de s'installer à Londres et de devenir journaliste. Il a écrit plusieurs romans, dont Gueule de bois *(Rivages/Noir) et sa* Trilogie des Docks *(L'Esprit des Péninsules) qui se déroule à Cardiff.*

Mac avait lu quelques années plus tôt l'interview d'un chanteur de soul britannique dont la carrière avait eu des hauts et des bas. On demandait au type s'il pensait avoir réussi. « Eh bien, avait-il répondu, je n'ai plus jamais eu besoin de faire le taxi. » Ces jours-ci, cette phrase revenait souvent dans la tête de Mac quand il conduisait quelqu'un à l'hôtel Academy ou qu'il traînait au bureau à jouer aux cartes avec Kemal, le veilleur de nuit, en attendant un appel.

Être taxi ne posait pas de problème particulier à Mac. Il y avait bien pire, il en avait conscience, et puis ça collait assez bien avec son mode de vie. Ce qui lui plaisait, ce n'était pas seulement de bosser la nuit, mais de pouvoir démissionner comme ça, d'un coup, s'il trouvait quelque chose de mieux. Trois mois plus tôt, il avait été le manager de la tournée des Lords — un groupe de punks australiens réformés qu'il connaissait de l'époque. Et la dernière fois que quelqu'un avait demandé à Mac de remettre un groupe sur les rails, c'était six mois auparavant. Mac avait fait partie d'un des groupes punk des origines, en 1976, mais un de ceux qui avaient oublié d'entrer dans la légende. Ils avaient quelques fans en Italie, et dans la plupart des pays qui constituaient la Yougoslavie à l'époque, mais guère plus.

Cinq heures du mat', quelqu'un appela pour une course à l'aéroport de Heathrow. Kemal regarda Mac, qui soupira puis acquiesça. 7 h 15, la course terminée, il rentra chez lui, dans sa petite maison de pierre à Gospel Oak. Jackie se levait à peine, elle préparait du thé et engueulait les gosses, deux adolescents, pour les faire sortir du lit.

« Salut, dit-il en s'affalant dans le canapé, complètement vanné.

— Salut.

— C'était sympa, hier soir ? » Jackie était sortie avec quelques collègues de l'école.

« Ouais, sympa, répondit-elle. Tiens, il y avait un message pour toi quand je suis rentrée. De la part d'un certain Etheridge. Il veut que tu le rappelles. On dirait que c'est au sujet d'un boulot. Etheridge… Pourquoi est-ce que ce nom me dit quelque chose ?

— C'était le manager de Ross, à l'époque, tu te souviens ?

— Ah, lui… fit Jackie en tirant la tronche.

— Ouais, lui, il se débrouille pas mal, ces temps-ci, il a son propre label et son agence artistique. Il a laissé un numéro ?

— Ouais, près du téléphone.

— OK, répondit Mac en s'étirant, prêt à aller se coucher. Je l'appellerai plus tard. »

« Alors ? demanda Jackie à l'heure du thé, quand vint son tour de se jeter dans le canapé, l'air complètement crevée, après une journée à l'école à s'occuper d'enfants en difficulté. Qu'est-ce qu'il voulait, cet Etheridge ?

— Il veut que je parle à quelqu'un.

— Ah ouais, à quelqu'un en particulier ?

— Oui, quelqu'un qu'il veut mettre sur scène, et il a entendu dire que j'étais la personne la mieux à même de convaincre le type de faire un concert ou, du moins, de le dessaouler suffisamment pour qu'il monte sur scène.

— Oh mon Dieu, fit Jackie, pas cet enfoiré de Luke.

— Si, c'est justement cet enfoiré de Luke qu'il veut. C'est les vingt-cinq ans du label et ils organisent une série de concerts pour fêter ça, ils veulent vraiment que Luke en soit, comme c'est lui qui a tout fait démarrer, à l'époque. J'aurai une bonne commission et tout, si j'arrive à le faire monter sur scène.

— Tant que tu ne le ramènes plus ici… Surtout pas après la dernière fois. Pas s'il boit toujours, reprit Jackie en secouant la tête.

— Oh, il y a fort à parier qu'il n'a pas arrêté. »

Luke North était un autre vieux de la vieille des années 1976-1977 qui, tout comme Mac, avait fait tous ses concerts sous speed, couvert des crachats de la foule en délire[1]. Sauf que le groupe de Luke avait été repéré par ce gros bonnet de la radio, John Peel[2], et qu'une sorte de culte s'était construit autour d'eux pendant quelques années. Tous les dix ans environ, les membres d'un groupe annonçaient que leurs héros, c'était Luke et sa bande, et puis il y avait de temps en temps un article dans le *NME* sur son génie dissolu, ou quelque chose dans le genre.

Toutes ces histoires ont l'air cool quand on les lit dans les journaux, bien sûr, mais ça devient un peu différent dès qu'on s'en approche. La vérité, c'était que Luke était un pauvre con et qu'il avait cette capacité à foutre la merde dans la vie de toute personne qui entrait dans son orbite. Mais pour être honnête, il avait du charme, un certain charisme même, et, dans la mesure où Mac n'avait jamais eu l'intention de faire sa vie avec lui, ils s'étaient toujours bien entendus. Ils étaient assez proches au début, puis avaient pris de la distance, comme souvent, et s'étaient ensuite retrouvés lors d'une tournée en Slovénie, quelques années auparavant, quand ils étaient tous les deux dans le creux de la vague. Depuis, Luke appelait environ une fois par mois et ils allaient parfois prendre un verre.

1. Au début des années punk, au Royaume-Uni, lors des concerts, le public avait pour habitude de cracher sur le groupe pour lui montrer sa satisfaction.

2. Célèbre disc-jockey, animateur radio et journaliste britannique du début des années 1960 à sa mort, en 2004, connu notamment pour avoir découvert de nombreux groupes.

Il était arrivé à Mac de le ramener à Gospel Oak, mais Jackie n'appréciait pas trop. Elle disait qu'elle l'aimait bien, qu'elle voyait bien ce qu'on pouvait lui trouver, mais qu'il y avait quelque chose en lui qui la mettait très mal à l'aise. Mac n'avait jamais vraiment compris ce qu'elle entendait par là, jusqu'à la dernière visite en date de Luke. Il était vraiment ivre, peut-être même plus que ça. Il n'avait rien mangé de ce qu'on lui avait servi, il avait écrasé ses clopes dans son assiette, entre autres, ce qui n'était déjà pas terrible, mais cette fois-là, Mac avait vraiment compris ce que Jackie voulait dire. Il y avait quelque chose — pas de démoniaque, ce serait exagéré — mais de pourri, quelque chose de vraiment pourri qui émanait de lui. Cela s'était passé trois ou quatre mois auparavant et, depuis, Mac ne l'avait revu qu'une seule fois.

Mais apparemment, c'était déjà plus que n'importe qui d'autre, et si Etheridge était prêt à lui payer des « honoraires de consultance » élevés juste pour le faire monter sur scène, eh bien Mac ne pouvait pas refuser.

Après avoir appelé en vain les quelques numéros qu'il avait pour joindre Luke, Mac décida de faire le tour des différents repaires possibles, entre ses courses. Un petit tour à Soho lui offrit l'occasion de se rendre au Colony et au French ; Luke aimait bien ces vieux rades bohèmes. Pas de trace de Luke, ce qui n'était pas surprenant dans le fond : Etheridge l'aurait déjà retrouvé s'il traînait à Soho. Idem à

Camden Town. Mac alla voir au Good Mixer et au Dublin Castle au cas où, mais toujours personne, hormis des touristes japonais qui espéraient croiser un membre de Blur. Mac se dit que c'était ridicule : il y avait des millions de rades dans Londres et ses chances de tomber par hasard sur Luke étaient quasi nulles. Encore fallait-il qu'il soit dans un bar, et pas complètement déchiré dans un appart quelconque à Walthamstow, Peckham ou Dieu savait où.

Sur le point de laisser tomber, une course l'amena vers la station London Bridge ; il eut comme une inspiration. Quelques années plus tôt, Luke avait eu un enfant avec une femme qui tenait un pub, juste à côté. Enfin, elle ne tenait pas de pub à l'époque, mais maintenant, si. Luke avait emmené Mac dans ce bar, il y avait un an environ. Il venait de Bermondsey, Luke, à l'origine. Au fur et à mesure des années, il était devenu international, comme le rock'n'roll, mais si on grattait la surface, on tombait sur un modeste petit marchand de légumes. Et pendant des années, à ses débuts, il avait eu cette petite amie qui était comme lui, une Londonienne venue d'Irlande : elle s'appelait Linda.

Le pub était calé sous les rails, un vrai rade avec un billard, un juke-box et des vieux habitués au comptoir.

Linda jouait aux fléchettes quand Mac entra. C'était une femme grande, charmante plus que jolie, des cheveux châtains, une ossature solide, elle aurait presque pu vous casser la gueule toute seule si vous lui cherchiez des noises. Il attendit qu'elle finisse et la salua : « Ça va, chérie ? »

Elle le regarda l'air incertain un moment, puis lui adressa un large sourire avant de venir l'embrasser. Les femmes aimaient bien Mac : il était grand, fort, et il gardait ses problèmes pour lui. Et puis, dans ce cas particulier, il y avait un certain passif. C'était il y avait très longtemps, si longtemps que Mac ne s'en était pas souvenu avant de sentir ses bras autour de lui, mais une fois, il y avait environ vingt ans de cela, ils avaient passé comme qui dirait une nuit ensemble. Rien de bien sérieux, ils s'étaient juste un peu marrés un soir où Luke l'avait rendue folle.

« Alors, lui dit-elle, l'attirant vers le bar, qu'est-ce qui t'amène ici ?

— Eh bien, le plaisir de ta compagnie, bien sûr.

— Ah ouais ? fit Linda, lui jetant un sacré regard qui montrait qu'elle n'était pas dupe, mais qu'elle laisserait pisser pour le moment. Alors, comment va la famille ?

— Bien. Ça pousse, tu sais. Comment va ton fils ? »

Linda secoua la tête. « En prison.

— Oh, se contenta de dire Mac, qui n'avait pas tendance à formuler des jugements trop rapides, parce qu'il avait lui-même passé du temps à l'ombre dans sa folle jeunesse. Rien de grave ?

— Pas vraiment, il a été pris avec quelques ecstas sur lui, et on l'a soupçonné de dealer, expliqua Linda en faisant la moue.

— Quoi, ils l'ont envoyé en taule pour ça ? »

Elle secoua légèrement la tête.

« Ah, une récidive sans doute.

— Oui, c'est ça. Tel père, tel fils, non ? reprit-elle avec une sorte de sourire.

— Ouais, bon, ça a toujours été un sacré personnage, ton Luke, c'est sûr. Tu l'as vu, récemment ? »

Il se sentait un peu comme un enfoiré d'avoir laissé passer cette question.

« Luke ? Ouais, de temps en temps, enfin... tu sais comme il est. »

Elle s'interrompit et but une gorgée du verre qu'elle avait laissé sur le bar, c'était peut-être du Coca, mais Mac n'en aurait pas mis sa main au feu.

« Tu sais ce que je pensais à l'époque ? dit-elle.

— Non. »

Mac se souvenait d'elle à cette période, une jeune femme dynamique dans une jupe en tweed, serveuse au Cambridge. Ah, c'était drôle de penser à ça, mais au final, elle était la seule à avoir réussi à faire avancer sa carrière : de barmaid à gérante, ça valait clairement mieux que de punk-rocker à punk-rocker-sur-le-retour et taxi à mi-temps.

« À l'époque, pour moi, vous étiez comme des jumeaux. Luke était le petit ange, et toi, le petit démon.

— Moi ? s'exclama Mac, l'air faussement outré. Un démon ?

— Eh bien, tu sortais à peine de Strangeways[1] quand je t'ai rencontré. »

1. Prison de Manchester.

Mac hocha la tête : c'était vrai. Le groupe auquel il appartenait à Manchester était constitué de vrais petits hooligans et ils avaient volé tout leur matos dans des magasins de musique. Et pas de manière très subtile. Une brique dans la vitrine en pleine nuit, puis embarquer tout ce qu'il était possible de porter. Pas étonnant qu'il ait fini en taule.

« Et puis, plus tard, j'ai eu l'impression de m'être plantée sur toute la ligne. Tu étais l'ange et moi, j'avais choisi le démon. »

Mac l'observait sans rien dire. Dans leur business, on ne suivait pas les mêmes règles. Quand tu étais dans un groupe, personne ne s'attendait à ce que tu te tiennes bien. Si tu sortais avec une femme, on s'attendait à ce que tu en aies d'autres. Au moins en tournée. Est-ce que Luke avait été pire que lui ? Il n'en savait rien, il n'était pas vraiment du genre à juger les autres, et encore moins à l'époque.

« J'ai fini par le jeter, tu sais. Enfin, évidemment que tu sais. À la fin, je n'en pouvais plus, et puis, je pensais à toi. Je me disais que j'aurais dû choisir quelqu'un comme toi.

— Tu ne sais pas… répliqua Mac en secouant la tête.

— Si, je sais, je m'en suis rendu compte la dernière fois que je t'ai vu. C'était l'année dernière, ou celle d'avant, quand Luke t'a amené ici. Je vous ai vu tous les deux, et j'ai compris que vous étiez les mêmes, rien que des mecs. Finalement, vous ne vous intéressez qu'à vos petites envies, vous êtes tous les mêmes. »

Mac mourait d'envie de protester. Était-il devenu comme Luke ? L'idée ne lui plaisait pas trop. Depuis qu'il était avec Jackie — mon Dieu, ça faisait déjà vingt ans — il avait changé, il était devenu responsable.

Enfin, jusqu'à un certain point. Il avait essayé d'être responsable mais, à plusieurs reprises, il avait échoué, il s'était égaré. La Slovénie — où il avait retrouvé Luke — en était un bon exemple. Une fille, Anja. Ouais, Linda n'était pas loin de la vérité, même s'il espérait que, d'une certaine manière, ce soit un tant soit peu différent, comme la différence entre les travaillistes et les conservateurs, ou quelque chose dans le genre : minuscule, mais assez grande pour lui laisser de la marge.

« Alors, reprit-il, tu sais où je pourrais trouver mon jumeau diabolique ? »

Linda se pencha en avant, toucha le visage de Mac, l'orienta face à elle pour que leurs regards se croisent.

« Tu vois ce que je veux dire ? » finit-elle par dire. Puis elle rit, lui lâcha le visage et poursuivit : « J'sais pas exactement, mais tu peux essayer New Cross. Il a une nouvelle copine, qui est à Goldsmith.

— Une étudiante ?

— Non, une putain de prof de fac… Qu'est-ce que tu crois ? Bien sûr qu'elle est étudiante. Tu crois qu'une femme adulte voudrait de Luke ? »

Mac leva les bras comme pour se rendre, se pencha vers Linda et l'embrassa furtivement sur les lèvres avant de filer vers sa voiture, dans laquelle il put entendre Kemal hurler à la radio.

« Hey, dit-il, calme-toi, mec. Écoute, je vais décrocher pour quelques heures, mais je bosserai jusqu'au matin, OK ? »

Il coupa la radio parce qu'il pouvait déjà entendre la réponse outrée de Kemal et prit la direction de New Cross.

Mon Dieu… Mac se souvenait de l'époque où New Cross était un endroit calme pour aller boire un coup, un endroit mort, en fait, avec quelques grands pubs irlandais. À présent, c'était une version froide et humide de Faliraki, pleine de pubs disco avec des videurs devant et des adolescentes alcoolisées dedans. Il essaya le Walpole, le New Cross Inn et la fac de Goldsmith. Pas de trace de Luke. Puis il essaya le Marquis of Granby, qui était un peu mieux, un pub irlandais de base, dans lequel, au moins, on pouvait s'entendre penser. Fatigué et assoiffé, il s'enfila vite fait une pinte de Guinness et essaya de se souvenir des autres endroits où on pouvait boire un coup dans le coin. Une pensée importune lui vint alors : Luke avait toujours été fan du club de foot de Millwall.

Il se tira, prit la voiture sans grand plaisir et parcourut quelques rues qui avaient assez bien réussi à échapper à l'embourgeoisement général, jusqu'à ce qu'il finisse par tomber sur le Duke of Albany. Il y était allé une fois avec Luke pour une session d'avant-match. On ne pouvait pas dire que c'était hardcore.

De loin, on aurait dit que le bar avait fermé. L'enseigne était tombée et la plupart des lettres constituant son nom avaient disparu, mais on voyait de la lumière derrière certaines fenêtres. Mac soupira et s'approcha. Voilà quelle fut sa récompense : une douzaine de gros durs, le regard rivé sur lui, des drapeaux anglais accrochés dans tous les sens et une moquette qui adhéra immédiatement à ses semelles. Il jeta un coup d'œil rapide autour de lui : aucun signe de Luke. Les clients du bar n'eurent pas trop l'air d'apprécier l'intrusion, mais Mac savait exactement comment se sortir de ce genre de situation.

« Quelqu'un a commandé un taxi ? demanda-t-il très distinctement.

— Non, mon pote », lui répondit le barman.

Mac haussa les épaules, grimaça et sortit de là illico.

De retour à la voiture, il regarda sa montre : vingt-trois heures, les bars n'allaient pas tarder à fermer. Il s'apprêtait à rallumer la radio quand un autre souvenir lui revint. Il y avait quelques années, il avait fait quelques concerts dans un rade à New Cross. Comment est-ce que ça s'appelait déjà, bordel ? Ah oui, l'Amersham Arms. Sur la route de Deptford. L'endroit existait peut-être toujours.

C'était le cas, et Luke North fut pratiquement la première personne qu'il vit quand il posa le pied dans le bar. Affalé sur une banquette, le bras autour d'une rousse, il était pâle comme un fantôme.

« Hey, dit Mac, comment ça va ?

— Hey, répondit Luke dont les yeux mirent un certain temps à accommoder, comment ça va, mec ? »

Mieux que toi, pensa Mac. Luke avait l'air ravagé. À l'époque, il était grand, blond et avait cet air vaguement déchiré. À présent, il était toujours grand et blond, mais il avait l'air plus que déchiré. Ses cheveux se faisaient plus rares et plus fins ; la peau de son visage, malgré la lumière du pub, était marbrée et écaillée ; son ventre d'alcoolo tirait sa chemise sous un costume noir qui ressemblait à celui d'un macchabée.

Luke attira la fille contre lui, la détournant de l'attention qu'elle portait au groupe — si on pouvait appeler groupe une bande d'étudiants en art penchés sur des platines et des ordinateurs portables pendant que des films muets passaient sur un écran derrière eux. « Mon cœur, c'est Mac, un vieux poto. Mac, c'est Rose, la meilleure chose qui me soit jamais arrivée. »

Mon Dieu, dans quel état est-il ? Rose lui sourit, enthousiaste. Elle était très mignonne, si on aimait le style gothique. Une peau extraordinairement blanche, pâleur renforcée par des cheveux teints en rouge, maigre comme un clou sous un haut noir à manches longues.

« Enchanté, dit Mac. Je vous offre un verre ?

— Non, c'est pour moi, répondit Luke, se levant

soudainement, cognant la table et faisant tomber un verre. Guinness, Mac ? Tu t'assieds là et tu causes à Rose. »

Mac acquiesça et regarda Luke se frayer un chemin vers le bar, puis s'assit en face de Rose.

Elle lui sourit d'un air bizarre puis grommela quelque chose. Mac fit un geste pour lui indiquer que les étudiants en art faisaient trop de bruit pour qu'il puisse l'entendre, elle se pencha alors vers lui et lui demanda : « Tu es un ami de Luke ?

— Ouais, répondit Mac, avant de s'interrompre un moment, puis finalement dire ce qu'il avait en tête. Il va bien, en ce moment ? Il a vraiment une sale gueule. »

Rose lui jeta un regard signifiant qu'elle ne voyait pas du tout de quoi il parlait, puis détourna les yeux vers le groupe, tout en se renfonçant dans son siège. Ce geste permit à Mac de détailler le décolleté de Rose et de se rendre compte qu'elle n'était pas seulement maigre, mais franchement anorexique. Mon Dieu. En même temps, à quoi s'attendait-il ? Quel genre de fille pouvait bien vouloir sortir avec un type comme Luke ? Elle lui rappelait quelqu'un : Anja, la Slovène. Il était tombé raide dingue d'elle, à l'époque. Typique de la crise de la quarantaine, se disait-il. Il devint blême rien que d'y penser. Il aurait laissé tomber Jackie pour elle, il aurait laissé tomber toute sa vie si elle avait voulu de lui. Dieu soit loué, ça ne l'avait pas intéressée. Il n'avait été qu'une expérience pour elle, rien de plus. Un apprentissage. Luke n'était peut-être rien d'autre que cela, pour cette Rose. C'était ce qu'il espérait, mais ses cicatrices le firent réfléchir.

Un instant plus tard, Luke se pointa avec une eau minérale pour Rose, une Guinness pour Mac et une pinte avec un grand whisky pour lui. À cet instant, les étudiants décidèrent charitablement de faire une pause, Mac se dit alors que c'était le moment de faire son speech, pendant que le volume sonore était encore bas et que Luke était encore conscient.

Il exposa le deal. Le concert anniversaire des vingt-cinq ans, au Festival Hall. Il y aurait tout le monde, et Luke n'aurait que vingt minutes à jouer. Et ça pourrait apporter des tas d'autres choses — Meltdown, All Tomorrow's Parties. Mac ne savait pas du tout si tout cela était vrai, il ne faisait que recracher ce qu'Etheridge lui avait dit.

« Il te trouvera même les musiciens, si tu veux, à moins que tu veuilles t'en charger toi-même, si tu en as sous la main.

— Rien à foutre, dit Luke, s'enfonçant dans son siège. Putains de branleurs. »

Mac ne comprit pas trop qui étaient les branleurs. Le groupe, Etheridge, toute la bande des audacieux post-punk avec leurs festivals post-modernes dans des camps de vacances loués hors saison ? Personnellement, il était assez d'accord pour dire que ces gars-là, c'était des branleurs, en effet. Mais ce n'était pas ça qui allait payer les factures.

« Il y a du fric à se faire. »

Luke secoua la tête sans rien dire, mais Mac le connaissait assez bien pour reconnaître l'éclair sauvage dans ses yeux.

« Cinq briques, reprit Mac. Pas si mal, pour vingt minutes sur scène. »

Luke leva les yeux au ciel comme si les cinq briques n'avaient aucune existence. Puis il se pencha et attrapa les mains de Mac. « J'en ai rien à foutre de ces branleurs, tu le sais, Mac. Mais si tu veux que je le fasse, je le ferai. Je t'aime, mec. »

Seigneur, se dit Mac, se demandant quelles drogues Luke avait pu mélanger au seau d'alcool qu'il avait bu.

Mac hésita un moment. S'il livrait Luke à Etheridge, s'il le faisait monter sur scène avec un cocktail de drogues suffisant pour lui donner l'air sobre — ou, du moins, conscient — pendant vingt minutes, quelles en seraient les conséquences ? Cinq briques pour Luke — assez pour le tuer. Une brique pour Mac — probablement assez pour rembourser les crédits de Jackie.

Mais pourquoi se sentait-il coupable, putain ? Ils étaient tous adultes, non ? Mac en avait assez avec ses propres emmerdes à régler. Et, de toute façon, ça arrivait à tout le monde d'abuser de temps en temps, non ? Il regarda Luke tenter de porter la pinte à sa bouche sans en renverser. Il était plus qu'évident qu'il avait dépassé le stade de non-retour, en termes d'alcool social. Dylan Thomas avait cette phrase : un alcoolique, c'est quelqu'un que tu n'aimes pas et qui boit autant que toi. Mac aimait bien cette citation, à l'époque, mais il avait bien conscience de sa platitude, à l'heure actuelle. L'alcool avait fini par tuer Thomas et Luke avait besoin d'aide. C'était aussi simple que ça.

« Bon, je veux que tu me promettes une chose. Tu fais ce concert et, avec l'argent, tu te payes une cure de désintox.

— Bien sûr, dit Luke. Je t'aime, mec. »

À ce moment-là, Rose se leva pour aller aux toilettes. Luke la regarda s'éloigner et se pencha vers Mac : « Elle est magnifique, pas vrai ?

— Elle a l'air un peu jeune, non ?

— Ouais, mais elle est chaude comme la braise. » Il finit son whisky, se pencha de nouveau en invitant Mac à en faire autant : « Elle a des copines sympas et tout, si ça t'intéresse. »

Mac fut horrifié en se rendant compte que, quelque part en lui, il était bien capable de dire oui, de se dégoter une petite nana anorexique, lui aussi. Il pensa à cette phrase de Linda disant qu'ils étaient comme des jumeaux. Il se rendit compte alors que c'était le jumeau démoniaque qu'elle aimait bien, qu'elle désirait. Qui l'excitait. Peut-être qu'il devait laisser libre cours à ce côté sombre, peut-être que cela faciliterait les choses pour tout le monde. Pas d'autocensure, pas d'hypocrisie. *Just get down in the dirt*[1].

Il regarda Rose revenir des toilettes et s'arrêter devant le distributeur de clopes, toute jeune, fraîche

1. Titre d'une chanson d'UPP, groupe britannique de rock/jazz/fusion dans lequel Jeff Beck était guitariste.

et défoncée qu'elle était. Il revit Anja, se rappela à quel point il avait eu envie d'elle quand il l'avait vue pour la première fois dans ce club, à Ljubjana. Il vit Luke observer Rose, les yeux remplis de désir et de bière, s'imagina à sa place, embrassant la mort. Il commença à manquer d'air et inspira fort, autant que possible. Il renversa la tête en arrière, les yeux rivés au plafond, se demandant comment il en était arrivé là. Il pourrait peut-être se reconvertir en travailleur social ou autre chose. Quelque chose d'utile. Quelque chose qui lui éviterait d'intégrer le tableau qu'il avait en face de lui. Il secoua la tête très fort et le brouillard sembla s'évaporer quelques instants.

Tout d'un coup, il prit conscience du morceau qui passait dans le bar : un vieux truc punk des Damned, que les étudiants jouaient sans doute avec ironie. Ça n'avait rien d'ironique, pour Mac, ça résonnait comme dans le temps. Ça lui rappelait sa jeunesse de manière viscérale, presque trente ans en arrière, quand il jouait sa musique énervée et stupide juste pour ressentir cette pure montée, cet élan exultant et absurde.

Et cela lui rappelait qu'il n'était plus tout jeune et que, quel que soit le nombre de filles comme Rose ou comme Anja qu'il avait pu avoir, il ne serait jamais rien d'autre qu'un vampire, il ne pouvait pas redevenir comme par magie le gosse stupide et bruyant qu'il avait été. Il redressa la tête et scruta Luke. Puis, soudain, il la vit, cette différence entre eux. Luke était encore ce gosse stupide et bruyant qu'il avait été, un enfant égoïste, qui ne cherchait que son propre plaisir. Bonne chance à lui.

« Désolé, mon pote, c'est pas mon truc, dit Mac en secouant la tête.

— T'as tort, j'te dis, elle est chaude comme la braise, cette nana. Une autre pinte ?

— Non, merci », répondit Mac, mais Luke était déjà parti vers le bar. En chemin, Rose courut vers lui, le prit dans ses bras et l'embrassa comme si elle ne l'avait pas vu depuis une semaine. Il lui dit quelque chose à l'oreille, elle acquiesça, sortit son porte-monnaie de son sac et lui tendit un billet de vingt. Il prit l'argent et se tourna vers le bar, avant d'être soudain pris d'une convulsion. Puis, lentement, avec une grâce étrange, il s'effondra contre les jambes de quelques-uns de ses acolytes au bar.

« Saleté de branleur ! » hurla un des types en se levant pour lui mettre un pain, avant de se rendre compte que son adversaire était déjà K.-O.

Mac resta pétrifié, le regard rivé sur Rose, qui s'agenouilla calmement près de Luke, le serrant contre elle, caressant son visage comme une madone sans poitrine le ferait avec son nourrisson de débauche.

Plus tard, assis dans son taxi, résigné à redevenir adulte et à gagner de l'argent à la sueur de son front, Mac sentit les mots « béni » et « maudit » se battre dans son cerveau.

L'après-midi suivant, la sonnerie du téléphone le réveilla. C'était Etheridge. Mac resta silencieux un moment, se demandant ce qu'il allait bien pouvoir lui dire. Il ne savait pas s'il se souciait vraiment de ce que Luke allait faire, mais il trouvait que prendre une commission pour l'avoir retrouvé, c'était un peu abusif, ça le rendait quelque part complice de la débauche sinistre de Luke. D'un autre côté, c'était une brique facilement gagnée.

Avant que Mac ait le temps de prendre sa décision, Etheridge prit la parole :

« Écoute, laisse tomber, pour cette histoire avec Luke.

— Ah, tu ne veux plus prendre le risque de le faire remonter sur scène ?

— Non, non, pas du tout, les gens adorent les destins tragiques, c'est juste que son manager m'a contacté et tout est arrangé. Je voulais juste te tenir au courant.

— Son manager ?

— Oh oui, une délicieuse jeune femme, à en juger par sa voix. Rose. On dirait qu'elle le contrôle bien, tu vois. Bon ben, merci encore.

— Pas de problème », dit Mac avant de raccrocher.

Le lendemain matin, il finit volontairement le travail de bonne heure et put rentrer suffisamment tôt pour que Jackie soit encore au lit. Après lui avoir fait l'amour, il fut heureux de se rendre compte que, pour la première fois depuis longtemps, il n'avait pas pensé à Anja du tout.

Camden Town

L'ÎLE AUX PINGOUINS

Jerry Sykes

Jerry Sykes est né et a grandi dans le Yorkshire, mais a passé plus de vingt ans à Londres. Il a publié un roman et dirigé une anthologie de nouvelles policières. Ses nouvelles ont été publiées dans plusieurs journaux et magazines des deux côtés de l'Atlantique, mais aussi en Italie et au Japon.

Eamonn Coughlan avait toujours vécu à Camden Town et, autant qu'il s'en souvienne, il y avait toujours eu des bandes d'adolescents traînant dans les rues : des gangs à matraques qui opéraient pendant les black-out, à l'époque de la guerre, puis les hippies des années 1960, puis les punks des années 1970, puis… Bon, il ne savait pas comment on les appelait en ce moment mais, quel que soit leur nom, il n'en avait jamais rencontré qui défendaient leur territoire avec autant de détermination que cette fournée-là. Bien entendu, il savait que les graffitis existaient depuis la nuit des temps, depuis qu'un inconnu dans une grotte s'était emparé d'un morceau de silex aiguisé et avait gravé sur les murs les animaux qu'il avait tués le matin même. Mais il semblait que, depuis quelques années, presque chaque immeuble de Camden était marqué d'une sorte d'inscription ou de symbole multicolore. Il savait que cela avait quelque chose à voir avec la drogue — une sorte de guerre de territoire — et que les signes en question changeaient sans cesse à cause de la lutte incessante pour savoir qui allait pouvoir revendre quoi aux milliers de touristes se déversant chaque week-end à Camden Lock, mais les subtilités de ces différents symboles restaient pour lui un mystère.

Au cours des dix-huit derniers mois, le principal graffiti de son bâtiment, sur le mur à côté de l'ascenseur, avait représenté un grand château rouge et bleu. Mais, en ce matin de printemps, lorsque Coughlan poussa la porte, il vit que le château avait été repeint en noir et que deux adolescents étaient en train de taguer un nouveau dessin par-dessus. Ça en était encore au stade de l'esquisse et il pouvait tout juste distinguer trois grandes lettres rouge et orange — on aurait dit les lettres YBT — mais, avant que Coughlan ait le temps d'en apercevoir davantage, l'un des deux jeunes le surprit et lui jeta un regard menaçant.

« Hé, tu mates quoi là ? » grogna le garçon, le cou tendu en avant. Son visage ne lui donnait pas plus de treize ou quatorze ans, mais ses yeux, froids et durs, le faisaient paraître plus âgé. Une frange plaquée par le gel lui faisait une tête de petit Jules César, et la peau autour de sa bouche était constellée de poussées d'acné. L'autre garçon poursuivait le graffiti et sa tête battait un rythme que lui seul pouvait entendre.

Coughlan secoua la tête et laissa la porte se refermer derrière lui. Détournant le regard de la scène, il marcha vers l'ascenseur ; petit César, soufflant bruyamment, ne le quittait pas des yeux. Le vieux monsieur appuya sur le bouton de l'ascenseur et lorsque l'autre garçon se retourna pour voir ce que son camarade observait, il le reconnut immédiatement : c'était Pete Wilson, un garçon de l'immeuble qu'il connaissait depuis qu'il était tout petit et qui devait avoir dans les douze ans à présent.

Pete écarquilla les yeux en reconnaissant le vieil homme et cacha aussitôt ses mains derrière son dos pour dissimuler la bombe de peinture.

« Qu'est-ce que tu fabriques, Pete ? » demanda Coughlan, tout en sentant ses épaules se raidir. Il n'était pas du genre à faire des esclandres, et sa propre réaction l'effrayait autant qu'elle le surprenait.

Pete hésita un moment, tiraillé entre ce qui le ramenait à son enfance et cette nouvelle alliance, synonyme d'une toute fraîche indépendance.

« Je suis sûr que ta mère ne sait pas ce que tu mijotes, poursuivit Coughlan, rassemblant tout son courage. Que crois-tu qu'elle dirait si elle te savait ici, en train de vandaliser ton propre immeuble ? »

Quand il comprit que ce vieillard décrépit connaissait son copain, le petit César se détendit, ricana et frappa Pete au bras. Celui-ci grogna et lui rendit son coup, assez content de cette diversion. D'en haut, on entendait quelqu'un qui jurait en cognant dans la porte de l'ascenseur.

« J'espère que tu vas nettoyer tout ça avant de rentrer chez toi, dit Coughlan en montrant le graffiti de son doigt tordu.

— Mais je ne faisais que taguer par-dessus le château, protesta Pete.

— Avec de la peinture noire sur un mur blanc ? Et ces lettres rouge et orange, qu'est-ce que ça veut dire ?

— Ça, c'est YBT, répondit Pete en souriant, *You Been Torched*[1].

— Je ne comprends pas », dit le vieux, les sourcils froncés.

Pete s'apprêtait à lui répondre quand Petit César le frappa de nouveau au bras.

« Tu sais bien qu'il faut pas en parler.

— C'est pas un secret, protesta Pete, se tenant le bras à l'endroit du coup.

— Putain de gosse ! » lâcha le petit César en prenant la bombe de la main de Pete avant de sortir de l'immeuble en courant.

Pete le regarda partir, puis, après avoir jeté un rapide coup d'œil au graffiti inachevé, le suivit. À la porte, il lança un regard à Coughlan, et ce dernier put détecter comme des excuses dans le mouvement nerveux de ses lèvres.

Coughlan les regarda disparaître au coin de l'immeuble. Pete suivait l'autre comme un gosse cherchant absolument à plaire à son grand frère. Il attendit quelques secondes pour être certain qu'ils ne reviendraient pas et sentit un long souffle chaud quitter sa poitrine. Il ne s'était pas rendu compte qu'il avait retenu sa respiration pendant tout ce

1. « On t'a cramé. »

temps. Il se retourna vers l'ascenseur et appuya de nouveau sur le bouton.

Quelques minutes plus tard, une vieille dame en imperméable bleu apparut en bas des marches, essoufflée comme si elle venait de monter les marches et non pas de les descendre. « J'espère que vous n'attendez pas l'ascenseur », réussit-elle à articuler, haletante, dans un nuage de fumée, une cigarette allumée à la main, avant de disparaître à son tour par la porte de l'immeuble.

Coughlan inspira profondément et commença à monter les marches.

Une fois dans son appartement du quatrième étage, il remplit la bouilloire et mit un sachet de thé dans sa tasse. En attendant que l'eau bouille, il posa ses mains sur le rebord de l'évier et regarda par la fenêtre, au-delà du bloc d'immeubles, vers les deux cabines téléphoniques sur Kentish Town Road. Elles avaient été installées devant un petit mur de briques et tout le monde savait que des dealers venaient y faire leur business. Leurs clients venaient à pied ou en voiture récupérer la marchandise. Un dealer y était installé à ce moment-là, et un autre faisait des allers-retours dans la rue, tout en faisant des signes aux gens dans les voitures qui passaient. C'était devenu tellement commun, ça faisait tellement partie du paysage que ça ne suscitait aucune émotion chez Coughlan. Mais quand son attention se reporta sur d'autres endroits de la cour, son cœur se remplit de tristesse en voyant

Pete et son ami assis sur le dossier d'un banc, fascinés par les dealers qu'ils observaient en silence.

Plus tard cette nuit-là, allongé dans son lit, Coughlan écoutait avec gravité et résignation la dispute de ses voisins, dont les voix étaient saoules et les insultes mal articulées. Le cirque recommençait presque tous les soirs de week-end avec, en plus, les bourdonnements de la musique qui traversaient les murs, ceux qui lui rappelaient cette nuit, pendant la guerre, au cours de laquelle une bombe allemande avait réduit la maison de ses voisins en cendres. Elle avait endommagé les fondations de sa propre maison et, après ça, la porte n'était plus jamais entrée dans son cadre. Elle avait toujours laissé passer un courant d'air, jusqu'au jour où la municipalité les avait fait quitter la maison pour le quartier de Castle, l'été de sa retraite. Et c'était pendant des nuits comme celle-ci qu'il aurait aimé que ses voisins, ses ennemis imaginaires, puissent être bombardés à nouveau.

Une semaine plus tard, Coughlan traversait le quartier pour se rendre au marchand de journaux sur Castle Road, quand il vit Pete à côté de l'immeuble en compagnie d'un autre garçon que la dernière fois. Non, celui-ci ressemblait plus à ceux qui traînaient près des cabines téléphoniques, plus âgés, tous des branleurs. Ils discutaient, mais il y avait quelque chose de bizarre dans leur comportement. Pete faisait oui de la tête en souriant, comme si le gars plus âgé était en train de lui raconter une blague mais, au vu de la tête que faisait le type, il avait l'air plus excédé qu'amusé. Coughlan essayait de ne pas regarder, mais il n'arrivait pas à s'empêcher de jeter régulièrement des coups d'œil tout en marchant. Quand Pete le vit en train de l'observer, son sourire se figea et ses joues innocentes rougirent comme s'il avait honte. L'autre repéra le changement d'attitude de Pete et, après avoir jeté un coup d'œil vers Coughlan, il attrapa le petit par l'épaule et lui demanda qui était le vieil homme. Pete essaya d'esquiver la question, mais le gars lui serra l'épaule plus fort et la langue de Pete se délia. Coughlan détourna la tête et se hâta, juste après avoir pu lire son nom sur les lèvres de Pete dans le flot de mots qui en sortaient.

L'après-midi suivant, il tomba une nouvelle fois sur Pete, alors qu'il rentrait péniblement du supermarché. L'arthrite ayant calcifié les articulations de ses mains, il ne pouvait pas porter plus de quelques paquets à la fois et se voyait donc contraint d'aller faire ses courses tous les après-midi. Tandis que Coughlan traversait la rue pour arriver devant l'immeuble en passant devant une rangée de voitures impatientes arrêtées au feu, Pete déboula de l'épicerie avec une miche de pain sous le bras et entra en collision avec le vieil homme. Coughlan tressaillit, mais ne tomba pas ; en revanche, son sac de courses se retrouva par terre et une boîte de petits pois alla rouler dans le caniveau.

« Hé ! Faites gaffe ! » s'écria Pete, puis il s'arrêta en voyant qu'il s'agissait de Coughlan.

Le vieux monsieur fronça les sourcils, secoua la tête et se pencha pour récupérer ses courses.

« Laissez-moi faire », dit Pete. Il traversa pour aller récupérer la boîte de conserve et la tendit à Coughlan, qui la remit dans son sac. « Je suis désolé, reprit Pete, laissez-moi vous porter vos courses jusque chez vous. L'ascenseur ne fonctionne toujours pas. »

Sans attendre de réponse, il prit le sac des mains durcies et douloureuses de Coughlan et ouvrit la marche.

Pete poussa la porte de l'immeuble, la maintint ouverte de son talon, et Coughlan constata que le garçon prit directement les escaliers sans accorder d'attention particulière au graffiti inachevé sur le mur, qui n'avait pas changé depuis que Coughlan avait surpris les deux garçons les mains dans la peinture. Il aurait pensé que le jeune homme y jetterait tout de même un coup d'œil. Ou peut-être était-ce la raison pour laquelle Pete l'aidait avec ses courses…

Dans l'appartement, Pete posa le sac sur le plan de travail dans la cuisine, récupéra son pain et se dirigea vers la porte. Mais il ne semblait pas si pressé de partir : ses lèvres articulaient des mots silencieux, comme s'il avait quelque chose derrière la tête. Coughlan pensait savoir de quoi il s'agissait.

« Ne t'inquiète pas pour ça, petit, dit-il en souriant. Je ne dirai rien à ta mère sur le graffiti et le reste, si c'est ce qui te préoccupe…

— Oh non, ce n'est pas pour ça que je vous ai aidé, protesta Pete en secouant la tête. Non, ça n'a rien à voir avec ça. J'ai juste vu que vous aviez du mal dans la rue, alors je me suis dit…

— Oui, je sais, je sais, lui assura Coughlan, avec un geste d'apaisement. Et je t'en remercie. C'est juste que… Est-ce que je peux t'offrir un verre de Squash[1] ou autre chose ?

— Non, ça va, merci. Je ferais mieux d'y aller, sinon ma mère va se demander où je suis.

— OK, en tout cas merci encore, Pete. »

Le garçon lui adressa un léger sourire avant de tourner les talons et disparaître dans les escaliers.

Le lendemain après-midi, Pete attendait Coughlan à la sortie du supermarché et lui offrit encore une fois de lui porter ses courses. Le vieil homme fut étonné de le voir, après cette dernière rencontre plutôt gênante, mais il savait qu'il valait mieux ne rien dire, si cela avait une telle importance pour le petit gars. Et, sur le chemin du retour, il semblait que Pete avait tout oublié de cette histoire, puisqu'il parlait de son école et de ses profs.

Pete l'aida ainsi plusieurs fois durant les quinze jours suivants et Coughlan se rendit rapidement compte qu'il calculait ses expéditions au supermarché afin qu'elles coïncident avec l'heure de sortie d'école de Pete. Parfois le garçon acceptait l'offre à boire du vieux monsieur, vidant son verre d'un trait, mais, la plupart du temps, il refusait, sous prétexte qu'il lui fallait rentrer chez lui.

1. Sorte d'équivalent du Tang en France, sachet de poudre aromatisée à diluer dans l'eau.

Puis un après-midi, une heure environ avant l'heure des commissions, quelqu'un frappa à la porte de Coughlan. Il fut surpris de tomber sur Pete, deux sacs de courses archi-remplis dans les mains.

« Ils pèsent une tonne, réussit-il à dire, haletant. Vous allez me laisser entrer ou pas ? »

Surpris, mais amusé, Coughlan s'écarta pour le laisser passer.

« Qu'est-ce que tu as dans ces sacs ? » demanda-t-il à Pete en le suivant vers la cuisine.

Pete laissa la question sans réponse et hissa les sacs sur le plan de travail. Il souffla fortement et s'appuya contre le meuble de cuisine, en souriant et en secouant sa tête.

« Je ne comprends pas, dit Coughlan en fronçant les sourcils.

— Le prof était malade, alors ils nous ont laissés partir… et je me suis dit que c'était l'occasion de faire vos courses.

— Mais ça a dû te coûter une petite fortune, dit Coughlan en s'avançant pour regarder le contenu des sacs. C'est pas toi qui as payé, si ? » Il n'avait aucune idée de combien d'argent de poche Pete pouvait recevoir par semaine, s'il distribuait le journal pour gagner un peu de sous ou s'il avait un autre petit boulot mais, quoi qu'il en soit, cet argent, il devait le dépenser pour lui et pas pour un vieux monsieur. « Laisse-moi te rembourser. »

Coughlan alla dans l'autre pièce et revint avec

son porte-monnaie. Il en sortit un billet de dix livres qu'il tendit à Pete.

« Ça suffit ? » s'enquit-il en regardant le billet de cinq qui restait dans son porte-monnaie. Il se dit qu'il devrait donner un peu plus au gamin pour sa peine, mais le billet de cinq était tout ce qui lui restait jusqu'à ce qu'il reçoive sa retraite, à la fin de la semaine.

« Dix, ça suffit », répondit Pete.

Il prit le billet froissé et le plia pour le mettre dans sa poche de devant.

« C'est très gentil de ta part, en tout cas, dit Coughlan. Très attentionné.

— Écoutez, je me disais... » commença Pete, hésitant. Ses joues étaient toutes rouges et un filet de transpiration coulait sur son front. « Pourquoi est-ce que vous ne me laisseriez pas les faire tous les jours, vos courses, quand je rentre de l'école ? Je sais que ça doit être difficile pour vous, avec vos mains, tout ça... C'est pas un problème, franchement, et en plus vous mangez tout le temps la même chose. »

Coughlan sentit des larmes chatouiller ses yeux.

« C'est une très bonne idée, merci, répondit-il.

— Et puis, vous me payez quand j'arrive ici, ajouta Pete.

— Mais alors, et si je ne suis pas là ? dit Coughlan, en reniflant.

— Eh bien, je ne sais pas...

— Il se peut que je veuille sortir. Je ne voudrais pas que tu fasses les courses et qu'ensuite, je ne sois pas là pour t'ouvrir.

— J'imagine que vous n'avez pas de portable, si ?

— Euh… non. Je n'en ai pas…

— Eh bien, alors je ne sais pas… dit Pete visiblement en train de réfléchir. Et si vous me laissiez une clef ou quelque chose ? Ou si vous laissiez vos clefs à vos voisins ? »

Coughlan songea à ses voisins, toujours à se disputer.

« J'irai te faire faire un double demain matin, répondit-il.

— On fait comme ça, alors », conclut Pete.

Ce nouvel arrangement leur convenait bien à tous les deux. Mais bientôt, Coughlan se rendit compte qu'il se contentait d'attendre chez lui l'arrivée de Pete et qu'il ne sortait plus autant qu'il aurait voulu. Il laissa les choses ainsi un temps, jusqu'à ce qu'un après-midi, tandis qu'il regardait les nuages s'accrocher aux immeubles, il prit conscience que son attitude était tout simplement ridicule. Il se décida à sortir marcher un peu. Il enfila sa veste, quitta son quartier, prit Castle Road vers le centre de Camden Town et longea les pubs barricadés avec des planches de bois, les boutiques qui ne vendaient pratiquement que des cartes téléphoniques internationales, et les cafés aux noms écrits dans des langues inconnues et qu'il ne comprenait pas non plus. En chemin, il vit sur les murs et les ponts des graffitis, aussi bien les lettres YBT que le château. Mais là où ce dernier était souvent décrépit et pâlissant, les lettres brillaient, encore fraîches. Pas un instant, il ne se dit que Pete pouvait en être un des auteurs.

Au croisement devant la station de métro Camden Town, il y avait un terre-plein central, un triangle de béton et de dalles qui, autant que Coughlan pouvait s'en souvenir, s'était toujours appelé « l'île aux pingouins ». Dans la rue derrière la station, il y avait une église qui, dans les années 1950, avait été fréquentée principalement par des familles irlandaises des environs. À onze heures et demie, après la messe dominicale, les hommes se réunissaient sur cet îlot pour attendre l'ouverture des pubs à midi, tandis que les femmes rentraient préparer le déjeuner. Debout, là, dans leurs costumes noirs et leurs chemises blanches, comme en uniformes, les mains dans les poches, piétinant d'impatience, les hommes ressemblaient à un escadron de pingouins au milieu d'une mer de voitures.

Coughlan sourit en pensant à ce souvenir qui lui restait, puis une image plus puissante surgit dans son esprit : lui-même, marchant sur le trottoir avec sa femme, regrettant de ne pas être sur l'îlot avec les autres hommes, mais incapable de dire à sa femme que c'était ce qu'il voulait. C'était toute l'histoire de sa vie, et il se demandait à présent s'il arriverait un jour à aller sur l'île aux pingouins. Il enfonça un peu plus ses mains dans ses poches et poursuivit son chemin.

De retour chez lui, une heure plus tard, Coughlan fut surpris d'entendre des voix dans le salon. Au début, il pensait que Pete était arrivé et qu'il avait allumé la télévision pour se distraire en l'attendant, comme il avait pu le faire par le passé, mais quand il entra dans le salon, il vit Pete et un autre jeune homme debout devant la cheminée.

En apercevant Coughlan, Pete jeta rapidement un coup d'œil à son ami, avant de se tourner vers le vieil homme, bouche bée. L'ami vit la peur se peindre sur le visage de Pete et regarda Coughlan un léger sourire aux lèvres après avoir bombé le torse.

« Ouais, c'est… c'est Keith, bégaya Pete. Ça va, si je le laisse regarder la télé avec moi ?

— Eh bien, oui, pourquoi pas », répondit Coughlan, distrait.

Puis il regarda Keith qui avait pris cet air de celui qui sait et l'attitude qui montrait qu'il se sentait autant, voire plus à l'aise dans l'appartement de Coughlan que le vieil homme lui-même.

« Bonjour Keith », dit le vieil homme, hochant la tête.

Keith resta silencieux et sourit en guise de réponse.

« J'ai rangé vos courses, dit Pete. Et je vous ai acheté ces quiches que vous aimez bien.

— Merci, Pete.

— Elles étaient en promotion, alors il faudra peut-être les manger aujourd'hui.

— Oui, merci Pete, grommela Coughlan de nouveau, un peu gêné de discuter de l'état de ses finances devant un inconnu. Enfin… Écoute, Pete, cela ne me dérange pas que tu amènes des amis ici, mais la prochaine fois, peux-tu me demander avant ?

— Je suis désolé, je croyais que vous seriez là, répondit Pete.

— Ça va bien pour cette fois-ci, il n'y a pas de mal. »

Pete fit profil bas pendant un temps après cet incident mais, une semaine plus tard, un jour où Coughlan rentra tard — pour sembler moins demandeur, il avait décidé de s'octroyer parfois une sortie, aux heures d'arrivée de Pete —, il trouva celui-ci en compagnie non pas d'un, mais de plusieurs amis. Lorsque Coughlan passa la tête par la porte, surpris par le bruit, il vit quatre ou cinq types assis dans son salon. L'un d'entre eux avait visiblement le même âge que Pete, mais les autres paraissaient avoir deux ou trois ans de plus, avec un duvet clair sur les joues et de longs membres à peine contrôlables. Pete était assis au milieu du canapé et paraissait plus à l'aise que la fois précédente, les yeux rivés sur le poste. Il n'avait visiblement pas remarqué Coughlan, comme tous les autres, et le vieil homme sentit une vague d'émotion le traverser. D'un côté, il fallait qu'il sorte Pete de la pièce et lui demande de faire partir les autres, mais il ne voulait pas embarrasser le petit devant ses amis encore une fois. Sans attendre d'avoir été vu, Coughlan fit un geste comme s'il avait oublié quelque chose et quitta l'appartement.

Il marcha jusqu'à Parliament Hill, traversa le parc en longeant les pistes d'athlétisme, puis revint vers Camden Town. Son esprit vagabondait, il songeait aux enfants, au passé. Quand il rentra chez lui, Pete et ses amis n'étaient plus là, mais une odeur de cigarette et d'autre chose flottait encore dans l'air. Coughlan ouvrit les fenêtres pour aérer, puis referma bien la porte et alla se coucher.

Plus tard dans la nuit, incapable de dormir à cause du bruit des voisins, il resongea à ce qui l'avait tracassé durant sa promenade. Sa femme et lui n'avaient pas été en mesure d'avoir des enfants et il ne savait donc pas comment il aurait dû gérer la situation avec Pete. Son instinct lui disait qu'il avait fait le bon choix, mais il aurait vraiment préféré avoir plus que son instinct pour savoir comment réagir.

En 1945, il n'avait pas encore commencé à courtiser sa future femme — ils se connaissaient depuis les petites classes et, adolescents, ils ne vivaient qu'à trois rues l'un de l'autre —, celle-ci avait eu une liaison courte mais intense avec un soldat américain stationné à Londres. Lorsque l'Américain avait rompu pour retrouver sa femme en Virginie occidentale, elle avait fait comme si de rien n'était, comme si cette relation n'avait pas compté pour elle. Mais deux mois plus tard, elle était tombée en profonde dépression et s'était enfermée chez elle pendant près de trois semaines. Quand enfin elle s'en sortit, elle n'était plus la même, aussi effacée dans sa nouvelle peau qu'elle avait été pleine de vie dans l'ancienne. Elle avait alors eu du temps à consacrer à Coughlan, le gars du coin calme et digne de confiance. Bien entendu, il y avait eu des rumeurs selon lesquelles ce n'était pas la dépression qui l'avait maintenue chez elle, mais plutôt qu'après le départ de l'Américain, elle avait dû procéder à un avortement secret qui s'était mal passé et qui l'avait rendue stérile. À l'époque, Coughlan avait ignoré toutes ces rumeurs, trop heureux qu'elle s'intéresse à lui, et, en dépit de leurs tentatives infructueuses d'avoir un enfant au cours de leur mariage, il ne lui avait jamais posé de questions sur ce passé. Et même maintenant, plus de dix ans après sa mort, il refusait de croire que les rumeurs puissent être autre chose que des commérages malicieux, considérant que l'absence d'enfant était leur destin, en quelque sorte.

L'après-midi suivant, il y avait à nouveau un groupe d'adolescents chez lui, mais cette fois-ci, Pete n'était pas là. Trois garçons fumaient en regardant *The Jerry Springer Show*.

« Que faites-vous ici ? » leur demanda Coughlan, en faisant de son mieux pour prendre un ton indigné tout en se sentant retenu par une certaine peur.

Les garçons l'ignorèrent, tout sourire devant la télévision qui vibrait de rires et d'applaudissements.

« Comment êtes-vous entrés ? » demanda Coughlan en s'avançant un peu plus.

Les garçons continuèrent à l'ignorer, le sourire aux lèvres.

« J'ai dit : comment êtes-vous entrés ? répéta Coughlan, se plaçant cette fois devant l'écran.

— Ton gars nous a filé la clef, mec, finit par répondre un des trois garçons, hargneux, le visage pâle sous la capuche de son pull, se penchant sur le côté pour continuer à regarder la télévision.

— Vous voulez dire que Pete vous a donné sa clef ?

— Si c'est comme ça qu'il s'appelle, ricana le garçon.

— Eh bien, il n'aurait pas dû faire ça, dit le vieil homme qui se baissa pour éteindre le poste. J'aimerais que vous partiez tous.

— J'étais en train de regarder, se plaignit un des types.

— Hé, il nous a filé sa clef, mec, dit le premier garçon. Il nous a donné sa clef et nous a dit de l'attendre ici pendant qu'il faisait des courses pour vous ou un truc comme ça. Vous pouvez pas nous demander de partir.

— Ouais, qu'est-ce qu'il va dire quand il va revenir et qu'on sera partis ? lança le deuxième. Qu'est-ce qu'il va dire quand il va revenir et qu'il va apprendre que vous nous avez virés ?

— Bon… alors, dans ce cas… il fallait le dire », répondit Coughlan, déconcerté. Et tout d'un coup, il se sentit diminué, comme s'il avait trahi Pete. Il sentait le regard accusateur des garçons sur lui, lui donnant le rôle de méchant dans cette affaire. Il ne savait que faire, le seul fait de respirer ajoutait à sa culpabilité, et, après quelques instants à contempler le vide, il partit dans la cuisine pour regarder par la fenêtre, un poids énorme sur la poitrine.

Pete finit par faire son apparition une demi-heure plus tard. Mais quand Coughlan trouva de nouveau toute une bande de jeunes assis dans son salon à regarder la télévision, Pete était encore absent. Une heure après, il n'était toujours pas là ; Coughlan quitta son tabouret dans la cuisine, retourna au salon et leur demanda de partir. Cette fois-ci, les garçons s'en allèrent sans trop se plaindre, claquant la langue et traînant les pieds, mais tout ceci laissa un sentiment de peine et de confusion chez le vieil homme.

Coughlan trouva encore une fois des garçons devant la télévision avec le volume au maximum, et il eut beau leur demander de baisser le son à deux reprises, ceux-ci ignorèrent sa demande. Le vieil homme n'eut pas la force de se disputer avec eux et préféra rester seul dans la cuisine. Après avoir attendu une heure le retour de Pete, Coughlan, à bout, prit sa veste et sortit dans la nuit.

Il s'assit sur un banc au milieu du quartier et regarda les gens aller et venir. Il faisait bon, ce soir-là, et il se sentait bien dehors, plus à l'aise qu'en plein jour, la pénombre cachant les cicatrices et autres défauts géographiques du quartier.

Il resta assis encore quelques minutes, puis décida d'aller se promener. Lorsqu'il rentra chez lui ce soir-là, vers dix heures et demie, la bande était partie mais avait laissé tout un tas de déchets derrière elle : des canettes de bière et de Coca écrasées, des boîtes de poulet frit, des mégots de cigarette, des bouteilles d'alcopop avec des pailles toutes mâchées sortant du goulot. Il rangea tout ce qu'il put et alla se coucher, déterminé à affronter Pete et à lui demander de lui rendre sa clef.

Mais Pete ne passa pas le lendemain, ni le jour suivant, et quand il ne vint toujours pas le troisième après-midi, Coughlan sentit sa fragile résolution vaciller. Puis, un midi, alors qu'il cherchait du papier aluminium pour emballer un sandwich à moitié entamé — le stress des derniers jours lui avait coupé l'appétit —, il trouva quelque chose qui l'angoissa de nouveau.

Debout sur une chaise dans la cuisine, il tendait les bras vers un des placards du haut, où il était certain de trouver du papier aluminium. Au lieu de cela, il trouva un sac en plastique. Dans l'obscurité du placard, il ne parvenait pas à voir de quoi il s'agissait, alors il tâtonna de sa main pleine d'arthrose. Un vieux sac-poubelle avec des serviettes en tissu, peut-être ? Il essaya de l'attraper, mais ses doigts remuaient dans le vide. Après quelques vaines tentatives, il parvint à attraper un des coins du sac et le tira hors du placard, centimètre par centimètre, le rapprochant du bord. Puis encore quelques centimètres, et il y eut une cascade de pochons en plastique et de petites enveloppes en aluminium dégringolant sur le sol. Coughlan regarda le désordre avec étonnement. Il devait y avoir au moins deux ou trois cents petits sacs et enveloppes éparpillés sur le sol de la cuisine.

Au bout d'une minute, Coughlan fit le lien. Il avait vu suffisamment d'émissions sur la police pour savoir que c'était de la drogue. Des centaines, voire des milliers de livres sterling de drogue. Il descendit de la chaise et s'assit quelques instants en scrutant la pile infernale au sol, se demandant qu'en faire. Il regarda sa montre et vit qu'il était dix-sept heures, l'heure habituelle du passage de Pete. Il soupira devant la situation, se baissa, rangea tous les sachets dans le sac-poubelle et posa le tout sur la table.

Quinze minutes plus tard, il entendit deux voix dont celle de Pete. Coughlan retint son souffle en attendant qu'ils entrent dans l'appartement, son cœur battant à tout rompre. Il entendit la télévision s'allumer, une série de rires enregistrés et, quelques secondes plus tard, un garçon brun entra dans la cuisine. Il vit Coughlan assis à la table, le sac-poubelle noir devant lui, et ses pupilles s'assombrirent de rage.

« Qu'est-ce que tu fous avec ça, bordel ?

— Je pourrais vous poser la même question, répondit Coughlan.

— C'est pas tes putains d'affaires.

— C'est mon appartement, dit Coughlan. C'est chez moi, ici. »

Pete entra alors à son tour, intrigué par les éclats de voix.

« Tu étais au courant de tout ça ? » demanda Coughlan en montrant le sac en plastique.

Pete lança un regard à son copain, cherchant ses mots.

Puis, sans prévenir, l'autre garçon se rapprocha de Coughlan et le frappa fortement au visage.

Coughlan sentit un grand éclair de douleur traverser sa colonne vertébrale et le clouer à sa chaise. Des larmes coulaient le long de son visage et se mêlèrent au sang qui s'échappait de son nez. Sa tête dodelina un instant, puis il s'effondra, inconscient, sur le sac de drogue.

« Tu l'as tué ! cria Pete. Tu l'as tué.

— Il est pas mort, dit le gamin en tâchant de redresser Coughlan sur sa chaise. Regarde, il saigne encore. Les morts ne saignent pas comme ça.

— Mais il est peut-être en train de mourir, dit Pete, le visage pâle, la langue collée au fond de la gorge.

— Sois pas con, putain. » L'autre secoua fortement Coughlan une nouvelle fois. Le vieil homme glissa de la table, emportant dans sa chute le sac, qui déversa son contenu un peu partout sur le lino souillé. Pete considéra le vieillard, puis la drogue éparpillée.

« Ben vas-y, ramasse », dit l'autre gamin.

Pete hésita un moment, ses jambes prêtes à s'enfuir en courant, mais finalement s'exécuta. Il rassembla la drogue et essaya de voir si le vieux respirait encore.

« Allez, allez ! » lança l'autre, tout en donnant un petit coup à Pete de l'extrémité de sa basket.

Pete s'empressa de rassembler le restant des sachets et les remit dans le sac-poubelle. Il le ferma et le tendit à l'autre, mais ce dernier lui indiqua simplement de le remettre où il avait été trouvé.

« Et monsieur Coughlan ?

— Il va rien dire à personne », fut la réponse.

Coughlan reprit connaissance plus tard, plus choqué que blessé. Il revenait lentement à la réalité mais resta allongé sur le sol de la cuisine encore un court moment, essayant de détecter une éventuelle présence dans l'appartement. Tout semblait calme, et il était persuadé que c'était le claquement de la porte qui l'avait éveillé. Il toucha sa lèvre supérieure pour essuyer le sang qui avait commencé à sécher : apparemment son nez ne saignait plus. Il se remit sur ses pieds, alla vers l'évier et fit couler de l'eau jusqu'à ce qu'elle soit aussi froide que possible. Il joignit ses deux mains pour la recueillir et but. Il répéta l'action. Ses lèvres s'engourdirent, Coughlan sentit ses forces lui revenir et son esprit s'éclaircir. Il savait qu'il ferait mieux d'aller voir la police, mais il savait aussi que ce serait une erreur. Il avait vu ce qui était arrivé à ceux qui voulaient se défendre, et il n'avait aucune envie de cela. Au lieu de mettre un terme à leurs tourments, le plus souvent cela avait entraîné une escalade de violence.

Il alla dans sa chambre et enfila une chemise propre, jetant la chemise souillée de sang dans le panier à linge sale derrière la porte. Il y avait quelques traces de sang sur son pantalon, mais comme il l'avait acheté seulement quelques semaines plus tôt, il décida de les garder sur lui. Une fois rhabillé, il alla à la salle de bain pour jeter un coup d'œil à ses blessures. Il se servit d'un gant de toilette pour essuyer le sang restant et se pencha sur le miroir pour y voir de plus près. Il y avait une petite éraflure sur son nez et un début de bleu mais, en dehors de ça, les dommages semblaient minimes, du moins en apparence.

Il retourna dans sa chambre et enfila un pull bien chaud, parce que, malgré la chaleur de la soirée, l'agression lui avait laissé une sensation de froid et il avait même la chair de poule sur les bras. Puis il retourna à la cuisine pour regarder le sang sur le sol, les empreintes ensanglantées qui menaient à l'évier, telles les traces d'une grande bête égarée. Cette vue l'écœura, et il se dit qu'il rangerait plus tard. Il quitta l'appartement, refermant la porte derrière lui.

Il marcha dans Camden Town, prit les rues qu'il avait arpentées depuis son enfance, avec le sentiment de ne plus les connaître. Son esprit ne tenait plus en place, disloqué, perdu dans ses divagations habituelles. Plus tôt, il s'était senti prêt à affronter Pete et lui interdire de laisser ses amis entrer chez lui, mais à présent, il aurait préféré ne jamais avoir rencontré le garçon.

Il essaya de manger une omelette dans un café, sur Chalk Farm Road, mais il n'avait fait que jouer avec, la laissant, pour finir, refroidir dans sa graisse, puis il ressortit et remonta Parliament Hill Fields. Il resta assis sur un banc surplombant les pistes d'athlétisme, à regarder des filles s'activer au saut en longueur. À un moment, l'une des filles courut jusqu'à la piste de steeple et sauta dans le bassin qui constituait un des obstacles. Ce dernier était vide, mais elle fit semblant de s'y noyer, en criant et en agitant les bras. Ses amis l'ignorèrent et elle finit par regagner le sable.

Les filles partirent à la nuit tombée, mais Coughlan, trop fatigué pour rentrer chez lui, s'allongea sur le banc pour se reposer quelques minutes. Les douces étoiles d'été s'étalaient sur le plafond assombri du monde, ce qui lui rappela une certaine période de sa vie, pendant la guerre, quand il avait monté son matelas sur le toit de sa maison pour écouter les bombes tomber sur l'East End. Malgré la peur et le danger, il s'en souvenait comme d'une époque calme pour lui, une époque précédant la rencontre avec sa femme, une époque précédant l'explosion de la maison de ses voisins. Ses paupières se fermèrent, il était trop fatigué et avait mal à la tête. Quand il rouvrit les yeux, il commençait déjà à faire jour. Surpris, il se frotta le visage pour se réveiller et se leva. Il avait mal au dos, mais la douleur s'atténuait à mesure qu'il se rapprochait de la grille du parc. Quand il regarda l'heure à l'horloge de la bijouterie, sur Kentish Town Road, il découvrit avec étonnement qu'il était cinq heures du matin.

Il rentra chez lui et resta quelques instants dans l'entrée, retenant son souffle, à l'écoute. Plusieurs minutes passèrent et tout ce qu'il put entendre, ce furent les bruits et crissements habituels de l'appartement. Apparemment, il était seul, mais, pour en avoir le cœur net, il alla dans chaque pièce, vérifia dans les placards et derrière les portes, puis revint à la porte d'entrée et la verrouilla. Puis il alla dans sa chambre et se mit au lit, tout habillé.

Quand il se réveilla, il était plus de seize heures et un rectangle de lumière orange assez terne s'étalait sur le lit, à côté de lui. Pendant un court instant, il ne sut plus où il était, puis il se souvint s'être endormi sur le banc et là, tout lui revint en mémoire. Durant ce moment d'incertitude, il s'était senti en paix avec le monde, mais à présent, le nœud dans son estomac était de retour. Il regarda sa montre encore une fois. Pete ou certains de ses amis seraient bientôt de retour et il n'avait pas envie d'être là quand ils arriveraient. Il alla à la salle de bain vérifier l'état de ses blessures puis enfila des vêtements plus épais et plus confortables. Il prit son carnet de retraite, qu'il mit dans la poche arrière de son pantalon, et sortit. Il jeta un regard furtif aux dealers près des cabines téléphoniques puis retourna vers Parliament Hill Fields, faisant une halte dans une épicerie pour acheter quelques tartelettes et une brique de lait.

Il y avait quelques retraités sur le terrain de boules et un couple d'âge moyen peinait à échanger des balles sur l'un des courts de tennis. Coughlan les observa un moment, peiné par la décontraction avec laquelle ils supportaient la platitude de leur vie, et reprit son chemin vers le banc sur lequel il s'était endormi la veille. En contournant la grille du court, il fut pris de panique à l'idée que quelqu'un d'autre puisse s'y trouver. Mais quand il atteignit le sommet de la montée et qu'il vit qu'il n'y avait personne, il fut véritablement soulagé, comme s'il était rentré chez lui et qu'il avait vu que Pete et ses amis n'y étaient plus. Il accéléra le pas jusqu'au banc, s'y assit et regarda autour de lui, ébloui par le soleil de l'après-midi. Il n'y avait personne sur les pistes d'athlétisme, personne dans le sable de la piste de saut en longueur, rien à regarder pour passer le temps. Mais sur le chemin, une femme promenait son chien et, quand Coughlan lui adressa un bonjour joyeux, elle lui répondit par un bref sourire. C'était là sa meilleure interaction sociale depuis longtemps, la plus grande reconnaissance qu'il ait reçue.

Coughlan regarda le soleil disparaître derrière un rideau de bouleaux et de grues, lesquelles semblaient hanter pour toujours les rues de Londres. Bientôt la pénombre, comme un linceul, enveloppa le tout, plus fraîchement que la nuit précédente, alors il referma un peu plus son manteau. Un léger vent s'était mis à souffler sur la colline et il songea qu'il aurait peut-être froid, sur son banc. Il essaya de penser à un autre endroit où dormir.

Il y avait un petit café près des courts de tennis, il y serait sans doute bien au chaud blotti contre le mur des cuisines. Il se souvint ensuite qu'il y avait un kiosque à musique un peu plus loin. Ce n'était pas un de ces kiosques entourés d'une barrière de fer forgé ; celui-ci était muré du côté de l'allée. Quand un groupe jouait, le public s'asseyait sur la colline pour le regarder. S'il parvenait à se faufiler, il serait protégé du vent comme du regard des passants. Coughlan jeta un dernier coup d'œil à l'allée et à la lumière faiblissante, se blottit dans son manteau et avança vers le kiosque à musique.

Il s'endormit en moins d'une heure. Il rêva de créatures noires et blanches qui plongeaient d'une île bétonnée et qui nageaient, libres, en harmonie avec leur environnement. Il les regardait depuis la rive opposée avant de rassembler son courage pour plonger et les rejoindre. Au départ, il éprouva une sensation étrange dans ses bras et ses jambes. Ses membres étaient raides, il avait du mal à se déplacer, mais peu de temps après, il nageait librement avec les autres créatures. Elles avaient d'abord gardé leurs distances, puis il fut accepté parmi elles au bout de quelques minutes et quand ils eurent tous fini de nager, elles le laissèrent grimper avec elles sur leur île de béton. Quand il regarda l'endroit duquel il avait plongé dans l'eau, celui-ci avait disparu.

Le lendemain matin, il se réveilla avec le sentiment d'avoir passé la meilleure nuit de sa vie, et retourna vers l'appartement d'un pas presque bondissant.

En traversant son quartier, il vit que la porte de son appartement était ouverte. Comme il eut peur d'avoir été cambriolé, il monta les dernières marches à la hâte, mais quand il s'approcha de la porte, sa peur fut remplacée par autre chose : l'immense soulagement de ne plus avoir de responsabilité, de pouvoir faire ce qu'il voulait. Arrivé à la porte il s'arrêta et écouta quelques instants, puis la referma et poursuivit son chemin.

IV

LONDON CALLING

Dalston

MONTÉE
SUR UN CHEVAL BLANC

Mark Pilkington

Mark Pilkington est le rédacteur en chef du Strange Attractor Journal, *magazine de « culture impopulaire ». Il a écrit notamment pour le* Guardian, *et* Fourtean Team. *Pour plus d'informations :* www.strangeattractor.co.uk

Une centaine d'yeux méfiants le regardaient s'approcher dans le crépuscule jaune sodium. Les chats l'entouraient, figés, comme prêts à bondir, sur lui ou pas, ça, il n'aurait pu le dire. Heldon se considérait comme un amoureux des chats, mais leur regard fixe le rendait mal à l'aise.

Des points lumineux précis émergeaient de tous les coins, dans la nuit — sous les chariots et les voitures, sur les toits de tôle ondulée — même si, ce soir-là, la plupart de ces chats décharnés se concentraient autour d'un tonneau renversé qui avait déversé de jolis morceaux de viande et d'os à moitié congelés sur un journal qui arborait en une : « IRAN. LES GÉNÉRAUX ALLIÉS SONT PRÊTS. »

En journée, Ridley Road Market est le cœur de Dalston. Une tour de Babel grouillante de vendeurs et de clients — des Anglais des quartiers est et des Africains de l'Ouest, des Indiens, des Russes, des Turcs — qui se bousculent pour se frayer un passage dans un embouteillage permanent. Les étals

— des costumes de Blanche-Neige pour petites filles, des poulets rôtis, des articles en tous genres de chez Alpha & Omega — regorgent de tissus colorés exotiques et d'appareils électriques bon marché jouxtant des barriques remplies de morceaux de viande variés et non identifiables, de légumes inconnus et de téléphones portables débloqués.

La nuit, le marché appartient aux chats. Ils sont partout. Ils n'ont pas besoin de se battre, il y a de la nourriture pour tous, ils n'ont qu'à attendre leur tour, tapis dans l'ombre.

Au moins, ils éloignent les rats, se dit Heldon dans une tentative évidente d'auto-persuasion. Un rongeur long comme le bras courait derrière une benne à ordures. Les yeux des chats restaient rivés sur l'intrus bipède.

« Faites comme si je n'étais pas là, dit-il à voix haute, continuez à dîner.

— Fais pas attention aux chats, ils ne font que surveiller les éventuels rôdeurs. »

La voix à l'accent africain, profonde et attentionnée, venait d'une échoppe fermée, dans une carcasse en béton, de l'autre côté de la rue ; au-dessus d'une porte en bois était accrochée une pancarte qui avait vécu, sur laquelle on avait pu lire « Tissus Bouna Afr » avant qu'elle tombe en décrépitude.

Les chats retournèrent vaquer à leurs occupations. Heldon traversa la rue et ouvrit la porte.

« Bonjour Ani. Tu as plus de chats que la dernière fois que je suis venu.

— Oui, mon ami. Au moins, ils éloignent les rats, hein. »

Aniweta sourit et les deux hommes se serrèrent la main. Le Nigérian avait la corpulence d'un tonneau, sa main noire et puissante, ornée de bagues en or, engloutit celle, grassouillette et rosée, de Heldon. Aniweta disait qu'il avait la quarantaine. Mais ses yeux voilés et sa peau tannée comme du cuir indiquaient à Heldon qu'il était plus âgé que ça.

« C'est gentil, d'accepter de me voir, dit Heldon.

— Eh bien, c'est pas comme si j'avais le choix, non plus ! Viens, ne restons pas là, cet endroit me donne mal à la tête. » Aniweta se retourna, se fraya un chemin entre les tissus jaune et vert criards qui pendaient du plafond, puis disparut.

Un épais rideau noir dissimulait une porte menant à une petite chambre à peine éclairée. Sur des étagères étaient alignés des pots en verre sans étiquettes contenant des herbes séchées, diverses poudres et d'autres choses encore, trop difformes pour qu'on puisse déterminer si c'était animal, végétal ou minéral. Un grand bureau en bois était installé près du mur en face de l'entrée, recouvert de ce qu'on aurait pu identifier comme des traces d'une activité scientifique ou magique, au choix — des écailles, des pinces, un pilon et son mortier, des taches, des marques de brûlures, de la cire de bougie.

Aniweta s'assit sur une robuste chaise en bois et regarda Heldon, attendant de savoir ce qu'il avait à lui dire.

L'odeur écœurante de vieil encens, de légumes pourris et de viande faisandée rappela à Heldon sa première visite en ces lieux. C'était il y avait presque cinq ans. Il avait été un peu effrayé, sauf qu'il ne l'aurait jamais admis, à l'époque. À présent, il était juste en colère.

« Il y en a eu un autre, Ani. Mais je suppose que tu le sais déjà.

— Oui, je sais. Une fille, cette fois-ci. Nul doute que tu l'appelleras Eve. »

Heldon connaissait bien le marché. Il le fallait, quand on travaillait dans le quartier. En général, Ridley Road Market tournait tout seul, en système clos, et il valait mieux ne pas s'en mêler. Les forces de police avaient leur propre équipe là-dedans, et le marché avait probablement ses propres gars dans la police. Les portables de seconde main et les diverses marchandises tombées du camion faisaient partie des choses qui pouvaient être gérées en silence. D'autres ne pouvaient être ignorées. Une fois par an à peu près, quand le commerce d'armes et de drogue se faisait de manière un peu trop voyante, quelques stands faisaient inévitablement l'objet d'une descente de police, tout comme le vieux pub au coin de St Mark's Rise, moins populaire désormais, mais plus calme, un peu comme un salon d'esthéticienne.

Tout ceci n'était que de la routine pour la police, ces affaires n'intéressaient donc pas Heldon.

Lui s'occupait du trafic de viande de brousse. De chimpanzés surtout, mais aussi de gorilles, ramenés du Congo ou du Gabon. Une jeune punk italienne s'était presque évanouie une fois, quand une immense main noire à cinq doigts était tombée d'un papier d'emballage tendu à un client, sur l'étal de Sunny Day Meats.

Les descentes ne permettaient jamais de trouver des animaux entiers, seulement des morceaux — des têtes, des pieds, des appareils génitaux, des mains — dont la plupart étaient trop précieux pour être consommés et servaient donc au *muti* ou au *juju*. De la médecine. De la magie. On trouva quelque chose d'autre, aussi. La brigade pensa d'abord que le sac contenait des morceaux de bébé chimpanzé : des doigts écorchés, un pénis et un scrotum sombres et desséchés, des dents. Mais le labo lui donna tort. Ils étaient humains.

Le propriétaire du stand fut arrêté.

L'équipe de Heldon n'avait pas divulgué les détails à la presse, mais Aniweta avait su. C'était un *sangoma*, un sorcier, et il était donc au courant de tout. Heldon en savait très peu sur lui, à part qu'il avait émigré du Nigeria vers Londres dans les années 1970, qu'il avait un passeport britannique et un casier judiciaire vierge. C'était un informateur fiable qui les renseignait aussi bien sur le quartier que sur certaines traditions africaines. Son calme et son sens de l'humour noir avaient forcé le respect de Heldon, voire parfois sa crainte.

Au départ, Heldon pensait que les morceaux avaient été importés. Puis il y eut le 21 septembre 2001, l'équinoxe d'automne : un garçon de cinq ans avait été repêché dans la Tamise devant le Globe Theatre. Le corps était nu, hormis un short orange qu'on lui avait visiblement enfilé après l'avoir saigné à mort. Sa tête et ses membres avaient été tranchés par quelqu'un qui semblait connaître son affaire.

Ils l'appelèrent Adam. Ils n'en pouvaient plus de l'appeler « le corps » ou « le tronc ». Au départ, ils pensaient qu'il était sud-africain, mais l'autopsie révéla autre chose : l'estomac du garçon contenait un mélange de boue, d'os, d'or et les restes d'une fève de Calabar. Cette fève permit une véritable avancée dans l'enquête, car la plante ne pousse qu'en Afrique de l'Ouest, où elle se fait appeler le « haricot fatal » à cause des décès accidentels qu'elle provoque. Elle sert également à identifier les sorcières et à réduire à néant leurs pouvoirs, car seuls les innocents sont censés survivre à son ingestion. Le short était un autre indice : il avait été acheté dans un magasin Woolworth's allemand. Il était corail, de la couleur de l'esprit de l'*orisha* Ochun, la reine de la rivière dans la religion yoruba : la grande divinatrice qui connaît le futur et les mystères des femmes.

La fève de Calabar avait causé l'augmentation de la pression sanguine jusqu'à un niveau de souffrance élevé, suivi de convulsions et de paralysie consciente. Les cris de douleur auraient imprégné la magie d'une force rare et terrible. L'enfant avait ensuite été égorgé et ses tourments avaient cessé suite à un dernier coup, derrière la tête. Après sa mort, la boucherie avait commencé. Le sang fut recueilli, la tête et les membres coupés, et « l'os de l'atlas » avait été mis de côté, c'est-à-dire, en *muti*, la vertèbre qui relie la nuque à la colonne vertébrale, là où les vaisseaux sanguins et les nerfs se rencontrent.

L'appareil génital du garçon, encore intact, indiquait que ce n'était pas ce que le tueur recherchait. Ce qui l'avait intéressé, c'était le sang, dont on avait doucement et précautionneusement vidé le corps suspendu. Adam était mort pour rapporter de l'argent, du pouvoir ou de la chance à quelqu'un. Peut-être aux trafiquants qui l'avaient fait venir à Londres. Son voyage avait probablement commencé quand il avait été volé ou vendu au Bénin et s'était poursuivi en Allemagne, avant d'atteindre les rives britanniques, sa destination finale.

Quelqu'un avait pris soin d'Adam avant sa mort : on avait retrouvé des traces de sirop contre la toux dans son métabolisme. Peut-être n'avait-il pas été amené ici spécialement pour le sacrifice, mais, sans cela, sans doute aurait-il été destiné à travailler comme esclave ou prostitué. Mais il aurait au moins eu une chance de s'en sortir.

En dépit de nombreuses arrestations à Londres, Glasgow et Dublin et de procès pour trafic d'êtres humains, personne n'avait été arrêté pour le meurtre du garçon. Heldon bouillait de frustration depuis des mois, même s'il avait réussi à tenir le coup, ce qui n'était pas le cas de tous dans l'équipe. Depuis trois ans, cette enquête avait eu raison d'O'Brien, l'inspecteur chargé de l'affaire. Il avait démissionné, à bout de nerfs, au sommet de sa carrière. Heldon avait été son adjoint sur l'enquête : il avait vu la tension, les épines de la paranoïa percer l'armure d'O'Brien.

Et à présent, il y avait un autre corps.

Aniweta avait raison. Ils l'avaient appelée Eve.

La fillette avait été mutilée comme Adam, son torse avait été enveloppé dans une robe en coton blanc avec un liseré rouge. Les éboueurs l'avaient retrouvée dans une poubelle le 5 décembre, quatre jours plus tôt, devant un pressing sur White Horse Street, pas loin de St James. Elle devait avoir six ans.

« Qu'est-ce que tu peux me dire, Ani ? demanda Heldon au *sangoma*.

— Je peux te dire que cette fois, c'est différent.

— Pour l'instant, le labo pense qu'elle a été tuée de la même manière qu'Adam.

— Oui, mais c'est elle qui est différente. Elle a du pouvoir. » Ani hochait la tête, impressionné. « Le rouge et le blanc sur la robe sont pour Ayaguna. C'est un jeune *orisha*, un guerrier. Toi, tu le connais sous le nom de saint Jacques et quand il vient, il vient sur un cheval blanc. Elle chevauche avec lui, maintenant. Il aime les petites filles, vois-tu, il les aime jeunes comme elle. Leur sang est pur. C'est un *juju* puissant. Tu trouveras des choses dans son corps : de la boue, de la poudre, de l'argent, peut-être du cuivre.

— Autre chose ? »

Ani cessa de contempler les taches sur son bureau et se tourna vers Heldon.

« Oui, mon ami, je sais que tu ne dors pas bien. »

Heldon fut pris au dépourvu.

« Eh bien, finit-il par répondre, d'une certaine façon, je ramène du travail à la maison.

— Comme O'Brien ?

— Non, et je n'ai pas l'intention de finir comme lui. Mais oui, toute cette histoire m'a chamboulé. Je ne m'attendais pas à tomber sur un autre corps aussi vite. Et puis, avec cette guerre qui se prépare…

— Il y a toujours une guerre. C'est la mission d'Ayaguna. Mais il n'y aura pas de guerre là d'où vient cette fille. Elle est l'une des leurs, une offrande pour la paix.

— Je parlais de l'Iran, mais sinon, on pense que la fille est nigériane.

— Non, elle n'est pas de chez nous, elle vient du Congo, répondit Ani avec un aplomb dont Heldon ne pouvait douter. C'est de là que viennent les problèmes. Mais pour le moment, il n'y aura pas de guerre. Elle est morte pour que les combats cessent. Elle rendra Ayaguna heureux pendant un temps. Mais on ne sait pas combien de temps, parce que ça dépendra si les *sangomas* connaissent bien l'*orisha* ou pas. S'ils le connaissent bien, la fillette sera morte avec six doigts et six orteils. Sa peau aura été coupée six fois avec une lame et brûlée six fois avec une flamme.

— Si elle est morte pour empêcher une guerre, pourquoi a-t-elle été tuée ici et pas dans son pays ?

— Les *sangomas* n'aiment pas la guerre. Ça déstabilise l'équilibre. Tant de morts, cela crée des problèmes pour tout le monde. Les plus malins sont ici.

— Logique. Je n'aime pas la guerre non plus. OK, merci Ani. À bientôt. »

Heldon ressortit dans la nuit. Les chats, eux, étaient partis.

Le labo donna raison à Ani. Les analyses minérales des os révélèrent que la fille était bien congolaise. Elle avait avalé — ou avait été contrainte de le faire — un mélange de poudre, d'argent, de cuivre et de boue. Elle avait été attachée et battue plusieurs fois, puis brûlée avec une brindille d'iroko enflammée. Ils n'avaient pas retrouvé ses membres et ne pouvaient donc pas compter ses doigts ni ses orteils, mais Heldon suspectait que, s'ils les trouvaient un jour, il y en aurait six de chaque.

Les journaux africains révélèrent que le Congo avait failli connaître un nouveau bain de sang, mais qu'un accord avait été passé les jours précédents entre les différentes factions guerrières. Après plus de trois millions de morts, on pouvait imaginer qu'ils s'étaient lassés des tueries.

L'histoire ne fut quasiment pas diffusée dans la presse britannique. La situation s'aggravait en Iran, bien que rien n'ait changé en Irak depuis l'arrivée des alliés, dix-huit mois plus tôt. Et à présent, ces mêmes alliés voulaient s'en prendre à des leaders iraniens hostiles et défiants. Le gouvernement de mi-mandat, quant à lui, déclarait sournoisement que les possibilités de paix étaient entre les mains des Iraniens, pas des forces alliées qui s'amassaient aux frontières du pays.

Encore des enfants tués.

Le travail de Heldon ne l'avait pas rendu insensible à la mort ; au contraire, il lui avait révélé toute son horreur. Il savait ce qu'une balle signifiait : la chair tordue, brûlée, les os brisés, les cris, l'odeur du sang. S'il n'avait pas d'enfants lui-même, il savait que les statistiques de guerre n'étaient pas que des chiffres. Il y avait des milliers d'Adam, des milliers d'Eve. Explosés, mutilés, étendus morts dans des rivières, des mares, dans les bras de leurs parents, filmés par l'objectif de la caméra, niés au petit-déjeuner, ignorés dans le train.

Alors qu'une guerre inévitable menaçait de nouveau, les manifestations pacifistes devenaient violentes, agitées par la frustration et la colère. Heldon y participait autant qu'il le pouvait, mais n'en parlait pas à ses collègues, tout comme il leur avait tu ce qu'Ani lui avait dit. C'était plus simple comme ça.

Il ne leur avait pas non plus parlé de ses autres recherches en cours. Ça n'était pas nécessaire. Et il n'en avait pas parlé à Ani. Pour quoi faire ? Il savait probablement déjà tout sur ces meurtres. Ils avaient eu lieu un peu partout en Europe et en Afrique au fil des années. De nombreuses morts, comme celle d'Adam, avaient à voir avec le pouvoir. Aussi terribles soient-elles, elles n'intéressaient plus Heldon. Il ne s'intéressait qu'aux autres, comme celle d'Eve. Ces morts étaient différentes et avaient été efficaces. Les preuves existaient, de petits répits dans la longue histoire de la guerre. Du *juju* puissant.

Elle est l'une des leurs… différente… puissante.

Les mots d'Ani accompagnaient Heldon alors qu'il se dirigeait à grands pas vers le parking derrière le centre commercial Kingsland. Régulier, étouffé par le béton, c'était un no man's land coincé entre la rue et la voie ferrée. Peu de gens utilisaient l'entrée du fond. Une fois passée la grande entrée de Sainsbury's, les magasins disparaissent en un reflet de la vie extérieure, celle de Kingsland High Street.

C'était une matinée de semaine, plutôt grise. N'importe quel gamin se trouvant dans les parages à cette heure-ci cherchait à éviter quelque chose.

Maintenant, elle chevauche avec lui.

Il la trouva derrière l'escalier extérieur en métal, la capuche relevée, ne faisant rien de particulier.

Elle était une des nôtres.

Il avait songé à ce moment encore et encore. Une mort peut-elle jamais se justifier ? Est-ce qu'une vie sans avenir en vaut dix mille autres ? Oui, elle les vaut. Soudain, Heldon sut exactement ce qu'il était en train de faire.

« Salut, tu ne devrais pas être à l'école ?

— Qu'est-ce que ça peut te faire ? T'es prof ? »

Il lui montra sa carte. « Non, je suis policier et je pense que tu devrais venir avec moi. Ne t'inquiète pas, tu n'as rien fait de mal. J'ai un travail très important à faire et j'ai besoin que tu m'aides. Est-ce que tu aimerais monter sur un cheval blanc ? »

La fille le suivit sans broncher.

Elephant & Castle

LE SUD

Joe McNally

Joe McNally est journaliste et photographe. Il a vécu à Londres pendant dix ans et a travaillé pour divers magazines, comme Fourtean Times *et* Take a break. *La nouvelle « Le Sud » est sa première incursion dans la fiction.*

Comme chaque nouvel arrivant à Londres, j'ai été presque inévitablement séduit par elle, et ce dans plusieurs sens du terme. Avec enthousiasme, j'ai rejoint les rangs de ceux qui prétendent lire la ville. Je suis parti en quête d'obscurs ouvrages qui, je l'espérais, me permettraient de pénétrer dans les lieux consacrés par la récitation des *Noms sacrés des rivières perdues*[1], et je n'ai eu de cesse de soutenir les opinions qui sous-tendaient leurs fictions.

Dans l'ensemble, mes propres dérives ont été limitées aux rives nord de la Tamise, en raison de la confluence de divers hasards géographiques et des obligations pratiques liées à l'entretien d'une voiture. Plus précisément, cette limitation est liée aux îlots mystérieux des morts situés entre Maida Vale

1. *The Sacred Names of the Lost Rivers*: l'ouvrage fictif fait référence aux rivières qui coulent sous la ville de Londres. Voir N.J. Barton, *The Lost Rivers of London: A Study of Their Effects Upon London and Londoners, and the Effects of London and Londoners on Them*, Historical Publications Ltd, 1992.

et Ladbroke Grove. Un pays fantôme, à l'ouest. Trop mort, même pour J.G. Ballard.

Considérez Londres comme une *mappa mundi* : richesse et confort à l'ouest, richesse et stérilité dans le grand nord, misère et industries à l'est (ce dernier aspect est amoindri ces derniers temps — des docks réhabilités, des églises transformées en Starbucks) et, au sud, une version cliché d'*Au cœur des ténèbres*. D'absurdes allées de dalles immaculées le long du fleuve, un gâchis grouillant auquel on préférerait ne pas penser.

Ce territoire inexploré est notre petit tiers-monde à nous, un peu trop sauvage pour le gentil psychogéographe. Il ne s'agit pas de la pauvreté muséifiée de l'East End ; non, ici, on est dans la réalité, celle où l'on t'agite une bouteille cassée devant le visage, l'haleine empestant le whisky, avant de t'assommer et de te dépouiller jusqu'à la moelle. Il y a une raison pour laquelle les sorciers ne traversent pas les eaux courantes ; ici-bas, une boule de cristal s'échange contre des cailloux en moins d'une heure.

C'est là que je m'en rends compte, en prenant la correspondance entre le métro et le Thameslink[1] à la station Elephant, la pointe du delta — Old Kent Road, un autre Nil, une divinité du bitume, qui s'achève en disparaissant vers une source inconnue, dans un territoire mythique, censée ressurgir du

1. Train de banlieue.

côté de la M25. Et là, à la pointe du delta, les tunnels.

On les aurait dits construits pour nous, adorateurs autoproclamés de la ville, encore ébranlés par nos trips souterrains frénétiques sous acide, par nos longues déambulations urbaines, défoncés à la coke, des accros au crack à nos basques, prêts à faire chauffer des restes de cristal sur nos mouchoirs sales. On était admis seulement si l'on faisait apparaître quelque nouveau point obscur à partir duquel les métropolimanciens pourraient extrapoler un millier de thèses déjantées. Là, un groupe d'urbanistes prévoyants, véritables héritiers du manteau de Dionysos, créaient — intentionnellement ou non — un terrain de jeu pour ceux qui étaient incapables d'emprunter un passage souterrain sans s'arrêter pour tenter de déchiffrer les signes cachés que laisse deviner chaque plaque de béton décrépit, chaque traînée de pisse.

Tout commence quand vous disparaissez sous terre à nouveau, après être sorti du métro. (Non, ça commence avec le nom : « Elephant & Castle », pittoresque au premier abord, puis prenant presque des connotations sinistres. La guilde des couteliers, ivoire et métal. De l'os et une lame de couteau, une union encore célébrée ici, la plupart des nuits.) Les passages souterrains, avec leurs écriteaux abscons ou vandalisés, nous harponnent immédiatement, une allusion évidente à la Crète — des passages qui semblent précisément prévus pour faire naître la peur d'un thériomorphe rugissant susceptible d'apparaître à chaque tournant. De la panique pure.

À un moment donné, dans une tentative malavisée d'atténuer ces terreurs chtoniennes, quelques peintures murales ont été ajoutées, montrant des scènes imaginaires d'une non-histoire du sud de Londres, des scènes de jungle, des fantaisies subaquatiques. Des requins patrouillent sur ces murs. Mais le *genius loci* ne se laisse pas oublier ainsi. Il pourrit la belle ambiance des fresques et, à la longue, la transforme en folie malsaine. Les sourires des personnages prennent un aspect sinistre, les vendeurs de rue si enjoués avec leurs chevaux bien nourris nous mettent souvent mal à l'aise, comme des dessins d'enfants sur les murs d'une maison brûlée. Décolorées, tombant en décrépitude, les peintures sont devenues une reproduction désespérée de ce qu'on ne peut suggérer que dans un symbolisme oblique, un mélange personnel et quelque peu autiste de Heinrich Hoffmann et Rider-Waite.

Entre les deux stations, je m'arrête pour parler à une sans-abri assise en tailleur contre le mur. Elle doit avoir environ cinq ou six ans de moins que moi mais semble en avoir dix de plus. Un énorme livre est ouvert devant elle et je lui demande ce qu'elle lit, prêt à servir une politesse sur Tolkien ou pire. Mais il s'agit d'une anthologie de classiques policiers — Chandler, Willeford, Himes — avec les mots *Pulp Fiction* brillant sur la couverture. Elle m'explique qu'elle l'a acheté parce qu'elle pensait que cela avait quelque chose à voir avec le film. Elle en a lu environ la moitié. Je lui donne une livre et lui dis de la mettre de côté pour l'achat d'un nouveau volume.

Une livre, c'est le minimum ; elle est déjà en train de devenir une ombre irréelle, se frayant un chemin dans la toile des métaphores, un destin qu'on n'envierait à personne ou qu'on n'infligerait pas sans contrepartie. C'est une sorte de mort, après tout. Il y avait bien une vraie femme assise par terre dans ce passage souterrain, elle lisait un vrai livre, je me suis arrêté, je lui ai parlé, je lui ai donné de l'argent, mais en la réduisant à cet incident, je nie triomphalement le reste de son existence, tout en me félicitant d'une petite tape dans le dos de mes instincts littéraires si bien aiguisés, en rêvant de Henry Mayhew.

Elle avait été attirée par le livre — son anthologie, pas la fiction que vous lisez, je suis le seul dans ce voyage-là, pour l'instant — parce qu'elle s'attendait à autre chose, mais elle avait compris que, finalement, ce qu'elle avait n'était pas si mal. Entre dans le labyrinthe et bats-toi. La réponse est souvent une sorte de psycho-charabia suffisamment sombre pour être rassurant, emprunté à un Freud à moitié entendu et jamais lu, voire pire, d'un George Lucas — toi, tes parents, ton côté obscur. La vérité, c'est que tu te bats contre le labyrinthe lui-même, cette manifestation ultime d'un voyage qui devient sa propre destination. Chaque rencontre que tu peux faire n'est qu'une fonction du labyrinthe.

Un fragment d'information remonte à la surface, vu dans le *Fortean Times*. Un papier de Paul Devereux sur un temple d'Amérique du Sud conçu comme une machine shamanique. On faisait ingurgiter à l'initié un morceau de cactus hallucinogène, puis on l'envoyait dans le temple. Chaque partie du bâtiment était construite de façon à accentuer un aspect de l'expérience psychédélique — des murs à échos, d'autres avec une acoustique quasi nulle, des conduits conçus pour créer des sons sans origine, des lumières mystérieuses.

Le cactus dont ils se servaient, le San Pedro, est largement disponible à Camden et à Portobello Road. Mais mangez-en quelques morceaux et aventurez-vous par ici, et j'ose à peine imaginer comment vous allez triper. Certainement pas le trip hurleur divin-prophétique de l'au-delà qu'on lirait régulièrement dans la *London Review of Books*. Les signes qu'on pourrait décrypter ici brûleraient le cerveau par leurs révélations, un shoot de pure kabbale en *free base*, qui referait le lien entre l'hémisphère gauche et l'hémisphère droit et qui ferait du lecteur le canal par lequel passerait la voix du labyrinthe.

Ça continue. Je traverse un peu crispé le centre commercial pour rejoindre le Thameslink. Le couloir bétonné ressemble à un bunker abandonné au fin fond de l'Europe de l'Est. Il y a environ dix centimètres d'eau de pluie par terre et une signalisation jaune fort utile pour le rappeler. L'endroit est désert. Ce qui se rapproche le plus d'un contact humain, ce sont les haut-parleurs, qui crachent des informations enregistrées il y a des heures de cela et ailleurs, un rayon cathodique fantôme, des nouvelles de nulle part. Le prochain train est dans une heure. J'ai raté le précédent à quelques secondes près à cause de ma petite discussion avec la SDF. (Vous voyez : je ne lui donne même pas de nom, mais toute cette histoire découle d'elle ; sans elle, vous ne seriez pas en train de lire ceci, ou, du moins, pas dans sa forme actuelle.)

Je me rends à l'arrêt de bus et, quelques secondes après avoir découvert que j'en avais effectivement besoin, le bus surgit. Un autre présage, une autre métaphore. C'est une zone fertile ; des bombes de minuscules possibilités explosent en envoyant des éclats dans les différentes parties de mon cerveau. Les personnes qui déambulent aux abords du centre commercial (le centre commercial rose, tout en béton, un cauchemar pour les nationalistes, avec ses colons basanés et son odeur de lavande) se muent en un message qui m'est envoyé par quelque chose, au-delà.

Une fois dans le bus, mes yeux se posent sur un siège étrangement vide : trois places sont libres autour d'une masse assoupie. La route est longue vers la *terra australis incognita* et je vais avoir besoin de mes forces pour plus tard. Au moment où je m'assieds, je comprends pourquoi aucun de mes compagnons de voyage ne s'est installé là. Le type au milieu de cette zone d'exclusion sent. Non, ça ne lui rend pas justice. Une puanteur véritablement héroïque plane autour de lui, se déplace à chacun de ses mouvements, est balayée dans des ondes presque visibles devant et derrière lui à chaque soubresaut de son rêve.

Je m'en accommode autant que possible mais, au bout d'un moment, je change de place (en bon garçon de la classe moyenne, j'attends qu'il soit complètement endormi pour le faire ; selon moi, il est impossible qu'il ne soit pas conscient de ces miasmes, et je n'ai aucune envie de le lui rappeler). De mon nouvel observatoire, je comprends qu'en fait, le voyage précédent dans les tunnels n'était qu'un leurre, un échauffement. Enfin les choses sérieuses commencent. Il n'y a aucun signe pour m'aider, aucun guide amical ne tient de registre rempli de noms familiers qui me permettraient de me repérer. Mes yeux ont quitté la route sans que je m'en aperçoive.

Je jette un coup d'œil rapide à chacun des autres passagers. À la fin, il n'y a plus personne à regarder, je me tourne donc vers le type assis en face de moi.

Il est avachi et, en même temps, penché en avant. Il a une bosse sur le dos qui projette sa tête vers l'espace libre entre ses genoux. Un costume de laine marron terriblement *vintage* ajoute au côté bovin du personnage. Des poches de chair épuisée, semblables à du corned-beef — avec des plaques grasses, brillantes et marbrées —, pendent d'une charpente acromégalique, criblant son visage d'un ensemble de petites cavités. Ses yeux sont comme enterrés sous des plis énormes de peau boursouflée menaçant de fusionner avec ses joues : une œuvre en cire qu'Auden[1] aurait sauvée trop tard d'une conflagration. Des touffes de cheveux hirsutes partent de son crâne comme une couronne de plumes. Il navigue entre sommeil et veille, et les arrêts réguliers du bus le font tressaillir et envoient une secousse dans tout son corps, répercutée et amplifiée dans le nuage nauséabond qui le colle comme une nuée de criquets. Son souffle s'évacue d'une bajoue cramoisie.

Il ne semble pas appartenir à ce monde, on dirait un réfugié d'une peinture de Grosz, censurée car trop épouvantable pour le public. Il y aurait quelque chose de comique en lui, si ce n'était sa superbe immensité et cette puanteur animale autour de lui. C'est l'archétype de la pestilence, combinant des odeurs de pisse, de merde et de sueur avec des tonalités plus subtiles de vomi de bébé datant de plusieurs jours et de viande pourrie, qui vous restent en tête bien plus longtemps que dans les narines.

Je suis extrêmement curieux à son égard, à peine capable de retenir ma joie d'auteur. C'est un puissant *juju*. Je m'étais dit que quelque chose valant la peine d'être couché sur papier arriverait ce soir, et il semblerait que j'aie réussi à conjurer

1. Voir le poème de W.H. Auden, « Le musée des Beaux-Arts ». La référence ici est faite aux ailes d'Icare.

cet automate de chair par une pure nécessité narrative — un espace notionnel où on peut lire « COULEURS LOCALES » se remplit d'une véritable étrangeté, une rencontre authentique et bien tangible qu'un meilleur auteur que moi saurait rendre en un seul paragraphe, voire en une phrase.

Mais je ne parviens pas à m'en défaire et mon esprit tente de trouver une manière de dérober cette créature et l'utiliser à mes propres fins. Le fait qu'il soit en train de rêver, son apparence physique, sa crasse, tout ceci est bon. Je me demande un instant s'il n'y a pas un moyen de le coincer dans une sorte de fiction, une manière simple de tourner tout cela à mon avantage.

Pendant que je réfléchis à tout ça, il remue et commence à rassembler ses affaires pour descendre au prochain arrêt. Agressé par la puanteur qui, inévitablement, accompagne son nuage isolant, je me replonge dans le livre qui me servait de bouclier (Maurice Leitch, *The Smoke King*), tentant désespérément d'éviter son regard. Après tout, il est ma propre création et je ne veux pas être rendu responsable si cette créature si parfaite devait croiser le regard de son créateur…

Le bus s'arrête et, tandis que les portes s'ouvrent, il s'avance maladroitement vers la sortie, des sacs en plastique blanc pendant à ses poignets, provoquant des tornades qui répandent son odeur aux quatre coins du véhicule. Je jette un regard de côté tandis qu'il atterrit sur le trottoir. Il se redresse après un vacillement, un des sacs se balance et vient cogner la vitre à côté de moi dans un bruit qui ne me plaît guère. Un motif obscur vient rapidement révéler quelque chose qui, je l'espère, n'est pas un visage, et le Minotaure s'en va.

Aldgate

WHO DO YOU KNOW IN HEAVEN?

Patrick McCabe

Patrick McCabe est né en 1955, il est l'auteur de nombreux romans, dont Le Garçon-Boucher *(Points-Seuil), mais a également écrit des pièces de théâtre et des scénarios. Il vit à Sligo, en Irlande.*

« OK, ai-je dit avant d'appeler les flics.

— Qui est à l'appareil, s'il vous plaît ? a-t-elle demandé.

— Edgar Lustgarten. Vous vous souvenez peut-être de moi dans *The Scales of Justice*[1], mais peut-être pas.

— Non, en effet, je ne me souviens pas. »

Ce n'était pas comme si cela avait de l'importance, puisque je n'étais plus là.

Et juste après, voilà que Feane apparaît dans le *Daily Mirror* la tête recouverte d'un anorak. Mais c'était bien lui — avec ses chaussures bicolores.

Le problème, avec Mickey Feane, c'était sa vantardise permanente. « Regarde-moi : je suis un *super-militant.* »

Jamais aimé ces connards de Belfast. Trop prétentieux.

1. Série télévisée britannique judiciaire des années 1960. Edgar Lustgarten, le présentateur, introduisait chaque épisode, basé sur des faits réels, sur un mode hitchcockien.

Il aurait tout le temps de se vanter, désormais, à la prison de Brixton.

Pauvre Feane — un de plus sur la longue liste des criminels irlandais maigrichons détenus en Albion pour le bon plaisir de Sa Majesté.

Au début, c'était chouette — c'est indéniable.

Je crois que je vais aller à Londres, je m'étais dit. *Je vais y aller et je ne reviendrai pas.*

« Au revoir les vaches, avais-je dit, adieu les rues. »

Qu'ils aillent tous se faire foutre, comme le reste de ce pays misérable.

Après tout, nous étions en 1973. Tout ce putain d'endroit n'était qu'une cabane à chiottes vide.

« Au revoir papa, maman. Au revoir, les autres gamins, avais-je dit tout en sautillant. J'espère que vous allez tous crever. »

Je m'étais fait de très bons amis. C'était vraiment de bons potes. Ils portaient des pulls avec des motifs en zig-zag et des jeans informes.

Le jour même où je débarquais, Harrods explosait. Deux flics m'ont arrêté et m'ont dit : « Bonjour, bonjour. » Croyez-le ou pas, c'est la pure vérité. Je leur ai donné une enveloppe avec le nom du vieux dessus. Ça ne leur plaisait pas trop, d'après leurs propres dires.

« Tu pourrais t'attirer un tas d'ennuis, ici, ont-ils poursuivi. C'est une époque étrange, à faire dresser les cheveux sur la tête, petit Irlandais naïf. »

J'étais complètement décalqué, pratiquement tout le long du trajet. J'ai bu quelques pintes avec un vieux gars dont le visage ressemblait à une tomate mûre.

« Tu sais ce que les Anglais ont fait ? m'a-t-il demandé. Ils ont pendu de braves types devant leurs propres portes. »

Jamais de ma vie je n'avais vu un visage comme le sien. La seule chose qui m'est venue à l'esprit et qui aurait pu convenir, ça a été *Le monstre qui vient de Tipperary*[1].

« Je vais te dire un truc sur Londres », m'a-t-il annoncé, mais je n'ai jamais su de quoi il s'agissait, parce qu'à peine avait-il dit ça qu'il s'effondrait la tête la première dans le cendrier, un épi de cheveux roux dressé sur son crâne comme une fleur.

Une fois certain que personne ne me regardait, j'ai mis ma main dans sa poche intérieure et j'ai pris son porte-monnaie bombé. Dedans, il y avait des cartes *in memoriam* avec la petite photo d'un grand fermier souriant. J'en ai déduit qu'il s'agissait de son frère récemment décédé.

Il y avait une bonne liasse de billets, là-dedans — enroulée et entourée par un élastique. Un peu comme le font les maquignons.

1. *The Incredible Melting Man*, traduit en français par *Le monstre qui vient de l'espace*, film de William Sachs de 1977.

Me voilà parti en direction de Piccadilly. J'ai tourné à un croisement et là, c'est apparu en clignotant : CINZANO.

Je suis resté là à regarder, complètement immobile. Car c'était sur le chambranle de la cheminée à la maison, et c'était la dernière chose que j'avais vue avant de partir.

« Tu es un mauvais garçon, Emmet », m'avait dit papa.

Je m'attendais à ce que toute la ville vienne assister à mon départ. Mais ça n'avait pas été le cas. Ça avait fait l'effet, j'en ai bien peur, d'un pétard mouillé.

J'avais simplement refermé la porte derrière moi et devinez qui a fait un vol plané depuis son emplacement au-dessus de la fenêtre ? Sa Sainteté l'Enfant Jésus de Prague.

Pour les Anglais qui ne vont jamais à la messe, l'Enfant Jésus de Prague est un petit saint qui monte la garde au-dessus des portes, une couronne brillante en or sur la tête et un sceptre à la main. Malheureusement, après ça, sa tête s'est cassée, ce qui avait attristé maman parce qu'elle l'aimait beaucoup.

« Ne reviens pas ! » avait-elle crié.

Puis j'avais vu papa lancer un regard furieux depuis la pénombre.

« Ne t'inquiète pas, tu vas pouvoir la frapper autant que tu voudras, maintenant », lui avais-je dit.

Il avait toujours été fan de football, surtout quand le ballon, c'était maman.

Il aimait bien regarder un match le week-end et, pourquoi pas, s'il avait le fric, retourner au pub le lundi, le mercredi, le jeudi, le vendredi — et le mardi.

Je suis allé dans la grande boutique pleine de néons. Il y avait une poupée, Rita, qui, elle, ne dirait jamais non, et une femme avec un masque foutant une beigne à un de ces types qui grouillent dans la City, avec un chapeau melon.

« Je vais t'apprendre les bonnes manières, dit-elle, et elle n'avait pas l'air de plaisanter.

— Oh non, s'il vous plaît, ne faites pas ça, mais faites-le quand même. »

Ça me tiendrait au chaud, une bonne fessée comme ça, me suis-je dit, tandis que je longeais la Tamise pour rentrer vers mes appartements.

J'ai pensé à eux tout le chemin du retour — à tous mes compatriotes restés au pays. À l'heure qu'il était, ils s'étaient certainement rendu compte que mon lit de plumes était resté inoccupé et que les Midlands ne seraient bientôt plus que consternation.

Ces idiots sans cervelle ne savaient certainement que peu de choses sur les véritables raisons de mon départ pour Londres. Je frissonnais de plaisir en y pensant : *Mission à Londres. Un ministre britannique est descendu par un assassin de l'IRA. C'est une course contre la montre. Un seul faux pas et il finira abattu avant d'atteindre sa cible.*

Je caressais amoureusement la crosse de mon Smith & Wesson .686 — dix centimètres — qui restait calé bien au fond de la poche de ma veste. Ma veste en cuir noir brillant — une vraie veste de terroriste certes, mais confortable et stylée quand même. La tenue automnale du militant bien sapé du milieu des années 1970.

Je me suis entendu dire : « Sors de la voiture. Je réquisitionne ce véhicule au nom de l'Armée républicaine irlandaise. Ils m'appellent *Emmet one-shot*, mon pote, parce qu'une seule balle me suffit. »

Il y avait une grosse lune enflée au-dessus de l'usine à gaz, on aurait dit le plus beau des ballons gonflables. Mon vieux connaissait une chanson là-dessus, je m'en suis souvenu. Ça disait : « Quand la pleine lune brille, ma douce Molly… »

Une fois, je l'avais entendu la chanter à ma vieille. Une nuit dans la cuisine, peu après Noël, il y avait longtemps. Enfin, je crois bien l'avoir entendu. Et puis je me suis endormi avec ma chouette veste de militant bien serrée contre moi.

Et donc je suis parti — tchou-tchou dans le train. En route pour Epsom, dans le Surrey. Drôle d'endroit, au final — un hôtel, un genre de club pour colonels croulants. Je me demande combien il y avait de moustaches en guidon de vélo là-dedans.

Je dirais au moins dix-sept.

De grosses plantes en pot et des femmes semblables à des vampires. Le Cercle de l'armée des morts d'Epsom.

Tous assis là, à jacasser à propos de la goutte et des bégonias.

« T'aimes pas trop travailler, pas vrai ? » a dit le boss.

Il m'avait surpris en train de dormir sous les cartons.

J'ai observé et enregistré tout ce qu'il y avait dans le bureau. Le baromètre sur le mur qui indiquait « doux », l'oiseau sur la cheminée qui trempait son bec dans un pot. Des meubles en cuir ciré, capitonnés.

« Aussi extraordinaire que ça puisse paraître, tu n'as pas du tout l'air gêné. »

J'allais pas lui dire quoi que ce soit. Mahoney — mon officier en chef — m'avait toujours dit que, si je me faisais arrêter, il fallait que je me concentre sur un point du mur.

Il m'a viré. « Dégage », m'a-t-il dit. Du coup, ben, j'ai lâché l'affaire.

Quand je suis retourné à Londres, j'étais énervé et crevé.

J'ai vu une femme au visage couvert de sang, soutenue par un homme en imperméable devant une sandwicherie Wimpy. Je suis resté plusieurs minutes à scruter la vitrine d'un magasin de location de télés, sans raison. Sur un des écrans, j'ai vu un type qui disait : « Je sortais tout juste de mon bureau quand j'ai entendu le bruit le plus effroyable qui soit. » Les policiers hurlaient encore : « Veuillez dégager la zone ! » Tous les pubs fermaient leurs portes. J'ai entendu quelqu'un courir derrière moi et hurler : « Salauds d'assassins ! » J'ai dissimulé mon visage et cherché un hôtel. Mon livre s'appelait *Mission à Londres*. Le livre que je m'étais inventé pour pouvoir m'endormir. Je figurais sur la couverture, en parka, l'air sombre et méchant. Derrière moi, des collines de mon pays. Le vieux à côté de moi m'a demandé : « Quelle heure est-il ? »

C'est l'heure de l'Apocalypse, mon ami, quand les nuages recouvrent le soleil et que la lune ne réfléchit plus aucune lumière.

J'avais lu ça dans une vieille bible des Gédéons qu'un autre clodo avait laissée dans mon casier. Il devait être triste parce que je l'entendais pleurer.

Je ne sais pas pourquoi, mais ces pleurnichements m'ont fait penser à maman et papa. J'ai essayé d'empêcher leurs visages de surgir dans mon esprit. Puis je les ai vus tous les deux — lui, debout, là, tenant maman par la main.

« M'man, p'pa », j'ai lâché.

Ils portaient des vêtements comme sur les vieilles photos. Il y avait une photo sur le mur de l'hôtel qui montrait une salle de bal à Londres et, d'une certaine manière, tout s'était mélangé. Ce n'était pas une salle de bal moderne, elle datait des années 1940 ou du début des années 1950. Ça s'appelait *PALAIS*[1], et une guirlande lumineuse clignotait au-dessus des visages au teint frais qui faisaient la queue. En les voyant, on pouvait croire qu'ils avaient tous gagné au loto sportif, heureux comme jamais. Je pouvais imaginer l'intérieur : des palmiers et un océan peints sur les murs, et tous les deux en train de danser la valse. Lui avait les cheveux bien laqués, et elle une grosse broche attachée au revers de sa veste.

Elle lui disait : « Je t'aime. »

C'était quelques années avant ma naissance. À l'époque du célèbre détective Lustgarten, quand toutes les voitures étaient grosses et noires et que personne ne disait « va te faire foutre » ou n'allait dans une de ces boutiques avec des néons. Quand tout le monde était heureux parce qu'au moins, la guerre était terminée. Nous n'avions pas été en guerre. Eamon de Valera[2] nous en avait préservés. Mon vieux vénérait de Valera, il en parlait tout le temps. C'était sans doute de cela qu'il lui parlait, à elle, même si elle ne voulait sans doute pas parler d'histoire. Elle voulait peut-être simplement qu'il l'embrasse. L'histoire de ce baiser lui suffirait amplement. Elle n'avait pas besoin de plus pour nourrir ses souvenirs.

Les portes de la salle de bal étaient maintenant

1. En français dans le texte.
2. Homme politique irlandais (1882-1975), souvent considéré comme le père de la nation libre d'Irlande et reconnu pour sa participation décisive à l'indépendance du pays au début du XXe siècle.

ouvertes et des couples se précipitaient dans la nuit, dans les plus belles robes blanches et les plus beaux costumes gris aux gros cols, comme c'était la mode à l'époque.

Maman était allongée sur le capot d'une voiture et disait qu'elle ne se faisait du souci pour rien au monde. Son rire s'en est allé et je l'ai entendue dire que l'histoire, c'était des conneries et que tout ce qui comptait, c'était que deux personnes s'aiment. Il lui a demandé si elle pourrait aimer un Anglais, elle lui a répondu oui, tant que c'était lui. Et c'était une excellente blague, cette idée que son mari, Tom Spicer, puisse être anglais.

Elle lui a chuchoté « Londres » et, quelle que soit la manière dont elle le lui avait dit, le lieu s'est déroulé devant moi, comme un fabuleux palais étoilé. Des mélodies dont je me souvenais à peine me revenaient complètement à présent, et semblaient bien réelles, tout en s'enroulant autour de magnifiques bâtiments blancs en pierre de Portland.

Il m'a semblé qu'un rossignol chantait dans le square de Berkeley et j'étais heureux de penser que papa avait aimé ça, à une époque. Non, en fait il aimait encore ça.

« N'est-ce pas ? a-t-il dit en caressant sa joue pâle.

— *Stardust* », a-t-elle dit en souriant, et je savais qu'elle voulait parler de Nat King Cole.

Et le ciel scintillant de Londres se reflétait dans ses yeux.

Quand j'ai regardé de nouveau, ils étaient dans une partie anonyme et peu plaisante de la ville, et il y avait comme un air de menace ou de malaise qui flottait autour d'eux. Je voulais que ça disparaisse, mais il n'y avait rien à y faire. Maman, plus que quiconque, s'est étonnée quand il a remonté sa manche et qu'il lui a mis un pain dans la figure.

Une giclée de sang s'est envolée jusqu'à la Tamise. Au loin, je pouvais voir l'enseigne CINZANO qui clignotait.

J'ai entendu un cri. Je me suis réveillé.

Je n'ai pas réussi à me rendormir.

Il était midi, je suis allé au Joe's Café. Je ne pensais qu'à une seule chose. Cette salle de bal dont le nom était le *PALAIS*, avec ses lumières colorées au-dessus de la porte. C'était ça, ma *Mission à Londres* : localiser une fois pour toutes ce bâtiment. Je me suis juré de le faire, ou de mourir en essayant.

J'ai souri en pensant à Mahoney et à sa réaction. Il était dans le QG, devant la fenêtre, les bras croisés tandis qu'il regardait la rue, imperturbable.

« Tu as été envoyé ici pour une raison précise ! a-t-il dit sèchement. Et elle n'a rien à voir avec une putain de salle de bal ! »

J'ai sorti mon revolver et je l'ai posé sur la table.

« Ainsi soit-il, ai-je dit. Alors je me casse.

— Tu te casseras quand je te dirai de te casser ! »

Un tremblement nerveux parcourait son cou. Mahoney avait fait partie d'une unité de service opérationnelle l'été précédent, qui avait fait pas mal de grabuge. C'était une légende dans le mouvement, et ses exploits londoniens étaient entrés dans l'Histoire. Il n'aurait eu aucun problème pour me remplacer. Il aurait enregistré ma confession et m'aurait laissé dans un appartement miteux de Kilburn avec un sac en plastique noir sur la tête.

« L'organisation est plus importante qu'un seul homme, ou que toute putain de salle de bal », a-t-il dit, avec un sourire de mépris.

J'ai fini mon thé, je me suis levé et suis sorti de chez Joe pour me retrouver dans la rue.

Pas celle-là, Mahoney, pas celle-là.

Je me suis assis un moment dans le Soho Square Garden. Il y avait un journal sur le banc, à côté de moi. Sur la une, on voyait la photo d'un poseur de bombe de l'IRA, avec des cheveux longs et des rouflaquettes.

J'ai secoué le journal et soupiré, un peu las. On pouvait entendre les sirènes des pandas[1] retentir à plein volume. J'ai filé dans une salle de cinéma pour ne plus rien entendre. Évidemment, Edgar était là, il me souriait depuis l'écran. Comment pouvait-il bien savoir que j'étais en ville ? me suis-je demandé, tout piteux. Est-ce que ma couverture avait pu être découverte ?

Non, c'était impossible. Même le détective de *The Scales of Justice* n'aurait réussi à démonter un coup comme celui-là. Je commençais à me détendre

1. Surnom donné aux voitures de la police britannique.

en regardant Edgar dominer l'écran. J'ai repensé à chacune de ses fameuses enquêtes : Le Mystère de la bougie éteinte, Enquête à la ferme Honeydrew, Meurtres sous le saule.

« Je sais tout sur la salle de bal, a-t-il dit. C'est mon boulot, et je suis ici pour t'aider. »

J'étais heureux qu'il me dise ça, parce que s'il y avait bien quelqu'un qui pouvait m'aider, c'était Edgar Lustgarten, qui avait vécu dans les rues de cette ville quand elles étaient encore identiques à celles sur la photographie : brillantes, humides, remplies d'imperméables gris avec des bus à deux étages dans tous les sens et Big Ben qui résonnait royalement dans le monde entier.

« Veux-tu savoir quelle musique passait ce soir-là ? m'a-t-il demandé. C'était "Who Do You Know in Heaven[1]" des Ink Spots.

— *Who Do You Know in Heaven...* »

J'ai répété ces mots en revoyant les lumières colorées clignoter au-dessus de la porte du *PALAIS*.

Vraisemblablement, la Mission à Londres entre dans les annales comme l'une des opérations les plus grandioses jamais menées par l'organisation. Je savais que Mahoney en serait particulièrement fier.

Quand je suis arrivé à Rayner's Lane, je n'en revenais pas. Je ne savais même plus comment j'étais arrivé là. Il y avait une salle de bal, mais ce

1. « Qui connais-tu au paradis ? »

n'était pas celle que je recherchais. Elle n'avait pas été construite avant les années 1960, elle était plus grande et laissée à l'abandon.

Je suis entré dans un café et j'ai pris une tasse de thé. Mes mains étaient bleues et je tremblais.

Je n'avais pas envie de les entendre, mais les mots sont sortis des lèvres d'un type qui se trouvait en face de moi, et qui avait la voix de mon père : « Nous ne sommes que de la merde, nous autres Irlandais, et tous nos enfants ne seront que de la merde, eux aussi. Nous ne savons même pas comment aimer, danser ou embrasser. Tout ce qu'on sait faire, c'est s'habiller comme des clodos. Si on était à Londres, ce serait différent. On mettrait de beaux habits en soie et on descendrait Pall Mall fièrement, la tête haute. Et puis, tu sais ce qu'on ferait ensuite ? On irait dîner dans un hôtel chicos et on lèverait nos verres à nous-mêmes, on prendrait un taxi pour aller au bal — on se foutrait pas mal de l'endroit exact, du moment que les Ink Spots joueraient — et ensuite on danserait le fox-trot et la valse jusqu'à ce que nos pieds soient pleins d'ampoules et nous fassent mal. »

Il se penchait vers elle pour l'embrasser quand j'ai renversé ma tasse de thé et que son contenu s'est déversé sur mes pieds.

Je crois qu'un des plus beaux jours dont je puisse me souvenir aujourd'hui, c'est le Boxing Day[1] d'il

1. Lendemain de Noël.

y a trois ans. Il avait neigé sans cesse et la ville semblait sortie d'un conte de fées — comme si elle avait été évacuée rien que pour moi. Sur Trafalgar Square, les lions de Landseer semblaient encore plus augustes que d'habitude avec leurs moustaches de mandarins blanches et toutes givrées.

Bleu et empesé, Soho m'avait mis du baume au cœur. Dans le caniveau, les emballages durcis avaient une poésie toute particulière. C'était comme retourner en enfance, quand j'arpentais les rues de la petite ville de province dans laquelle je n'étais malheureusement pas retourné depuis plusieurs années.

On s'occupe de moi, ici — ce pays est devenu mon chez-moi. J'ai un appartement que la municipalité m'a alloué, c'est pas loin de Fenchurch Street, dans la banlieue d'Aldgate.

Je fréquente un café, près du marché de Leadenhall. Je m'assieds au fond. Le propriétaire est italien et se prend pour un intellectuel. Il a cru que j'écrivais une pièce de théâtre. « Non, lui ai-je dit, j'écris un roman. Un petit thriller que j'ai intitulé *Mission à Londres.* »

Il a pris mon carnet de notes et s'est mis à lire :

Il était une fois un jeune homme qui vivait dans un squat. Il dut le quitter pour des raisons qu'il vaut mieux taire. La ville ressemblait à l'époque à une zone assiégée. On jouait Emmanuelle *à l'Odeon,* Orange Mécanique *ailleurs. Le 26 avril, un vieux clodo qui venait d'un putain de trou perdu, dans le comté irlandais de Mayo, tanguait joyeusement dans un passage souterrain, déclamant à gorge déployée une vieille ballade, avant de tomber face à face avec trois jeunes — chacun d'eux avait un chapeau melon et un seul œil maquillé. Ils l'ont battu avec leurs cannes et l'ont laissé pour mort. Une bombe a fait exploser les fenêtres d'un restaurant cette nuit-là, sur Frith Street, dans Soho. Treize personnes ont été blessées. Les cigarettes Carroll's Number Six coûtaient quinze pence les dix.*

Il m'a rendu le carnet et m'a souri, malheureusement d'une manière antipathique et dédaigneuse.

« As-tu déjà entendu parler de la théorie des histoires consistantes de Griffith ? » m'a-t-il demandé.

Il me l'a ensuite expliquée, dans tous ses détails et tous ses aspects, en anticipant mes difficultés à saisir sa complexité.

« C'est comme ça, a-t-il poursuivi, c'est la conscience qui t'incite à supposer que l'histoire que tu crées à partir d'un ensemble donné de souvenirs est une *histoire consistante, cohérente, qui s'appuie sur une voix narrative tout aussi consistante…* »

Je m'attendais à moitié à voir apparaître Edgar Lustgarten dans la foule, dehors, à le voir s'approcher de la vitrine d'un pas aérien et coller son visage décharné contre la paroi crasseuse. Après une ou deux minutes de ces conseils non sollicités, je n'écoutais plus du tout ce qu'il était en train de me dire.

Je me demande à quoi ont pu penser Sinclair Vane — un complet inconnu, kinésithérapeute à la retraite et vétéran du 7e régiment de hussards de la reine — et sa femme, quand ils sont rentrés à Frognal Walk Hampstead un soir de 1973 et qu'ils ont trouvé leur fenêtre brisée et moi dans le salon, qui parlais tout seul en tenant à la main ce que je pensais être une arme létale (en réalité, il s'agissait d'une tentative ratée de réalisation d'une fausse arme à partir d'un bout de bois). Je ne peux que présumer qu'il a eu le choc de sa vie. J'avais mon bombers noir sur les épaules, je tremblais et mon regard se faisait menaçant. Je crois bien que j'ai un peu ricané, d'une manière que je voulais sinistre.

« Je suis le terroriste le plus redouté d'Irlande. Vous allez payer pour les péchés de votre pays. Je suis désolé d'avoir à vous le dire, mais c'est comme ça. Je suis un soldat, vous êtes un soldat. Vous allez mourir, monsieur Vane. »

Si je voulais le décrire, je dirais qu'il était une version rajeunie d'Edgar Lustgarten — il avait encore la plupart de ses cheveux, avec quelques touches de gris.

Je l'ai rencontré une fois — plusieurs années après avoir été libéré de Brixton. La neige avait cessé et les caniveaux à Soho avaient récemment été lavés par un déluge de pluie. Il y avait des torsades de vapeur, tout autour de moi, qui remontaient vers le ciel automnal.

Il était assis près de la vitrine dans un nouveau café au style européen, entouré de jeunes gens en T-shirts blancs en pleine discussion. Il était complètement décalé. Même si c'était difficile, pour moi, de faire ça, je ne l'ai pas regretté. Il ne m'a pas reconnu tout de suite quand je suis allé vers lui et que je l'ai appelé par son nom : « Sinclair Vane. »

Comme on aurait pu s'en douter, Vane s'est mis au garde-à-vous et a tendu la main pour serrer la mienne.

Nous n'avons pas beaucoup parlé de cette nuit-là, son esprit était encore attristé par le récent décès de sa femme.

« C'était un ange, vous savez. Vraiment. »

J'ai repensé à elle, son ange, quand elle m'avait vu lors de cette nuit ridicule et qu'elle était restée sur le pas de la porte près des escaliers, à pleurer comme une hystérique, avant que Sinclair parvienne habilement à la calmer. Je me suis souvenu de cette photo de lui posée sur la cheminée — commandant de bataillon Sinclair Vane en tenue de combat plissant les yeux avec autorité face au soleil d'Egreb.

Je ne sais pas pourquoi ce souvenir m'est revenu, mais il était clair comme de l'eau de roche, alors que j'étais au Sir Richard Steeke, un après-midi calme et routinier — cette image de Sinclair et moi, installés bien confortablement dans un taxi londonien. Le trafic était fluide, et nous sommes arrivés devant une salle de bal dont l'entrée était illuminée d'une guirlande d'ampoules colorées chaleureuses et accueillantes.

« C'était bien à Brighton », dit-il en cherchant la monnaie pour payer la course alors que la portière s'ouvrait.

Je savais que ce n'était pas là et, soudain, des mains accusatrices semblaient me montrer du doigt, alors que j'étais assis dans la pénombre du Sir Richard Steele.

On ne m'avait pas laissé sortir de Brixton pour l'enterrement de ma mère, mais quand mon père y est passé aussi, ses papiers et ses affaires m'ont tous été transmis. Imaginez ma réaction quand j'ai vu la photographie, pâle et crasseuse, mais tellement reconnaissable. Je n'ai pas su quoi penser quand je l'ai sortie, que je l'ai observée de près et que je me suis rendu compte que cette image qui m'avait obsédé représentait deux parfaits inconnus. L'inscription au dos indiquait en effet *Dublin 1953* et ni l'un ni l'autre de mes parents ne s'était rendu à Dublin de sa vie.

J'ai eu du mal à ne pas pleurer en la regardant de nouveau, en acceptant progressivement qu'il s'agissait bien du *PALAIS* et que les deux amoureux pouvaient être à peu près n'importe qui. Parce qu'avec ces pantalons à plis et ces chemises à grands cols, sans parler de ces visages craintifs et ces yeux détournés qui semblaient reconnaissants pour le moindre petit morceau d'espoir, ce pouvait être n'importe quel couple d'âmes réunies à la dérive dans le noir et le gris délavés de ces années 1950 irlandaises, tristes et sans lumière.

La « Mission à Londres » avait été une opération extrêmement efficace — du point de vue de *l'establishment* britannique, pas du mien. Ou de celui de Sinclair ! Je ne sais même pas s'il voulait que je sois inculpé. L'incarcération qui a suivi mon échec a été accélérée par le fait que, la veille du début du procès, trois femmes de ménage, un portier d'hôtel et deux touristes étrangers avaient explosé dans un restaurant de Piccadilly.

Ces jours-ci, les derniers jours des années 1990, je survis grâce aux allocations chômage et à mes deux heures de ménage dans un pub, tous les soirs. J'imagine qu'on peut dire que je suis un visage familier à Aldgate et que personne ne connaît mon sombre passé. Je vis dans une tour non loin de la station, je mène une existence plutôt solitaire, et on peut me voir au Hoop & Grapes en train de flirter avec une bière, ou encore au Trinity Square Gardens en train de nourrir les pigeons, entouré d'une jeunesse bruyante, insatiable et égocentrique. Cette confiance en l'avenir, j'ai besoin de m'en sentir proche. Les walkmans faisaient tout juste leur apparition, en 1974. Puis j'ai été emmené dans un car de police et je n'ai plus vu la lumière du jour jusqu'en 1995. C'est avec une innocence enfantine que je porte encore mon casque de walkman, me prenant pour un chevalier solitaire des rues, plongé dans la musique des années 1930, ses cordes et ses trompettes mélodieuses et légères, tandis que je glisse, telle une ombre, dans les rues dorées de Soho.

Parmi les affaires qui m'ont été remises à la mort de mon père, il y avait une lettre pour elle datant de 1949. Je la connais si bien que je peux la citer mot pour mot :

Chère Maggie,

J'espère que cette lettre te trouve en bonne santé tandis qu'elle me quitte. Depuis notre dernière rencontre les choses ne se sont pas si mal passées comme tu peux l'imaginer, nous avons de quoi faire ici à la ferme. J'espère remonter dans ton coin d'ici trois ou quatre mois. DV et moi, nous nous disions que si tu voulais bien me donner un rendez-vous j'en serais très heureux. Ma mère n'est pas en grande forme en ce moment mais Dieu soit loué mon père va bien. Je lis surtout la nuit du fait de toutes les activités. J'aime bien le Reader's Digest on y trouve un tas d'articles sur Londres qui a l'air d'être une très belle ville même si nous ne devrions peut-être pas le dire mais j'aimerais bien y aller un jour peut-être même juste pour un court moment. Enfin bref je dois te laisser maintenant et comme je te disais j'espère que tu vas bien depuis notre dernière rencontre.

TON AMI DÉVOUÉ,
TOMMY SPICER, ANNAKILLY

L'un des chapitres de mon futur livre s'appelle « La Conclusion de Hampstead », avec un rôle de figurant pour Edgar Lustgarten.

J'avais dévasté la maison ce soir-là, bien sûr, et

j'avais servi un discours aux Vane pour qu'ils comprennent clairement mes motivations, les raisons qui m'avaient poussé à cette « Mission à Londres ».

Je me souviens avoir braillé tout en renversant une petite table en verre : « *Ensuite et seulement ensuite mon épitaphe sera écrite !* » — un extrait du discours prononcé en salle d'audience par le leader républicain dont je portais le nom, Robert Emmet. « M'entends-tu, Vane, toi l'Anglais impérieux, égocentrique et sans pitié ? » avais-je balancé, avant d'entamer un monologue un peu long sur l'inopportunité de créer un antagonisme entre une « nation qui éduquait l'Europe tandis que d'autres se peignaient le corps » avec toute une série d'allusions à un certain « Mahoney », dont l'armée clandestine était maintenant prête, sur le point de lancer un assaut de grande ampleur sur « le gouvernement de despotes et de bouchers de Sa Majesté, ainsi que sur... »

Ainsi que rien du tout, en réalité, parce qu'avant que je puisse m'en rendre compte, Sinclair Vane m'avait coincé les deux bras derrière le dos et m'avait mis K.-O. avec un sacré coup, ce que j'aurais pu anticiper si j'avais un peu mieux regardé du côté de la cheminée (il y avait en effet au moins quatre photos de lui en tenue militaire) ou si je m'étais un peu plus concentré sur mes recherches, en particulier celles qui avaient trait aux anciens militaires plusieurs fois médaillés pour leurs prouesses sur le champ de bataille, notamment en combat à mains nues. En particulier, semblerait-il, parmi la 7e division blindée avec Sir Bernard Montgomery à El Alamein.

Je suis tombé par hasard sur sa nécrologie dans le *Times*. Je ne sais pas pourquoi, je suis allé à ses funérailles dans le cimetière de Willesden. Une idée obscure, un vague souhait d'aboutissement, peut-être. Je me souviens juste d'avoir serré la main de sa sœur, Mlle Vane. Elle était tellement triste que je ne pense même pas qu'elle m'ait vu.

Quand je suis rentré chez moi, j'ai essayé de tout expliquer à Vonya. Mais j'ai fini par laisser tomber en cours de route. Je voyais bien que ça n'avait aucun sens. C'était une fille charmante, que j'avais eu la chance de rencontrer par hasard un jour, sur mon banc dans Trinity Square Gardens.

Elle vivait avec moi, mais nous ne couchions pas ensemble. Au moment où je servais le café, un jeune musulman se disputait avec deux agents de police, employant un langage corporel que je ne connaissais que trop bien.

« Mais je t'ai menti », me dit-elle, en s'étouffant un peu.

Sa mère était morte longtemps auparavant, m'avait-elle dit. Son père avait pris l'habitude d'abuser d'elle depuis son enfance. C'était la raison pour laquelle elle était venue à Londres, presque à la minute même où elle était devenue majeure. Sauf que rien de tout ceci n'était vrai, au final.

C'était le matin de la bombe de l'IRA au Baltic Exchange. J'ai entendu l'explosion — ce n'était pas si loin de mon appartement — et je me suis demandé si mon vieil ami Mickey Feane était impliqué. Mais ensuite, je me suis souvenu. Mickey Feane était mort depuis longtemps, pulvérisé au cours d'une embuscade sur une petite route de Tyrone.

Je me suis tourné vers elle pour lui dire quelque chose, mais elle n'était plus là.

C'est la dernière fois que j'ai vu Vonya Prapotnik.

Je m'asseyais là, dans les jardins, en face du monument de Lutyens commémorant les morts de la marine marchande, et je pensais à M. Lustgarten en train d'arriver — le gros panda noir s'arrêta, un officier robuste ouvrit la portière et laissa passer le détective mondialement connu, qui monta les marches en béton, ouvrit la porte pour révéler cet intérieur froid et humide où il me trouva allongé, prostré sur le lit. Je ne sais à quel titre il pouvait penser pour cette affaire en m'observant — mon cadavre était probablement déjà tout rigide. Peut-être « Un cas malheureux » ou « Felo De Se : l'adieu d'un militant », ou peut-être mieux encore, « Mission à Aldgate ».

Oui, je trouve que ça sonne bien.

J'ai enregistré la cassette hier soir et je trouve qu'elle est bien, c'est-à-dire qu'elle est claire et sans équivoque. Précise, comme doit l'être toute bonne confession, avec ou sans sac en plastique noir sur la tête. Je l'ai laissée bien en évidence sur la table — les talents d'Edgar Lustgarten n'étaient pas nécessaires. J'ai acheté une enveloppe à bulles et un paquet d'autocollants, et j'ai écrit au marqueur noir sur l'enveloppe : *Who Do You Know in Heaven ?*

Ce que je n'arrivais pas à croire avant tout, c'était l'incroyable clarté. Le PALAIS *avec ses lumières suspendues rouges et jaunes. Quand je suis entré, le groupe en était déjà à la moitié de son concert, à danser devant leurs pupitres avec leurs instruments argentés. Ils portaient des vestes blanches et des pantalons à rayures grises bien repassés. Un tambour portait l'inscription « The Ink Spots » en noir.*

Quand je l'ai entendue m'appeler, au départ, je n'ai pas reconnu sa voix. Puis, à mon grand étonnement, j'ai entendu ma mère me dire : « Emmet, peux-tu me rendre un service ? Pourrais-tu veiller à ce que l'Enfant de Prague soit encore bien à sa place au-dessus de la porte et que son petit visage soit tourné vers l'église ? On se marie demain matin à dix heures, mon fils, tu comprends. »

Je ne savais pas quoi dire — sa robe de taffetas était si jolie — et il m'a fallu réfléchir un moment pour trouver une réponse. Mais avant que j'aie eu l'occasion de répondre, le groupe avait repris la musique et, quand il mit son bras autour de sa taille, je l'ai vue se pencher vers lui et sourire.

Mais c'était la dernière fois que je les vis parce que,

l'espace d'un instant, j'avais détourné le regard en direction du groupe et, sans faire d'efforts, comme s'il leur était poussé des ailes, tous les deux s'étaient envolés comme des papillons de nuit bien au-delà des étoiles, en quête du paradis qu'ils avaient tant recherché.

Canary Wharf

BETAMAX

Ken Hollings

Ken Hollings vit à Londres. Il a écrit pour de nombreux journaux et magazines, et collaboré à des anthologies de nouvelles. Passionné de pop-culture et de science-fiction vintage, c'est un homme de radio dont on a pu entendre la voix sur de nombreuses fréquences anglophones dans le monde.

1

Tout commencera par un gémissement de plus en plus soutenu qui se transformera en rugissement emplissant l'espace et l'obscurité. Tu te retrouveras projeté dans le vide. Des lumières passeront devant tes yeux à une vitesse croissante. Le sol bougera sous tes pieds. Tu sentiras la vitesse te pousser en avant. Le rugissement se poursuivra. Tout semblera t'attendre, là devant. Les visages autour de toi sembleront hébétés, les regards flous et distants.

Le bruit s'amenuisera jusqu'à cesser complètement. Une voix de femme, sortie de nulle part, s'adressera à toi. *Vous êtes à Canary Wharf. Correspondance pour la Docklands Light Railway*.

Puis une autre voix de femme : *Ce train a pour terminus Stratford*.

Tous autour de toi paraîtront assommés. Perdus.

Tu rêveras d'avoir un flingue à la main.

« Alors, je sors ici ? »

Avant, ils dormaient sous terre dans des endroits comme celui-ci. Pendant que des bombes tombaient du ciel. La barrière de verre et de métal s'ouvrira, rien ne pourra te retenir. Un vaste espace de colonnes et d'escalators, conçu pour prendre en charge des milliers de personnes en transit, s'ouvrira autour de toi, mais il sera presque vide à cette heure de la journée. Sur le quai, un jeune skateur battra un rythme à mains nues sur une barrière de sécurité. Une petite musulmane dans une robe rose à paillettes s'accroupira dans un coin du hall, reniflant un paquet de chewing-gums Juicy Fruits. Elle le collera à son visage, inhalant avidement son odeur. Son père portera des rangers noirs, le bout soigneusement ciré. Derrière eux, le silence des voies désertes.

Tu regarderas la barrière se refermer, une ligne noire et jaune courra à la hauteur de ta taille. Des triangles pointant dans des directions opposées se rapprocheront doucement jusqu'à se toucher presque, encore une fois.

Debout sur l'escalator, remontant vers le troisième niveau de la gare, juste sous la surface du monde, tu entrapercevras pour la première fois les tours et les hauts bâtiments. Des blocs d'acier et de verre pointus et brillants abritant près de soixante-cinq mille employés. Il te suffira d'en tuer un. Mais n'importe quel chiffre supérieur fera aussi l'affaire.

Un sous-titre corrosif clignotera devant tes yeux : *Ce sont les actes de ceux qui survivent aux siècles qui, progressivement et logiquement, les détruisent.*

Les bâtiments seront des machines : des systèmes électriques qui écouteront, verront et répondront. Les gens ne sont que la biomasse de la planète qui se redistribuera elle-même dans le temps et l'espace.

« Vous avez une chambre réservée pour moi ? Au nom de Betamax ? »

La fille de la réception te regardera et aura un sourire resplendissant. « Oui. À votre service. »

Tu auras vaguement conscience des teintes du hall de l'hôtel : un rose profond et du bois poli. Plus loin, une place bétonnée déserte et une fontaine balayée par le vent.

Tu ne seras qu'un produit, on t'aura refusé une place dans ce monde. Tu proviendras d'un système dépassé, daté et usé. Mis de côté, oublié.

Tu sortiras de l'ascenseur quand il atteindra le vingt-troisième étage.

« La chambre 2307, c'est par ici ? » demanderas-tu.

La femme de chambre se détournera de son chariot et, avec un sourire lumineux, te répondra : « C'est la cinquième porte à droite. À votre service. »

N'importe quel chiffre supérieur fera aussi l'affaire.

Ton nom apparaîtra sur la télé dans ta chambre, intégré dans un message de bienvenue. Tu t'en désintéresseras. Tu te souviendras d'un agent aveugle que tu auras connu et qui allait toujours dans des Holiday Inn parce que les chambres étaient toujours agencées de la même manière. Cela lui permettait de s'y retrouver beaucoup plus facilement.

Tu immobiliseras ton premier agresseur en lui écrasant la gorge. Tu verras le second se refléter dans le carrelage blanc de la salle de bain. Cela te laissera suffisamment de temps pour te retourner et lui tirer dans la poitrine. Deux coups.

Il tombera dans ta direction, ses doigts laissant une traînée de sang sur les murs et le sol.

Tu appelleras le *room-service* pour que quelqu'un vienne nettoyer les restes humains.

« Et que ce ne soit pas ajouté à ma note, dirastu en sortant.

— Soyez-en assuré, te répondra la fille de la réception avec un sourire lumineux. À votre service. »

Les choses seront éblouissantes ici, mais elles ne brilleront pas. Tout aura une surface dure et réfléchissante. La couleur dominante sera un vert orageux. Tu te dirigeras vers l'extrémité de l'ensemble d'immeubles. Il y aura bien des gens dans ces immeubles, mais leurs intérieurs paraîtront vides et sans vie en dépit des vitres et des espaces ouverts. À la vue des nuages qui se déplaceront dans un grand ciel bleu vers l'angle d'un immeuble, tu auras une douce sensation de chute.

Tu t'arrêteras un moment. L'autoroute. Des sirènes au loin, au-delà des tours, l'étrange silence des voitures qui passeront, un vent froid qui s'engouffrera de manière irrégulière entre les petits espaces séparant les hautes structures, des avions qui survoleront le tout.

Certains des bâtiments auront des noms. *HSBC, Citigroup, Bank of America.*

Tu prépareras ton passe pour le contrôle.

Tu te sentiras comme en transit.

Une femme apparaîtra derrière le coin venteux d'un immeuble de bureaux. Cheveux longs, sourire aux lèvres. Ce sera certainement une employée : jupe droite noire, pull noir, talons aiguilles en cuir noir verni. Tu te demanderas comment elle fait pour marcher avec de telles chaussures. Elle aura un dossier à la main. La forte brise soulèvera l'ourlet de sa jupe quand elle marchera.

Elle s'arrêtera et jettera un coup d'œil à l'ambulance arrêtée derrière ton hôtel. Deux corps sortiront sur des civières, les visages dissimulés.

« Que s'est-il passé, là-bas ? demandera-t-elle.

— Des gêneurs », répondras-tu.

Elle regardera les infirmiers mettre les civières dans l'ambulance, tenant son dossier en visière.

« Ils étaient au mauvais endroit au mauvais moment ? demandera-t-elle.

— Pas vraiment », sera ta réponse. Mais après une longue pause, tu ajouteras : « Certains ne se rendent pas compte qu'ils ont perdu avant de se retrouver dans un tiroir de morgue.

— On dirait la bande-annonce d'un film que personne n'aurait envie de voir.

— On me dit souvent que je fais cet effet.

— Et ça vous tuerait de sourire ?

— Essayons pour voir ! »

Un sourire ultra léger se dessinera sur son visage à elle.

« OK », répondra-t-elle.

2

Une fois que tu auras quitté le quartier bien propret de Canada Square, les choses se dénoueront assez rapidement. Tu pourras voir à quel point cet ensemble d'immeubles brillants sera mince, artificiel et transparent. Tu seras assis à une table de café et tu réfléchiras à ce que tu pourrais commander. Quelqu'un aura tagué *Ennemi public n° 1* à la bombe sur un mur. Plus loin, le fleuve : des grues rouillées, des hangars vides, des terrains abandonnés. Du vieux béton, devenu verdâtre avec le temps.

Tu l'observeras à travers ses longs cheveux noirs et tu te demanderas pourquoi elle t'a suivi si facilement. Mais en fait, tu auras tout fait pour qu'elle ait l'impression de ne pas avoir le choix. Les caméras de surveillance seront partout, transformant tout le quartier en un ensemble d'ombres électromagnétiques clignotantes.

« Ils ne me disent jamais qui je dois tuer, lui feras-tu remarquer. Généralement, je dois le deviner tout seul.

— C'est ce que vous sous-entendiez quand vous parliez de gêneurs ? » demandera-t-elle.

Tu feras glisser une photographie noir et blanc, floue, sur la table : un portrait d'un type aux cheveux grisonnants, au sourire énigmatique, les yeux noirs et fixes.

« Regardez la photo. À l'époque, il portait un autre nom. »

Une serveuse en uniforme vert s'approchera. Elle portera un badge en plastique blanc sur lequel sera inscrit son nom, et en dessous : « À votre service. » Ce sera ce genre de femmes qui aiment porter un pendentif en or sur lequel on peut lire leur prénom en hiéroglyphes égyptiens. Tu commanderas un café.

« Vous le voulez comment ? demandera la serveuse.

— Direct à la source, comme le lait de ma mère », répondras-tu.

Un silence sera accompagné d'un regard vide. La dernière fois que tu auras vu un tel visage, le mot *avant* était imprimé en dessous.

« Noir, sans sucre, répondras-tu. À votre service ».

Plus tard, elle te servira un café dans un gobelet en carton surmonté d'un opercule en plastique. Tu l'examineras. Il y aura un journal sur la table d'à côté. Du coin de l'œil, tu remarqueras les gros titres. *Le robot envoyé sur Mars devient incontrôlable. Des armes de destruction massive retrouvées à New York.*

« Vous n'êtes pas d'ici, n'est-ce pas ? fera-t-elle observer tandis que la serveuse s'éloignera lentement.

— Qui l'est ? »

La photo floue en noir et blanc restera entre vous sur la table.

« Ce n'est pas ce que vous avez fait qui représente la plus forte menace aujourd'hui, reprendras-tu. Ce sont les sommes que vous devez. Nous voulons récupérer notre argent avant que la guerre éclate dans les galaxies fantômes.

— Et c'est pour ça que vous devez trouver ce type, ce… ? s'interrompra-t-elle, attendant un nom.

— John Frederson. »

Elle froncera les sourcils.

« Je ne crois pas le connaître. D'où vient-il ? demandera-t-elle.

— Standard Oil de New York. Ryberge Electronics Corporation de Los Angeles, Phoenix-Durango, Islam Incorporated, l'industrie du pétrole russe…

— Il a vu du pays.

— Beijing, Moscou, Tokyo, Londres… C'est fou les dégâts que peut faire le système tout en continuant d'émettre des signaux.

— Alors, c'est à vous de le traquer et de…

— De lui faire entendre raison.

— Il ne vous manque plus qu'un imper et un flingue », dira-t-elle, le sourire aux lèvres. Puis elle te regardera à nouveau. « Ou peut-être seulement l'imperméable.

— Est-ce un problème ? demanderas-tu avant de retirer l'opercule en plastique du gobelet en carton et de boire une gorgée de café.

— Je n'aime pas les flingues. Les flingues tuent, répondra-t-elle.

— N'est-ce pas ce qu'ils sont censés faire ? » diras-tu, en faisant la grimace. Le café a un goût de désherbant. « Venez, allons-nous-en d'ici. »

Le TIA[1] et le PAM[2] s'attacheront à étudier des types de comportements afin de prédire des assassinats politiques ou de potentielles attaques terroristes.

« Où allons-nous, maintenant ? demandera-t-elle tout en prenant un paquet de cigarettes de son sac en cuir noir verni.

— Vous ne pouvez pas vous en passer ? lui demanderas-tu. Fumer tue. »

1. *Total Information Awareness* : programme de détection des « terroristes » proposé par une agence du Pentagone (DARPA) à la suite des attentats du 11 septembre au moyen de systèmes technologiques (caméras de vidéosurveillance, bases de données).

2. *Policy Analysis Market* : programme proposé par la DARPA pour la mise en place d'une Bourse de commerce visant la détection de contrats à terme, dans le cadre de la lutte antiterroriste.

Un autre sous-titre corrosif apparaîtra sous tes yeux : *Les hommes ordinaires ne méritent pas la position qu'ils occupent dans ce monde. Une analyse de leur passé amène automatiquement à cette conclusion. C'est pourquoi ils doivent être détruits, c'est-à-dire transformés.*

« N'est-ce pas ce que c'est censé faire ? » répondra-t-elle.

Bienvenue dans le Royal Lounge du Bagdad Hilton, indique le panneau. *Casquettes, capuches et survêtements proscrits après 19 heures*.

Vous êtes tous les deux dans le hall d'un hôtel bon marché, à regarder des filles à la mine fatiguée apparaître et disparaître derrière un rideau de velours rouge usé jusqu'à la corde. Leurs mouvements seront discrets et silencieux : ombres et cellulite.

Une porte dérobée s'ouvrira brièvement pour dévoiler une scène : des suspects d'Al Qaïda agenouillés, menottés et bâillonnés dans leur propre noirceur, les yeux bandés, les oreilles bouchées, retenus prisonniers derrière une grille qui ira jusqu'au centre de la « chambre Guantanamo ».

Des cartes de visite de prostituées, à la réception, exhiberont des photos aux couleurs saturées de femmes GI en tenues de camouflage promenant des hommes nus au bout de laisses en cuir. Sur chacune des cartes, on pourra lire : *Besoin de discipline et de corrections ? Appelle Lyndie. Services en tous genres. Ouvert tard. À votre service.*

« Eh bien, vous savez ce qui plaît aux femmes, fera-t-elle remarquer.

— Taisez-vous et suivez-moi », lui répondras-tu.

Tu écarteras le rideau de velours pour passer, mais un homme en costume sombre vous bloquera le passage du bras.

« Hé, vous ne pouvez pas aller là, dira-t-il.

— Pourtant, c'est bien là où je vais, répondras-tu. Va falloir faire avec. »

Puis tu l'attraperas par le coude et lui casseras instantanément les os. Tu regarderas le sang couler de sa manche.

Au deuxième étage, tu t'arrêteras devant une des chambres.

« Que faites-vous ? sifflera-t-elle. Vous ne seriez pas en train de vous attirer des ennuis ?

— Un autre agent a été envoyé ici il y a quelques mois, répondras-tu en frappant doucement à la porte. Il était censé me contacter à mon arrivée. Il ne l'a pas fait.

— Peut-être qu'il a oublié.

— Impossible.

— Peut-être que vous avez oublié.

— Je le sais, quand j'oublie quelque chose. »

Ta voix sera méprisante. Impatiente. Presque brutale.

« OK. Laissez-moi vous dire deux choses, reprendra-t-elle après une pause.

— Oui ?

— Un : je n'apprécie guère que vous me parliez

sur ce ton, en particulier si vous comptez sur mon aide.

— Deux ?

— Deux : il y a un type derrière vous qui braque un flingue sur votre tête. »

Tu sauras toujours ce que tu fais.

Tu te retourneras et tu l'agripperas à la gorge. Sa chair convulsera et, en moins d'une seconde, il n'y aura de nouveau plus que toi et la fille dans le couloir.

« Regardez s'il a un passe sur lui », lui diras-tu.

« Pour un taudis… c'en est un, fera-t-elle remarquer en regardant autour d'elle. Qui s'est chargé de la déco ? Les Stooges ? »

Mais tu seras déjà en train d'observer le corps sur le lit.

« C'est votre contact ? » demandera-t-elle.

Tu hocheras la tête.

« Qu'est-ce qui s'est passé ?

— Électrocuté.

— Vous le savez rien qu'en le regardant ? »

Les placards et les tiroirs sentiront à plein nez cette odeur de vêtements qui n'ont pas été portés depuis longtemps. Il y aura de la mousse à raser séchée sur le miroir de la salle de bain.

« Ça pue, ici, dira-t-elle d'un ton monocorde. J'ouvre la fenêtre ? »

Cela pourrait représenter un petit événement en soi : comme une fenêtre qui s'ouvrirait dans un immeuble voisin ou du sang qui sortirait d'un tuyau rouillé, sur les docks.

« Non, laissez. »

Elle trouvera et ramassera un passe en plastique, dont la chaîne pendra de ses longs doigts fins. Elle te montrera la photo dessus.

« On dirait que John Frederson a un nouveau visage et un nouveau nom », diras-tu en examinant l'homme sur la photographie.

Elle retournera le passe en examinant chaque face de près. « Avec ça, vous pourrez entrer dans ses bureaux privés au One Canada Square. » Elle poursuivra : « Je peux vous y amener si vous voulez. »

Devant l'hôtel du contact, tu seras accosté par un petit Thaïlandais avec un T-shirt *Listen to Dr. Hook*. Il vendra des DVD qu'il transportera dans une Samsonite noire. *Homo Enlèvement : collection rouge*, *Ados révolutionnaires et martyrs*, *Menottes party*, *L'Étrangleur à la cravate face au broyeur d'adolescents*, *Baby Cream Pimp IV*.

Il n'y aura rien autour, seulement la lumière de fin d'après-midi.

« Y a-t-il quelque chose que je ne pourrais pas trouver ailleurs ? » demanderas-tu.

Le gamin ouvrira un compartiment secret de sa valise. Ces DVD montreront des gens faisant des choses qui te sembleront insensées.

« Ça vous dit ? » demandera le gamin, plein d'espoir.

Mais tu t'en iras sans rien dire.

3

La tour du One Canada Square ne sera pas ouverte au public. Elle comptera trois mille neuf cent soixante fenêtres et quatre mille trois cent quatre-vingt-huit marches, divisées en quatre cages d'escalier qui relieront chacun des cinquante étages. Elle fera presque deux cent cinquante mètres de haut. Au travers des vitres, le soleil laissera de longues traces blanches dans le ciel.

Tu erreras dans la foule du centre commercial souterrain qui se trouvera juste en dessous de Canary Wharf. Tu vérifieras les entrées et sorties, tu noteras la localisation des caméras de surveillance, des capteurs et des bureaux des vigiles. Les villes recèleront leurs propres scènes de destruction, le monde aura été donné en gage à lui-même.

Tu entendras des voix tout autour de toi, des enfants qui jouent, le tintement de tasses sur des soucoupes, les talons sur le carrelage. Tu remarqueras des tables en verre dépoli devant les cafés, les bars et les restaurants. Des chaises aux dossiers incurvés en plastique et en métal. De la musique. Des rires. Tous sembleront paisibles et somnolents. Comme s'ils seraient trop loin de la lumière du jour. Les seules choses qui te sembleront familières ici seront les noms sur les enseignes lumineuses : *Starbucks*, *Krispy Kreme*, *Gap*, *Mont-Blanc*.

Les gens seront devenus des esclaves du risque. Tu partiras du principe que tu auras été filmé par les caméras de surveillance depuis ton arrivée. Une femme te prendra en photo avec son téléphone portable. Elle aura des mèches blondes, une coupe effilée et une veste en skaï doré, un jean délavé et des bottines noires à talons. Ce genre de chose ne te surprendra plus, désormais.

Des analyses indiqueront que le Prozac sera en train de se déverser dans la principale source d'approvisionnement de l'eau.

La femme se penchera discrètement en avant pour prendre un autre cliché, révélant un morceau de chair si bronzée qu'il en paraîtra gris sous les lumières du centre commercial.

Tu noteras également qu'elle portera un tatouage en bas du dos. Elles auront toutes des tatouages en bas du dos. Ou à la cheville. Une sorte de protection.

« Contre quoi ? » demanderas-tu.

À 18 h 59, le vendredi 9 février 1996, une bombe dissimulée à l'intérieur d'un camion détruira un ensemble de bureaux sur Canary Wharf, faisant deux morts et plus d'une centaine de blessés. L'engin explosera dans un parking souterrain près de Canada Square. La façade du bâtiment voisin sera arrachée, le toit sera endommagé et le hall vitré volera en éclats. Les fenêtres dans un périmètre de quatre cents mètres exploseront. Les passants seront projetés au sol et arrosés de morceaux de verre. Des débris de l'explosion tomberont du ciel en un flot continu.

Tu feras des allers-retours dans le hall du centre commercial pour vérifier les bancs, les plantes artificielles, les espaces détente et les poubelles. Tu regarderas les visages, les gestes : les groupes et les individus seuls. Les familles seront un vrai cauchemar quand elles seront de sortie : une succession de réclamations d'enfants, sans but précis. Le centre commercial souterrain sera entièrement conçu pour les garder en mouvement. Ils sembleront bien nourris et bien soignés, ils auront des coups de soleil. Comme s'ils étaient tout neufs.

Tu te diras que tu pourrais te reposer un instant, mais tu ne pourras pas. Tu resteras en dehors de tout, tu regarderas et tu attendras. Mais cela ne sera jamais vraiment un problème pour toi, n'est-ce pas ?

Tu verras des gens avec des ordinateurs portables, d'autres avec des fils qui leur sortiront des oreilles.

Tu te demanderas où elle aura pu partir : ce qui pourrait bien la retenir.

Soudain, la voilà de retour. Elle marchera dans ta direction. Tu reconnaîtras ses longs cheveux noirs, son sourire, le bruit de ses talons sur le carrelage. D'abord, elle ne semblera pas être accompagnée, mais tu te rendras rapidement compte que si. Deux agents de sécurité la suivront discrètement. Ils seront presque invisibles, mais ils ne seront jamais bien loin d'elle.

Un troisième sous-titre clignotera devant tes yeux : *Il ne serait pas logique d'empêcher les êtres supérieurs d'attaquer le reste des galaxies.*

La tour du One Canada Square comportera presque seize mille morceaux d'acier qui constitueront à la fois la structure centrale et extérieure. Elle sera conçue pour pouvoir bouger d'une trentaine de centimètres en cas de vents très violents, ce qui surviendra généralement une fois par siècle.

Elle arrivera devant toi, les gardes de sécurité à ses côtés.

« Fouillez-le, il a une arme », ordonnera-t-elle. Elle sourira tandis qu'ils te fouilleront au corps. « Je vous avais bien dit que je n'aimais pas ça », dira-t-elle.

Tu l'insulteras. Elle n'aimera pas ça non plus.

Les agents de sécurité se rapprocheront encore un peu plus de toi. « Encore un mot, et on te tranche le cœur en deux. »

Ils trouveront l'arme. Tu les laisseras la prendre.

« Suis-nous », dira l'un d'entre eux.

Une foule de clients te passera devant, comme dans un rêve.

« Ou sinon ?

— Ou sinon, tu te prends une balle dans le crâne, alors qu'est-ce que tu choisis ? »

Ils ne feront rien, ici, tu en seras quasiment sûr. Tu les suivras quand même.

Au rez-de-chaussée du One Canada Square, des écrans Fujitsu haute définition passeront les cours de la bourse de Bloomberg. Un analyste des marchés parlera à la caméra, entouré d'un nuage de chiffres. « Les actions, comme vous pouvez le voir, sont simplement en train de subir les réactions à ce *conference call*, dira-t-il, bien que pour l'année prochaine, une croissance de quinze pour cent soit prévue… »

Le hall d'entrée contiendra plus de vingt-sept mille mètres carrés de marbre italien et guatémaltèque, couleur sang veiné de gris.

Les pourcentages clignoteront sur les écrans : *Omni consumer products*, *LuthorCorp*, *Heartland Play Systems*, *Wayland Yutani*. Rien n'entraînera autant de pitié et de terreur qu'une franchise qui n'aura pas réussi. Ce sera comme regarder les publicités au milieu d'un documentaire sur un meurtre : on vous montrera des choses que les morts ne pourront jamais voir ni connaître.

Tu marcheras, essaieras d'avoir l'air détendu, tu sentiras l'arme qui sera pointée dans ton dos depuis que tu auras été contraint de monter les marches pour te rendre dans le hall.

Le One Canada Square aura trente-deux ascenseurs divisés en quatre colonnes qui desserviront chacune une section différente du bâtiment. Ils formeront un pilier central, juste derrière la réception. Un cordon de sécurité renforcé les entourera constamment. Il sera impossible d'accéder à l'un des étages supérieurs sans passe.

Tu seras alors dans un monde fait de noms et de numéros. Réception, trente et unième étage : Bank of New York, Tyrell Corporation ; réception, quarante-neuvième étage : Cyberdyne Systems Corporation, Computech, Stevenson Biochemical, Instantron.

Un panneau non loin indiquera : *Pour votre sécurité, une caméra de surveillance fonctionne 24 h/24.*

Par les grandes vitres du hall, on pourra voir un coucher de soleil d'un rouge intense qui brillera à travers les bâtiments vides et les panneaux de verre réfléchissants, les étages élevés auront pris une teinte écarlate, à l'horizon.

Tu iras où ils t'emmèneront, en sachant pertinemment que tu ne seras ni le premier ni le dernier. Tu percevras un mouvement rapide derrière toi juste avant l'ouverture des portes de l'ascenseur. Puis l'arme s'enfoncera profondément dans ta nuque, te prenant au dépourvu.

« OK, t'es cuit, entendras-tu, tandis que tu tomberas lourdement dans la cabine de l'ascenseur. À votre service. »

4

Sauf que, bien entendu, tu n'arriveras jamais jusque-là.

Tu seras déjà en train de te retourner alors que les portes de l'ascenseur ne se seront pas complètement refermées. Au vingt-troisième étage, les deux agents de sécurité seront à terre.

Au trentième étage, tu auras piétiné la tête d'un des deux gardes jusqu'à faire saigner son nez, sa bouche et ses oreilles.

Au quarantième étage, tu auras récupéré ton arme et l'autre garde se mettra à genoux devant toi, te suppliant de le laisser en vie.

Il te dira qu'il a peur. Qu'il ne veut pas de ça. Tu lui tireras dessus, une seule fois, droit dans l'œil gauche.

Ce n'est qu'à ce moment-là que tu te rendras compte que de la muzak passe dans l'ascenseur.

« Est-ce que c'était absolument nécessaire ? demandera-t-elle, fronçant les sourcils en regardant les deux corps étalés au sol. La seule raison pour laquelle j'ai accepté de vous amener jusqu'ici, c'était justement pour éviter ce genre de choses.

— Je me sens mieux maintenant », répondras-tu avec un haussement d'épaules.

Les étages du bâtiment auront une structure en acier renforcé et seront soutenus à l'extérieur par des colonnes resserrées. Le tout sera recouvert d'une pyramide d'une quarantaine de mètres de haut, de près de onze tonnes.

La façade sera recouverte par environ cent treize mille mètres carrés d'acier de finition Patten Hyclad Cambric.

Elle t'enlacera dès que l'ascenseur aura atteint le cinquantième étage. Vous vous embrasserez. Vos bouches affamées se retrouveront.

Une balise lumineuse au sommet de la pyramide clignotera quarante fois par minute, cinquante-sept mille six cents fois par jour.

« Tu viens avec moi ? demanderas-tu.

— Non.

— Tu ne veux pas rester jusqu'à la fin, maintenant que nous sommes là tous les deux ?

— Je t'ai amené à son bureau. C'est ce que tu veux, non ?

— C'est ce que je veux. »

Vous échangerez un dernier regard, un dernier baiser.

« Le passe trouvé dans l'hôtel va te permettre d'entrer dans le bureau, dira-t-elle. Mais tu ferais mieux de te débarrasser de ton arme, elle va faire sonner les détecteurs de métaux.

— Très bien. Je n'en ai plus besoin. »

Tu jetteras l'arme dans une poubelle, non loin.

« Es-tu sûre qu'il sera là ? demanderas-tu.

— Il ne sort jamais. »

Vous êtes maintenant à la réception de Virex International, annoncera une voix enregistrée monotone dès l'ouverture des portes de l'accueil principal. *Merci de ne pas vous arrêter.*

Toutes les pièces seront vides, sauf la dernière.

Tu le trouveras assis à son bureau, un morceau

de viande bourré de fric, épuisé et inutile, les yeux rivés sur le coucher de soleil.

« John Frederson ? »

Sa tête se détournera doucement, difficilement de cette lumière pourpre et profonde qui s'étalera sur tout Londres.

« Personne ne m'a appelé comme cela depuis des années, dira-t-il.

— Alors vous savez qui m'envoie. »

Et il restera assis face à toi, le regard vide et rivé sagement sur le soleil : un ensemble époustouflant d'échecs et de réussites qui a marqué l'Histoire.

« Vous êtes un peu loin de chez vous, non ? finira-t-il par faire remarquer.

— Nous avons eu quelques… difficultés au niveau local. »

John Frederson hochera la tête.

« Et les galaxies fantômes vous ont embauché ? reprendra-t-il. C'est presque insultant. Je pensais que je mériterais mieux qu'un simple… » Il s'interrompra un instant et te regardera. « Avez-vous au moins un nom ? » demandera-t-il en prenant un air supérieur.

Tu sauras pourquoi tu seras là et pourquoi nous t'y avons envoyé. Tu es propre, non fiché, toutes tes données biométriques ont été effacées de telle sorte qu'elles ne puissent plus être lues. La meilleure fausse identité est l'absence d'identité.

« Betamax », répondras-tu.

John Frederson hochera de nouveau la tête. Tu

remarqueras un papillon de nuit mort resté collé à l'un des rideaux.

À cet instant, elle sera dans l'ascenseur de service en direction de la pyramide. Elle sortira le téléphone portable d'une des poches de son sac à main en cuir noir verni et elle fera doucement coulisser l'arrière de l'appareil. Puis elle retirera la carte SIM. La machinerie autour d'elle s'agitera avec une douce patience.

« Vous devez des milliards aux mauvaises personnes », diras-tu.

John Frederson secouera la tête et sourira.

« Non, dira-t-il. Ils ont *confié* des milliards à la mauvaise personne… Ils ont fait un investissement imprudent.

— Vous avez abusé du crédit.

— Le crédit est une question de confiance : il faut qu'une des parties se fie à l'autre. Nous pouvons retrouver cette confiance en une seconde.

— Vous n'avez plus le temps.

— Il y a quinze ans, il n'y avait rien ici, en dehors de hangars rouillés, d'eaux troubles et de taches de pétrole, dira-t-il en balayant du bras le paysage. Tout ce que vous voyez là, dehors, a pris moins de quinze ans à se faire. Dans l'Égypte ancienne, ils n'arrivaient même pas à enterrer un pharaon dans ce laps de temps. »

On ne peut pas se défendre contre l'Histoire, surtout quand elle n'a pas encore été écrite.

Tu regarderas le papillon de nuit à la place.

Tu t'appelleras Betamax et tu sauras ce que tu fais.

Des rangées de lumières fluorescentes clignoteront quelque part, au-dessus de ta tête, tandis que le bruit de ses talons hauts sur le sol métallique continuera à résonner dans la pyramide en acier.

Elle travaillera comme elle marche, rapidement, efficacement, démontant les différentes parties de son téléphone portable, y insérant une nouvelle carte SIM.

Tu sauras toujours ce que tu fais.

Tu attraperas ton poignet gauche avec ta main droite et le tordras. Un bruit de fragmentation liquide se fera entendre du plus profond de ton bras tandis que les os et le cartilage glisseront l'un sur l'autre. Tu regarderas ta main se rétracter, tes doigts se plier en un canon.

John Frederson continuera à parler, mais tu auras cessé de l'écouter.

« Le problème n'est plus de générer des capitaux, mais de déterminer comment ils sont employés, en créant des modèles de comportement, en déplaçant des populations, en modifiant la démographie, en transformant les perceptions… »

Le revolver s'assemblera dans ta chair, les pièces s'imbriqueront de leur propre chef. Leurs mouvements entraîneront un changement dans ta gorge. Tu avaleras avec difficulté. Tu ressentiras un bref haut-le-cœur suivi d'un bruit électrique sec. Tu attraperas le percuteur et tireras dessus.

Un vague mouvement pâle clignotera dans la caméra de surveillance. Elle aura fini de changer la puce de son téléphone et s'apprêtera à s'en servir comme d'une arme. Elle tapera un code sur le clavier. L'appareil se chargera automatiquement.

« L'immortalité… les produits de l'économie de marché comme la réalité et la célébrité, poursuivra John Frederson. Nous ne sommes que l'univers qui revient à lui-même. L'humanité ne sera qu'un autre système, qui se développera puis se dissipera, qui s'étendra jusqu'on ne sait où dans l'espace. »

Tu retiendras ton souffle et viseras la tête.

Il la verra furtivement à l'écran, debout au centre de la pyramide d'acier, tenant fermement le portable.

Il montrera l'écran du doigt. « Qui est-ce ? » demandera-t-il.

Un dernier sous-titre clignotera devant tes yeux : *Ceux qui ne sont pas nés… ne pleurent pas… et ne regrettent pas. Il est donc logique de te condamner à mort.*

Tu te contenteras de lui répondre : « Je croyais qu'elle travaillait pour vous. »

Des fluctuations de dernière minute sur les marchés financiers internationaux indiqueront qu'une grève totale s'apprête à toucher le secteur des affaires londonien.

John Frederson secouera la tête pour la dernière fois.

La structure du One Canada Square contiendra cinq cent mille boulons. Les ascenseurs iront du cinquantième étage au rez-de-chaussée en quarante secondes exactement.

Des gens allumeront leur téléviseur sur toute la planète pour voir le nuage de poussière s'élever doucement au-dessus de Londres.

Fin de la transmission.

Remerciements

Daniel Bennett souhaite remercier Catty May.

Joolz Denby souhaite remercier Justin Sullivan & New Model Army, Michael Davis & New York Alcoholic Anxiety Attack, Dr. Christine Alvin, Nina Baptiste, Spotti-Alexander & Miss Dragon Pearl et Kate Gordon.

Cathi Unsworth souhaite remercier tous les contributeurs de ce recueil. Elle souhaite également saluer Michael Meekin, Caroline Montgomery, Ann Scanlon, Lynn Taylor, Mr & Mrs Murphy, Paul Duane et Michael Dillon pour leur aide, leur soutien et la source d'inspiration qu'ils ont représentée.

Crime et « establishment » 9
Playlist 16
Note de la traductrice 18

I
POLICE & THIEVES

Soho
Backgammon, Desmond Barry 23

Brixton
À bloc, Ken Bruen 45

Ladbroke Grove
Rigor Mortis, Stewart Home 59

Maida Hill
Maida Hell, Barry Adamson 75

II
I FOUGHT THE LAW

Mayfair
I Fought the Lawyer, Michael Ward 107

Kentish Town
Je déteste ses doigts, Sylvie Simmons 135

Clissord Park
Rituels au parc, Dan Bennett 161

King's Cross
Trouble is a Lonesome Town, Cathi Unsworth 175

King's Road
Chelsea 3, Scotland Yard 0, Max Décharné 199

III
GUNS ON THE ROOF

Dagenham
De l'amour, Martyn Waites 217

Bradford
Sic transit gloria mundi, Joolz Denby 241

New Cross
New Rose, John Williams 255

Camden Town
L'Île aux pingouins, Jerry Sykes 277

IV
LONDON CALLING

Dalston
Montée sur un cheval blanc, Mark Pilkington 309

Elephant & Castle
Le Sud, Joe McNally 323

Aldgate
Who do you know in Heaven ?, Patrick McCabe 335

Canary Wharf
Betamax, Ken Hollings 363

Remerciements 391

Toutes les destinations en **Folio policier**

Cathi Unsworth présente **LONDRES NOIR** :
Barry Adamson, Desmond Barry, Dan Bennett, Ken Bruen, Max Décharné, Joolz Denby, Ken Hollings, Stewart Home, Patrick McCabe, Joe McNally, Mark Pilkington, Sylvie Simmons, Jerry Sykes, Cathi Unsworth, Martyn Waites, Michael Ward et John Williams.
Alcool, extravagance, drogue et rock, tel est le quotidien des musiciens ratés, des punks ou skin-heads, et des filles paumées qui hantent la capitale britannique.

Denise Hamilton présente **LOS ANGELES NOIR** :
Michael Connelly, Robert Ferrigno, Janet Fitch, Denise Hamilton, Naomi Hirahara, Emory Holmes II, Patt Morrison, Jim Pascoe, Gary Phillips, Scott Phillips, Neal Pollack, Christopher Rice, Brian Ascalon Roley, Lienna Silver, Susan Straight, Héctor Tobar et Diana Wagman.
De Mulholland Drive à Los Angeles River, de Pacific Palisades à Los Feliz, pénétrez dans les bas-fonds de cette ville tentaculaire, cette Cité des anges où se fracassent tant de rêves…

Aurélien Masson présente **PARIS NOIR** :
Salim Bachi, Didier Daeninckx, DOA, Jérôme Leroy, Dominique Mainard, Laurent Martin, Christophe Mercier, Patrick Pécherot, Chantal Pelletier, Jean-Bernard Pouy, Hervé Prudon et Marc Villard.
Douze auteurs pour découvrir douze façons d'arpenter les trottoirs parisiens.

DANS LA MÊME SÉRIE

Chez Asphalte éditions

Dans la collection Asphalte Noir

Aurélien Masson présente PARIS NOIR, 2010. *Folio policier nº 655.*

Denise Hamilton présente LOS ANGELES NOIR, 2010. *Folio policier nº 653.*

Cathi Unsworth présente LONDRES NOIR, 2010. *Folio policier nº 654.*

Tim McLoughlin présente BROOKLYN NOIR, 2011.

Chiara Stangalino et Maxim Jabukowski présentent ROME NOIR, 2011.

Paco Ignacio Taibo II présente MEXICO NOIR, 2011.

Hirsh Sawhney présente DELHI NOIR, 2012.

Adriana V. López et Carmen Ospina présentent BARCELONE NOIR, 2012.

Composition IGS-CP
Impression Novoprint
le 20 mars 2012
Dépôt légal : mars 2012

ISBN 978-2-07-044511-0/Imprimé en Espagne.

237029